私の1968年

鈴木道彦

verba volant, scripta manent

*目次

*本書の底本として、『アンガージュマンの思想』晶文社、一九六九年および『政治暴力と想像力』現代評論社、一九七〇年を使用し、初出はそれぞれの部扉に記載した（書き下ろしを除く）。ただし「金嬉老裁判における事実と思想」は『展望』一九七二年六月号からの転載である。

私の一九六八年

1

今年（二〇一八年）は一九六八年から数えて半世紀になるが、これまでにも「一九六八年」というタイトルを冠した書物は数多く出版された。しかし過去をノスタルジックに回想するものは別にして、その多くは実際に六八年を体験した者ではなく、記録や文書で当時のことを知った筆者によって書かれている。既に半世紀前の出来事だから、これは当然のことと言ってもよいだろう。

たとえば一九六二年生まれの小熊英二は、その上下二巻の膨大な『一九六八』（新曜社）に、「若者たちの叛乱とその背景」及び「叛乱の終焉とその遺産」という副題をつけており、彼の大著は「あの時代」の叛乱がなんであったかを客観的に解明して、その「総括」を行うことを目指しているように見える。それにしても、若者たちの叛乱は六八年よりはるかに前から始まっており、とくにアメリカによる北ベトナム爆撃の開始された一九六五年以来、各国で騒然とした学生中心の運動が繰り広げられていた。若者たちは至るところでベトナム戦争反対の声を上げ、活発な行動を展開していたのである。アメリカで、ドイツで、イタリアで、スペインで、東欧諸国で……。たとえば激しいジグザグ・デモを行うことで有名な日本の「ゼンガクレン」の名前が世界的に轟いたのもこの時代だった。にもかかわらず、これが「一九六八」と呼ばれるのは、何よりも日本で「五月革命」と呼ばれている六八年五月のフランスでの一連の出来事の影響が大きかったためだろう。これはこの時代を象徴するような事件であり、その結果「一九六八」は、六〇年代の激動の時代を示す数字となった。

たまたま私は一九六八年四月から一年間フランスに滞在していたから、いわゆる「五月革命」の経過はつぶさに観察し、体験した。これは六八年五月に唐突に始まった事件などではなく、六〇年代の世界の動きを要約する事件だった。だがまたその一方でこの「五月革命」は、それを体験した人たちにとって無数の「私の五月」だった筈である。つまり各人は自分のささやかな世界でこの「五月革命」や「一九六八年」を生きたのであって、それが結局は「一九六八」全体を作り出すのに、何らかの寄与をしていたのだろう。

本書はその意味での「私の一九六八年」を振り返るために、若干の例外はあるが主として一九六七年から六九年までのあいだに、「五月革命」を含むいくつかの事件や問題に直面して私の書いた文章によって構成される。当時これらを発表することは、ときにはかなり激しい抵抗を受けるのも覚悟しなければならないことだった。権力やマスコミの流す報道と異なった主張を展開すれば必ずバッシングを浴びることは、自明の前提だったからだ。たとえば彼らが一致して「暴力学生」と非難するのは、激しいデモによってベトナム戦争反対の意志を示す若者たちのことだったが、その若者たちの行為を理解しようとする者もまた、たちまち「暴力」の共犯者・同調者と見なされて批判にさらされたのである。「六八年」というのはそのような時代だった。その意味で、ここに集めた当時の私の文章も、そのような批判を浴びることを覚悟のうえで、その時代のなかでの意志表示を試みたものであることをまずお断りしておきたい。

2

「私の一九六八年」は、安保闘争とともに六〇年代初頭から始まっていたが、とくに一九六七年の三月末にレバノンのベイルートで開催された「アジア・アフリカ作家会議」への出席は一つの節目だった。私がこれに参加したのは、この会議への出席を決めていた「新日本文学会」のメンバー（長谷川四郎団長、針生一郎、その他）から同行を求められたためである。

当時は「中ソ論争」の真最中で、「アジア・アフリカ作家会議」でも至るところに「論争」が影を落とし、そのために決議一つを作るのにも、一語の選択にも難航する有様だった。しかしこうした中ソの争いはともかくとして、このような機会に、普段は会うことのできないセネガルやカメルーンといった国の作家と会い、彼らの抱えている問題を詳しく聞くことができるのは、興味深いことだった。会議そのものはつまらないものだったので、私は専らそういった個々の接触の機会を楽しんだ。

日程が終わると日本代表団のあいだでも簡単な総括があり、私はその日直ちにベイルートを発って、ローマ経由でアルジェに向かった。空港には、私が一九五四年から五八年までの最初のパリ滞在のときに親しくしていたアルジェリア人で、民族解放戦線（FLN）の活動家だったマムート・トレムサニが、その妻と共に私を迎えに来てくれた。

初めてのアルジェ滞在は、僅か三日間であったが、きわめて充実したものだった。私はアルジェリア戦争当時、パリでも東京でもさまざまな形で独立前のFLNを支援しており、パリでは彼らが身につけていると危険だと思われる書類を預かったり、日本の新聞や雑誌にはしばしばFLN支持の文章を書いたりしていたから、彼らもまた心のこもった歓待で応えてくれたのである。独立前にFLNの樹立した臨時政府の初代駐日代表だったキワンは、ホテルに訪ねて来たり、ティパサでの昼食に招いてくれたりした。外務省にポストを得たラヤシ・ヤケールは、後にソ連駐在大使になる人物だが、私の最初のパリ滞在のときにはアルジェリア人学生組織のリーダーで、何度も私の宿に来て議論をした友人である。彼もホテルに会いに来て、久し振りの再会を楽しんだ。マムート・トレムサニは、親しくしているフランスの作家ジョルジュ・アルノーと私を、自宅での夕食に招いてくれた。このアルノーは『恐怖の報酬』の作者として有名だが、アルジェリア独立戦争当時にはFLNのシンパとして知られており、そのために投獄までされている。私の日本帰国後にパリで逮捕されたマムートとは、なんと獄中で知り合った仲だという。アルノーは独立後もアルジェリアに残って、このときはアルジェリア・ラジオ・テレビ局に協力しており、フランス人でありながら、すっかり現地の生活に溶け込んでいるように見えた。彼と私はたちまち意気投合したから、その翌日には今度はアルノーの自宅での夕食に招かれ、彼の眼から見たアルジェリアの現状を詳しく聞くこともできた。

この短いアルジェ滞在の後に、私はパリへ飛んだ。ここも僅か一週間だったが、実り多い滞在だった。まずその前年に知り合ったシモーヌ・ド・ボーヴォワールの自宅を訪ねて、一時間余り話をすることができたし、アルジェリア戦争当時にFLN援助機関を作って活動したフランシス・ジャンソンとは初対面だったが、やはり彼のアパルトマンに招かれて、三時間余りじっくりと援助機関の成立や活動の詳細を説明してもらった。「ジャンソン機関」とも呼ばれたこの組織は、FLNを物質的に支援すると同時に、召集を受けて現地に送られるのを拒否するフランスの若者がひそかに外国に逃走するのを助ける脱走援助機関でもあり、フランス人でありながら自分の国に反逆する〝非国民〟たちによって構成されていた。このジャンソンとの会見を踏まえて書かれたのが、本書に収めた「アルジェとパリのきずな」である。

3

この一九六七年は、春のベイルート、アルジェ、パリ訪問だけではなく、実にさまざまな出来事が相次いで起こり、翌年春からのパリ滞在を控えていた私にとっては、まことに慌ただしく過ぎた一年だった。日本では、三派全学連に代表されるいわゆる「新左翼」系の若者たちの激しい街頭行動を始めとして、多様な運動が展開された。とくにベトナム戦争反対のデモは繰り返し行われ、それを鎮圧しようとする警察とのあいだで絶えず衝突を繰り返しては、徐々にその激しさを増していった。マスメディアは、背景にあるベトナム戦争の不当さを非難する以上に、これらの反対運動を「暴力」と呼び、行動する若者たちを「暴徒」と呼んで、これを袋だたきにすることに躍起になっていた。また共産党も、彼らのことを「極左的反革命分子」と呼んで、「暴力学生」批判に立派な一役を果たしていたのである。

当時の首相佐藤栄作は、アメリカによるベトナム攻撃を積極的に支援する意志表示として、まず一〇月八日にベトナムなど東南アジア視察のために羽田から飛び立ち、次に一一月一二日に直接アメリカに飛んで大統領に恭順の姿勢を見せようとした。それに反対するために行われた二度にわたる抗議運動のデモのなかで、京大生・山﨑博昭の死んだのが一〇月八日の「第一次羽田事件」である。その死因は、機動隊の警棒の殴打による可能性が高いと思われたが、警察はそれを隠すためにきわめて不自然な筋書きを作って発表し、マスメディアは一斉に警察発表をそのまま垂れ流して、その圧倒的な言論の力で事実の隠蔽に躍起となった。

私はこの権力側の態度とマスメディアのあり方に心底からの怒りを覚え、これを徹底的に批判しなければならないと考えた。それで、当時在職していた一橋大学の学生新聞や、比較的に自由にものを書くことのできた総合誌『展望』、『現代の眼』などの紙面を利用して、自分の主張を展開した。それが第Ⅰ部の「10・8羽田闘争と山﨑博昭の死」に収めた一連の文章である。

一方、「第二次羽田事件」と呼ばれる佐藤首相訪米に反対する抗議行動が行われたのは一一月一二日で、私もゼミの学生とともにデモに参加した。前回のデモで死者が出ているので、事故の場合の連絡先を決めておくなど、細心の注意を払って行動したのを憶えている。ところがその翌日、ベ平連（ベトナムに平和を！　市民連合）が日本中を驚愕させる発表を行った。アメリカの航空母艦「イントレピッド」号から四人の米兵がベトナム行きを拒んで脱走し、ベ平連はそれを保護して、安全なところに送った、というのである。この記者会見の与えた衝撃は大きかった。これは、平和国家のように見える日本が実はベトナム戦争に深くコミットしていることを暴露する事件でもあった。

ベ平連はその直後に「イントレピッド四人の会」という組織を立ち上げて、その代表者のひとりになってくれないかと私に打診してきた。フランシス・ジャンソンの脱走援助機関を肯定的に紹介した私としては、この要請を断わる理由は何もなかったが、このとき既に翌六八年四月から一年間の予定でフランスに行くことが決まっていたので、ごく短期間しかできないという条件で引き受けた。この「イントレピッド四人の会」はいわば表の組織で、直接に脱走兵と接触する裏の組織（後に「ジャテック」と呼ばれた）と連絡をとりながら、集会を開いたり、資金を集めたり、刊行物を出したりするのが役割であり、私のほかに最初は福富節男と高橋武智が代表者だった。ただ連絡先が私の自宅になっていたから、その会の発足が発表されると同時に、連日のようにあやしげな電話がかかってきて、私の家族は非常な不安にかられる一時期を送ることになった。

「イントレピッド四人の会」の仕事としては、私が日本を離れる前に、旧日仏会館のホールを借りて

「ベトナム戦争・脱走と亡命」と題した集会を開いたのを記憶している。六八年の一月二四日のことだった。このときは、日高六郎、もののべながおき、宮崎繁樹に講演を依頼したが、五〇〇人を収容するホールは満席に近かった。本書に収めた「ナショナリズムと脱走」という文章は、こうした脱走援助組織の経験を踏まえて書かれたものである。

4

こんなふうにフランス行きを控えた私が忙しく走り回っていたときに、とつぜん思いがけない事件が起こって、私はさらに新たな課題を背負い込むことになる。すなわち一九六八年二月二〇日から二一日にかけて起こった「金嬉老事件」である。これは一見、当時進行中の政治的状況とはかけ離れたことのように見えるが、しかし今から思えば激動するその時代のなかでこそ起こり得る事件だった。

もともと私は「在日朝鮮人」の問題に強い関心を持っていた。フランス文学の研究者がなぜ「在日」の問題にかかわるようになったのかは、これまでもしばしば尋ねられたし、既にさまざまな機会に説明をしてきたので、ここで細かな点まで立ち入って繰り返すことは省略したい。ただフランス滞在当時のアルジェリア問題の存在や、サルトルの思想、そして何よりも一九六三年に出版された李珍宇と朴壽南の往復書簡『罪と死と愛と』(三一新書)の影響などが大きかったことだけは記しておきたい。これについて詳しくは、私の著書『越境の時』(集英社新書、二〇〇七)と、『余白の声』(閏月社、二〇一八）に収めた二つの講演（「フランス文学者の見た在日の問題」と「在日の問題と日本社会」）を参照していただきたい。

ともあれ、「在日」の問題は六〇年代初めから、私の主要な関心の一つだった。私はここから出発して、五八年に起こった「小松川事件」を振り返りながら、六三年に「民族責任」、翌年には「否定の民族主義」という考え方を提唱した。この考え方は、とくに六六年の一橋大学のゼミ生たちと企画した「李珍宇の復権」というシンポジウムを経て、本書に収録した六七年二月の「日本のジュネ」（『新日本文学』）という論文に繋がっていく。そこにとつぜん起こったのが、翌年二月の「金嬉老事件」だった。

ライフル銃とダイナマイトで武装した金嬉老が、静岡県寸又峡の温泉宿にこもって、日本の警察にこれまでの在日朝鮮人に対する差別的態度を謝罪せよと要求したこの事件を、メディアは連日、大々的に報道した。私が最終的にこの事件に関わるようになったいきさつについては、『越境の時』に詳しく書いたので、ここでは繰り返さない。ともあれ四日間の籠城の後に金嬉老が逮捕されると、一般の人びとには事件がひとまず決着したように見えたかもしれないが、そのあとには金嬉老の裁判という大きな課題が残されていた。

私は若手の研究者たち、社会学の大沢真一郎や三橋修、教育学の里見実、朝鮮研究の梶村秀樹、その他数人の同じ関心を持つ者とともに「金嬉老公判対策委員会」を作り、山根二郎を主任弁護人とする気鋭の弁護団と協力して、金嬉老の擁護につとめることになる。しかし私自身は既に述べたようにフランス行きが決まっていたから、一年後に帰国すると直ちにその委員会に参加することを約して、心をあとに残しながら四月三日に羽田を発った。ところが私の着いたフランスでも、日本と同様に、緊張を強いる事件が待っていたのである。

5

六八年四月にパリの宿舎に落ちつくと、私は早速、フランスの友人・知人に来仏を知らせたが、そのときにサルトルとボーヴォワールにも連絡した。この二人は六六年に来日して、ひと月ほど滞在したので、そのときに私は彼らと知り合い、サルトルを囲む文学座談会にも出席していた。その翌年、ベイルート、アルジェからパリに寄った際には、ボーヴォワールの自宅を訪れたことも既に述べた通りである。今回は私がパリに着いたことを知らせると、二人は直ちに私をモンパルナスの「ラ・パレット」というレストランに招いてくれた。四月二五日の午後二時という、遅い昼食だった。

彼らと会うときは、その後もそうだったが、常に朝吹登水子が同席していた。議論はだいたいサルトルと私のあいだで交わされ、ボーヴォワールと朝吹登水子は黙ってその議論を聴いている。そしてときどきボーヴォワールが口を挟む、というのが、このとき以来繰り返されるパターンだった。この六八年四月に会ったときは、世界中で広まっているアメリカの北ベトナム攻撃への反対運動や、アメリカの脱走兵の問題、「ブラック・パワー」など、さまざまなことが話題になったが、サルトルが最も強い関心を示したのは私の話した「金嬉老事件」で、彼は細かく質問をした挙げ句、それを是非自分たちの雑誌『レ・タン・モデルヌ（現代）』に書いてくれないか、と勧めるのだった。私はもちろんその勧めに喜んで応じて、同誌一〇月号に *L'Affaire Hiro Kim* を書くことになる。

　しかし六八年のフランスは、何よりもまず日本で言う「五月革命」の年だった。ベトナム戦争反対や、大学教育批判や、その他いくつかの問題がからんでパリ大学ナンテール分校の「三月二二日運動」によって始まった学生の直接行動（スト、教室占拠）は、五月になると一気にフランス全土に広まった。パリでは五月初めから、カルチエ・ラタンで次々とバリケードが築かれ、それを弾圧しようとする警察の機動隊とのあいだで何度も衝突を繰り返した。とくに五月一〇日から一一日朝にかけてのいわゆる「バリケードの夜」には、明け方の午前二時頃から始まった警察の激しい攻撃で、学生側には多数の負傷者と逮捕者が出た。

　警察の攻撃はきわめて乱暴なもので、その少し後のことになるが、五月二四日の夜、私はひとりでパンテオンのそばを歩いていたときに、突然クロヴィス街の方からあらわれた機動隊に襲われたことがある。なかのひとりが自分に向かって「警棒（マトラック）」を振り上げて走って来るのを見て、私は咄嗟に左手で頭をかばってしゃがみこんだが、相手はパンテオンの鉄柵のところに私を押しつけると、委細構わずにその警棒（マトラック）で数発殴ったうえで、私を放り出して次の獲物を狙いに走り去った。私がやっと立ち上がってふらふらと歩きながら、殴られた頭に手をやると、掌にはべっとりと血がついており、ジャケット一着が、絞れるほどにびっしょりと血に染まっていた。警察にとって、深夜にひとりで不穏なカルチエ・ラタンを歩いている者は、それだけで懲らしめるに値する不審者なのだろう。

この学生の直接行動は労働者階級にも波及し、共産党系のＣＧＴ（労働総同盟）と統一社会党系のＣＦＤＴ（フランス民主労働同盟）は、全学連や高等教員全国組合とともに、五月一三日を弾圧に抗議するストとデモの日にすると宣言した。私も友人に誘われてその抗議デモに加わり、レピュブリック広場からたしかダンフェール・ロシュローまでを歩いたが、その日はパリだけで何十万かの参加者があった筈だ。

「五月革命」が頂点に達するのは、このデモに続く数週間だった。学生の直接行動に刺激されて、あちらこちらで自発的に、労働者によるストライキと工場占拠が始まったのである。そこにはたとえば「シュド・アヴィアシオン」（後のアエロ・スパシアル）や「ルノー」のように、飛行機や自動車などの基幹産業も含まれていた。そしてこの動きはあっという間に全国的に広がって、組合の指令もないのに次々と労働者のストと工場占拠が始まり、フランス全土で経済が完全に麻痺してしまった。

交通機関も停まり、銀行も閉まり、郵便もなく、物も買えなくなって、人びとは甚だ不便な生活を強いられたが、そこには一種のお祭りのような気分と、浮き浮きとするような自由の感覚もあった。ガソリンがなくなって車の通らなくなった道路は、自然に生じた歩行者天国だった。占拠活動は工場以外のところにも伝播して、たとえば国立劇場オデオン座も占拠された。その建物の正面に掲げてある文字の前には赤くExの字が追加されて、Ex Théâtre de France すなわち「元国立劇場」とされ、黒旗と赤旗が立てられて、横断幕には赤い文字で、L'Odéon est ouvert（オデオン座は開館中）と大書されていた。なかに入ってみると、そこは一種の討論場で、演説をする者もおれば反論する者、野次を飛ばす者などもいて、騒然とした雰囲気だった。その時期には、ソルボンヌ大学にも学生が勝手に入り込んで、大教室はオデオン座と同様に議論の場となっていたし、パリ大学サンシエ分校は造反学生の参謀本部のような観を呈し、自発的に作られた各種の「行動委員会」がここを実質的な根拠地として、さまざまな活動を展開していた。

この「五月革命」のおよその経過は、本書に収録した「否認の革命と革命の否認」に書いた通りである。この間に、私は「三月二二日運動」の活動家とも常に連絡をとり、また無数に作られた行動委員会の一つである「作家・学生行動委員会」にも始終参加していた。ブランショやデュラスを中心とするその委員会については、拙著『異郷の季節』(みすず書房)に収録した「『五月』の作家たち」や「顔のない作家の無名の素顔」に詳述したので、それを参照していただきたい。

この「三月二二日運動」や「作家・学生行動委員会」に私を引き合わせたのは、その前年にアメリカ脱走兵問題の取材で来日したフランス人ジャーナリストのジャン・コントゥネーで、彼はフィリップ・ガヴィというペンネームを持つ評論家でもあった。しかしもともとこれらのグループは紹介者など必要とせず、来る者は拒まない集団だったから、それだけに非常に無防備なものでもあった。そしていったんそこに入れば、次の集まりにもごく自然に参加できたし、だれとでも親密な呼び方であるtu(きみ)を使って話す関係が出来上がるのだった。これはブランショやデュラスのような著名な作家の場合も例外ではない。私はみなの者から「スズキ」または「キャマラード・ジャポネ(日本の同志)」と呼ばれて、むろん tu で話しかけられていた。いや、そうしたグループに限らず、当時は初めて街で出会った者が、まるで古くからの同志であるかのように、すぐに tu で話すようなことも決して少なくなかったのである。

このように権威も呪縛も解かれて皆が解放され、同志的関係ですぐ結ばれるような雰囲気が、「五月革命」の特徴だった。それはいわばアナーキーな自由の世界であり、既存のすべての制度につきつけた「ノン」であり、これまでの日常生活を規制していたさまざまな束縛の解かれた、まるで想像界の出来事のような日々だった。その点で、当時の壁に書かれた数多くの文句の一つである「想像力が権力を奪う」は、「五月」の性格を最もよく要約するとともに、その脆弱さをも予告する表現だった。想像が現実にいつまでも勝ち続けることはあり得ないからである。

果たして六月に入ると政府側は至るところで反撃に出て、ソルボンヌ大学からは学生が閉め出され、「三月二二日運動」など七つの団体は解散を命じられ、いっさいのデモは禁止された。六月二三日と三〇日の選挙も、さながら選挙民の大多数が「五月革命」を否定するかのように、ド・ゴール大統領派の大勝に終わり、街はまるで以前の姿に復帰したように見えた。しかし、「五月」以前と以後とでは、何かが変わったのであり、この瞬間を経験した者は、おそらく生涯にわたって、そのときの空気を忘れることがないだろう。それを「文化革命」とでも何とでも呼ぶことができるが、とにかくこのひと月余りの事態は、二〇世紀フランスの歴史のなかにくっきりと刻印されたのである。

6

ところでこの「五月革命」の発端には、アメリカが展開していたベトナム戦争に反対する世論があり、さらに広い意味での「第三世界」への関心があった。本書の最後に収めた五本の文章は、いずれも広い意味で「第三世界」に関連するものであり、私自身はこの問題を、初めは主としてフランツ・ファノンの著作を拠り所にして考えてきたのである。

そのファノンの存在を最初に教えてくれたのは、キワンに続く駐日アルジェリア臨時政府二代目代表だったベンハビレスである。学究肌の彼は、友人たちから「ソクラテス」という渾名をつけられていたが、私とはたいへん親しくしていた。一九六〇年頃のある日、そのソクラテスが「きみ、これを知ってるか?」と私に一冊の本を渡したのが、ファノンの『アルジェリア革命第五年』(邦訳『革命の社会学』みすず書房)だったのである。一読して私はその本が気に入ったが、しかしそれ以上に私を圧倒したのは、その翌年にサルトルの序文つきで出た『地に呪われたる者』だった。それは三六歳の若さで死んだファノンが死の直前に書き残した本であり、彼の主著であり、そしてアルジェリアの解放戦線の側から書かれた暴力による第三世界の解放宣言であった。

私は後にその本を訳し、それはファノンの最初の著書である『黒い皮膚・白い仮面』とともに、六八年一二月にみすず書房から出版された。また同時に、私はファノンについて二つの文章を書いた。

一つは六八年四月にフランスに出発する前に、総合誌『展望』に発表した「黒い〈開化民〉と暴力」であり、いま一つは翻訳『地に呪われたる者』のあとがきとして、「五月革命」の一段落した同年七月から八月にかけてのパリで書いた「橋をわがものにする思想」である。この二つには多少重複するところもあるが、それぞれ異なった目的で書いたものなので、いずれも本書に収録した。前者は、おそらくまだファノンを知らないだろうと思われる日本の読者に、彼をできるだけ正確に紹介する目的で書いたものであり、後者は「金嬉老事件」の直後でもあるので、単なる紹介に留まらず、彼の思想を日本に住むわれわれの問題として引きつける意図が働いている。実際、そこに書かれた「第三世界」や「暴力」は、考えてみれば日本社会自体が抱えている問題に通じるものでもあった。だから私は、翻訳の「あとがき」としては型やぶりのものであることを承知のうえで、ファノンの語る暴力論を、「在日」の暴力、とくに金嬉老の暴力に結びつけて考えたのである。

7

一年間のフランス滞在を終えた私は、日本に帰ると当初の予定通り、直ちに「金嬉老公判対策委員会」に合流し、弁護団と協力して、法廷を通して金嬉老を擁護する仕事に当たることとなった。

擁護と言っても、金嬉老は自分の行為を否定しているわけではないのだから、この裁判は事実の有無を争うようなものにならないことは当然だった。ただし、裁判所は必ずこれを刑事事件として裁くだろうし、検察が極刑を求めることも目に見えていた。そうだとすれば、少なくとも極刑だけは回避するように努めなければならないし、その方法はたった一つしかないように思われた。すなわち、金嬉老の行為とその意味をできるだけ裁判官に理解させるということである。

なぜなら、刑事裁判とは刑法が「構成要件を充足する違法・有責の行為」とするものを裁くものだが、人間の行為はけっして刑法の「構成要件」が規定するようなものではなく、敢えて言うなら一人の人間の歴史と自由から生み出された全体的なものだからだ。なるほど金嬉老の行動にはさまざまな難点があるが、それでもその根底には「在日朝鮮人」としての彼のおかれた環境があり、社会の裏街道を歩くことを強いられた彼の半生がある。そもそも、朝鮮語も知らずに日本語を母語としている「在日朝鮮人」という存在を作り出したのは日本社会なのだから、極端な言い方をすれば、日本の裁判所には彼を裁く資格すらない筈なのだ。いずれにしても、彼の行為は彼の半生と切り離せないものなのであり、それをいくぶんかでも裁判官に理解させることは、最もよく金嬉老を弁護することに通じるだろう。そのような考え方で、私はこの公判に関わることになったのである。

裁判は、手続きの問題などで手間取って、遅々として進まなかったので、私が帰国したときにはまだ弁護団がこれから冒頭陳述を書くという段階だった。私は直ちにその作業に加わった。

もちろん冒頭陳述は弁護団がこれから裁判で立証しようとする事実を述べるもので、弁護団の責任において書かれるのだが、この冒頭陳述はたぶん通常のものと大分違っていただろう。たとえばそこには「金嬉老とは何か」と題された章が設けられ、そのなかに「在日朝鮮人とは何か」、「金嬉老とはいかなる朝鮮人か」といった節があり、さらにそこに「金嬉老と日本語」という項目さえあった。日本語しかしゃべれない境遇のなかで成長する在日朝鮮人が、「俺は朝鮮人だ」と日本語で呟くときに、その「朝鮮人」という語に含まれたコノテーションが人格形成にどんな影響を与え、それが問題になっている金嬉老の行為とどう関わっているか。この裁判での弁護団は、単に表面的な行為だけを切り取るのではなく、そのようなところにまで踏み込んで、金嬉老の行為の全体的な意味を明らかにしようと試みたのである。これは弁護団と対策委員会が議論の末に到達した一つの基本的な姿勢であった。

この姿勢は、地裁の最終弁論でも貫かれた。そして静岡地裁の判決は無期懲役だった。それに対して、弁護団も検察も控訴し、結局この裁判は高裁を経て、最高裁まで争われたのである。飽くまで死刑を要求する検察に対して、最終的に金嬉老の無期懲役という判決が確定したのは一九七五年一一月だから、裁判は七年半にわたって続いたことになる。その間、対策委員会は絶えず弁護団と協力して、控訴趣意書や、控訴審最終弁論、上告趣意書などの作成にあたった。そのために、私も改めて朝鮮半島と日本の関係や、「在日朝鮮人」をめぐるさまざまな問題を勉強し直す必要があった。また法廷が開かれるたびに、第一審では毎回その傍聴に静岡地裁に行き、東京に帰ると行かれなかった人のために報告会を開いて裁判の過程を伝えたり、『公判対策委員会ニュース』を発行したりするのも、われわれの役割だった。『ニュース』は裁判の報告だけではなく、「在日」に関わるさまざまな問題を考える場でもあって、裁判終了後の七六年一〇月の第四〇号まで刊行されたから、私の六〇年代から七〇年代半ばまでは、ほとんどこの「対策委員会」の仕事に忙殺されたと言っていい。

この委員会はまったくのボランティアが作るものであって、誰にも強制されず、ただ自分の責任で参加する者のみによって構成されていた。弁護団も同様である。つまり弁護団も対策委員会も、すべての者が手弁当で、自らの信念にしたがって活動していたのである。またそのようなものであったからこそ、これは七年半ものあいだ継続できたのであろう。このような委員会の経験は、これこそ「私の一九六八年」の最大の獲得物と言えるかもしれない。

8

以上に大急ぎで略述したのが、「私の一九六八年」の貧しい体験である。私はここにふれたような事件に遭遇するたびに、総合誌からの依頼を受けたり、ないしは自分から進んで書いたりして、それを文章化することに努めた。それらの文章のいくつかは、二冊の私の評論集、すなわち『アンガージュマンの思想』（晶文社、一九六九）と、『政治暴力と想像力』（現代評論社、一九七〇）に収められているが、この二冊は既に絶版になって久しく、現在では入手困難である。それで、いま一度それらを集め、そこへさらにそれ以外の文章も加えて編集し直したものが本書である。現在とは発想も文体も異なる五〇年前の稚拙な文章で、まことにお恥ずかしい限りだが、一九六八年はこのような形でも体験されたことを示す資料として、ここに改めて読者の前にさらすことにした次第である。

I

10・8羽田闘争と山﨑博昭の死

＊初出

半世紀後の新しいまえがき

ウェブサイト「10・8 山﨑博昭プロジェクト」より
http://yamazakiproject.com/wp-content/uploads/pdf/suzuki_takeuti3.pdf
2014 年 12 月

事実とは何か——大合唱に抗して

『一橋新聞』1967 年 10 月 16 日号

「羽田事件」の報道をめぐって

竹内芳郎との共同執筆
1 朝日新聞への公開状：『展望』1968 年 1 月号
2「朝日新聞への公開状」その後：同 4 月号

民主主義のなかの暴力

『現代の眼』1968 年 1 月号

半世紀後の新しいまえがき

一九六七年一〇月八日のいわゆる「第一次羽田事件」の直後に、私は強い怒りと抗議の気持をこめて、三つの文章を書いた。今回、「10・8山﨑博昭プロジェクト」の事務局からウェブサイトに掲載したいという要請のあったものがそれである。この機会に私は改めて全文を読み直したが、五〇年近く前のはなはだ稚拙な文章ではあるけれども、事件当時に書いたものとして、とくに変更の必要を認めなかった。そこでまずそれらを執筆した経緯について、簡単に説明しておきたい。

山﨑博昭の死を、私はその日のラジオで知ったのだと思う（私は当時まだテレビすら持っていなかった）。佐藤首相のベトナム訪問に反対するデモのなかで一人の学生が殺された、というこのニュースの衝撃は大きかった。しかしそれに追い討ちをかけたのは、翌朝の各紙の報道である。デモ当日は日曜だから、夕刊はなかったはずだが、少なくともラジオでは、デモ隊の奪った放水車によって一学生が轢き殺されたという警察側発表とともに、死因は「頭蓋底骨折」であり、「脳内出血」であるということも報じられた。したがって、警棒による殴殺の可能性も充分に考えられていたはずなのだ。ところが翌朝になると、各紙は申し合わせたように、さも見たような状況描写とともに、いっせいに放水車による轢殺のニュースを伝えたのである。まるでそれだけが客観的真実で、死因を機動隊による殴殺とする主張は不当な言いがかりであるかのように。

マスメディアが警察発表のみを「真実」として垂れ流すのは、このときに始まったことではない。しかし、この「第一次羽田事件」のときはそれが極端で、私は直ちにその異常さに気づいた。これでは一人の学生の死をきっかけに、警察が流す「暴力学生」による轢殺説をすべてのマスメディアが追認して、躍起になって「暴徒」のイメージを作り上げることになる。そこで私は取り敢えず、当時勤めていた一橋大学の一〇月一六日付学生新聞に「事実とは何か――大合唱に抗して」という一文を書いたのである。これが「羽田事件」にかんする私の最初の発言だった。

その少しあとで、事件直後に霊安室に駆けつけて山﨑博昭の遺体の傷の状態を確認したという小長井良浩弁護士の説明会が開かれると聞き、私は参加を申し込んだ。会場がどこであったか忘れてしまったが、一五、六人の出席者がいたことは憶えている。そのときの非常に詳細かつ説得的な説明によって、放水用の水を満載していた自重九・四トンの装甲車に轢かれて死んだなどという可能性はあり得ないことを、私は改めて確信した。証拠も示さず、遺体解剖に遺族側医師の立ち会いも拒否した警察による意図的な「事実」捏造の疑惑は、いちだんと強まった。

それを「真実」らしく見せていたのはメディアの報道である。そこで私は友人の竹内芳郎と相談して、マスメディアの果たすこの犯罪的な役割を明らかにする方法を考えた。私たちはまず連名で、新聞社が轢殺と判断した根拠を問う投書を行い、それがボツになったのを見定めて、雑誌『展望』の六八年一月号に「公開状」を発表したのである。宛先を朝日新聞にしたのは、たまたま同紙が二人の共通に購読していたものだったからで、けっして当時の朝日が他紙以上に劣悪だったためではない。むしろその逆であることは、「公開状」を読んで下さればお分かりいただけると思う。これがどう扱われたかは、それに続いて『展望』六八年四月号に発表された「『朝日新聞への公開状』その後」のなかで報告した通りである。

「公開状」はこのように、マスメディアのすべてに関わるものだから、もちろん現在の極右政権にべったり寄り添ったメディアによる朝日攻撃とはまったく性質を異にしている。現在の朝日バッシングは、権力と癒着したメディアの醜く堕落した姿を示すもので、一紙を標的にしながら実は国民を威嚇するものと言ってもいいだろう。

この「第一次羽田事件」にかんする「公開状」の問題が進行する一方で、一一月一二日には「第二次羽田事件」があり、またその前日にはエスペランティスト由比忠之進が抗議の焼身自殺を試みるという衝撃的な事件があった。それを受けて書かれたのが、本書に収録した「民主主義のなかの暴力」で、これは『現代の眼』の六八年一月号に発表された。

この文章も恥ずかしくなるほど稚拙なものだが、とくに最後のパラグラフにある「己れの内なる『国家』」とか、「私たちの内に否応なしにくいこんでくるナショナルなもの」という言葉は、いささか唐突で分かりにくい表現だろう。これはその数年前から私が「否定の民族主義」とか「民族責任」という言葉で考え続けてきた問題で、他民族、とくにアジアの他民族に対する過去現在の日本の行ってきたことへの反省に基づき、戦後日本のあり方を根本から問い直すことを指している。この文章を書いた当時は、ベトナム派兵を拒否して韓国軍隊を脱走し、日本に亡命してきた金東希が、対馬で逮捕されて大村収容所に入れられており、その支援のために、私はしばしば収容所内の彼と文通していた。その金東希がなぜ日本への亡命を選んだのかということは、日韓の歴史を考えなければ理解できないことだろう。私が念頭においていたのは、たとえばそのような問題だった。

また最後に、「それを問うことを、一つの仕事として自分に課したい」と私は書いているが、奇しくもその直後の六八年二月に「金嬉老事件」が起こったので、彼の裁判を通して私は七年余りのあいだ「在日」の問題に取り組み、結果としてこの言葉を実践することになった。しかし、その間の複雑な事情を限られた紙幅で説明することはとてもできないから、関心のあるかたは、私の『越境の時――一九六〇年代と在日』（集英社新書）をお読みいただきたい。

いずれにしても、現在の日本の政治状況や、隣国との緊張した関係、そこで絶えず問題になる歴史認識などを考えると、碌な反省もなしに戦後を歩んできた日本の責任は大きいと言わなければならない。私が「羽田事件」を踏まえて、たどたどしい言葉で考えてきたのは、そういうことだった。

事実とは何か——大合唱に抗して

一〇月八日（一九六七年）の羽田事件を境として、日本全国は突如「民主主義」の大渦にまきこまれたかの観がある。右も左も声をあわせて、暴力を断乎糾弾するといきまいているのだ。「気違い学生」（『毎日新聞』）、「反社会的集団」（藤原弘達）、「学生とはいえない連中」（池田弥三郎）といったお定りの罵倒の声を先頭に、「平和」と「民主主義」の擁護すなわち「暴力」反対の大合唱が、他のいっさいのか細い声を押し流し、その大合唱の真中に一個の死体がころがっている。死者もむろん「暴徒」の一員だった。が、死者に対して礼を尽くすのが洋の東西を問わぬ美徳である以上、糾弾の声は専ら「加害者」に向けられる。警官から奪いとった放水車を運転した学生が殺人犯であるとされ、それらしき写真まで掲載される。憎むべきはまずこれら生きのこった「暴徒」であって、この事件を予測し、かつヴェトナム訪問をとりやめることによってこれを防ぎ得た——だが防がなかった——佐藤首相ではない、というのだ。佐藤首相は、「秋晴れの一日を楽しくすご」そうと考えた革新政党や、あなたや、また私と同様に、今やレッキとした「民主主義者」に格上げされる。日本が国をあげてこれほど「民主的」だったことはかつてなかったと思われる。たとえば破廉恥な「小さい親切」運動で名を売る元東大総長は、とくとくとして書いている「学生が暴力で首相の外遊を阻止しようというのはすじちがいだ。民主主義国家としてははずかしい話である」と。私は日本が「民主主義国家」で、言論の自由な国であることをすっかり忘れていた。

このカッコつき民主主義と暴力排斥の大合唱は、いったいどこから始まったのか。まず第一に、政府とマスコミの唱和する「暴力」非難の歌声だ。佐藤首相の南ヴェトナム訪問の重大性を隠蔽するには、それに最も激しく抗議したいわゆる「暴走学生」の、そのいわゆる「暴力」のみに世の非難を集中させればこと足りるからである。そのため、彼らは学生による学生轢殺という陰惨な事件を作り上げ、それを最大限に利用するのだ。

「作り上げ」「利用する」と、いま私は書いたが、これは説明を要するかもしれない。私がまず指摘したいのは、マスコミが大々的に主張し、また圧倒的多数の日本人がいつの間にか信じてしまったかに思われる放水車の轢殺説が、決して信ずるに足る証拠を挙げてはいないということだ。私の見た限り記者の目撃談はどこにもない。各紙まちまちの、だがいずれ劣らずさも見たような記事があるばかりだ。曰く、「車の下から引出された学生の身体」、「ここで学生をひいて……」。山﨑君がどのようにつまずき、どこをひかれ、どう倒れたかまで、朝日新聞は細部にわたって報道する。また、「奪った給水車にひかれ京大生一人死ぬ」と一面トップにデカデカと見出しをかかげたのは毎日新聞である。そればかりではない。全学連ならびに社会党の検視立ちあい要求が拒否されたことや、死因は頭蓋底骨折であるという言葉など、轢死という主張に都合の悪いことは事件当日のラジオでは報道されながら、翌日の新聞からはきれいに消えているのだ。ここにいちいち書くことはできないが、辻褄のあわぬことはそれだけにとどまらない。

　私はこの報道に疑惑を持ち、数種類のミニコミをとり寄せて丹念に比較してみた。正直に言って、ここにも根拠の曖昧な主張が見られはしたが、マスコミが（おそらくは故意に）伏せてしまったいくつかの事実があるのは、いよいよ明らかだと思われた。たとえば検視の翌日の遺体解剖に当っても、遺族側の推薦する医師の立ちあいは再び拒否されている。そして私の見た限りマスコミはそれを伝えてはいないのだ（これにかんして、六〇年安保闘争の犠牲となった樺美智子の場合は、医師の立ちあいが認められ、それが警察側にとって不利な結果をもたらしたことを私は思い出すのである）。とりわけ『社会新報』一〇月一八日号の小長井良浩弁護士の一文「山﨑博昭君の〝死〟について」は、当日の死体をめぐる警察との交渉を細かく伝えている。私はいまこの文章を読んでおられる読者に、是非とも小長井弁護士の一文を求めて目を通し、それをマスコミ報道と比較して自ら判断されることをすすめたい。

　山﨑君の死という事実は、ただの一つしかなく、しかもこの原稿を執筆している現在、その真相はわれわれに知らされていないのだ。われわれは死因をめぐる二つの主張があることを知っている。そして警棒による撲殺説も、放水車による轢殺説も、いずれも一般読者にはまだ充分な根拠を与えてはいない。しかし以上の検討を通じてほぼ確実に言えることは、第一に、なぜか警察が死因究明の手段を、全学連にも社会党にも遺族にさえも与えまいと躍起になったことであり、第二にマスコミのまことしやかに提供する「事実」なるものが、ひたすら警察の発表や情報にのみ基いているということだ

（しかも警察がどんな予断や歪曲で「事実」をねじ曲げるかは、松川事件いらい、われわれのいやというほど思い知らされたところである）。以上が、「不偏不党」を呼称するマスコミの正体であり、そのマスコミが強引に読者に植えつけようとする轢殺説は、二日目、三日目になると、完全な「事実」としてまかり通ることになる。私はここに、マスコミだけしか読まぬ一般読者には分からぬからくりが隠されていはしないかと疑う。これらを私は「暴力」と呼ぶのだ。なぜならそれは巨大な力で以て、事実を知る権利を読者から奪いとり、自由勝手に「世論」を作り上げ、素手の読者を完全に打ちすえるものだからである。

よろしい、と人は言うかもしれない。だがそれでも学生が暴力をふるうのは許されないだろう、と。だがこの論理こそ、まさしく政府・マスコミ・御用評論家によって作られたものであり、われわれをせいぜい茅誠司なみの「民主主義者」に仕立てあげるものだ。いったいそのように言う人たちは、なぜ学生が「暴徒化」するのかを一度でも問うてみたことがあるのだろうか。

大江健三郎は「死んだ学生への想像力」（『朝日ジャーナル』一〇月二二日号）のなかで、そのことを問うている。彼は山﨑君の閲歴から彼が「ごく一般の学生」だったということに出発し、もし生きのびたら「決して『暴徒』たることのない、健全で、かつ真摯な社会的関心をもつ市民」になったろうと想像し、その山﨑君を死にかりたてた焦燥感は、首相がわれわれの国とわれわれをどこに導くのかという、われわれ皆の内部に実在する不安だと指摘し、その根源を「いかなる声も首相の耳にとどくことがないと感じざるをえないコミュニケーションの断絶」に求めている。そしてこうつけ加える、

「しかし、このコミュニケーションの断絶のイニシアチブをとっているのは、やはり首相であり政府である」と。

私は首相がコミュニケーションを回復しようと試みるなどとは決して思わない。またたとえ首相がそれを希望しようとも、一人の首相の「意志」によって事態が変るものではない筈だ。以上のことを前提としたうえで、私は大江の控え目に発せられた論理に同意する。それを別な形で言うならば、「角材」や「石」を手にした「暴徒」たちの存在は、巧妙な言論圧殺にはじまって陰に陽にわれわれをおびやかすもう一つの暴力、放水車・装甲車に守られて学生の前に立ちはだかる機動隊の姿をとるところの暴力（すなわち国家権力）を前提にし、それと対立すべく形成されたということだ。さらに言いかえれば、焦燥にかられたデモ隊を「暴徒」にかえるのは、この「民主主義国家」なのだ。そのことは、たとえデモ隊の行動に非難すべきところを認める者も、またデモの方法が拙劣だと考える者も、絶対に見失ってはならない点だろう。これを見失って、ひたすら学生の「暴力」は許せぬといきまくごりっぱな「民主主義者」たちや、またこの二つの「暴力」を「反動分子と極左的な反革命分子」と並列するあの「革命家」たちのような真似を、私は金輪際したくないと思う。

一人の学生の死と、それにつづく「事実」の捏造と、それを利用した「暴力」非難の大合唱と――これが「民主主義」の正体であり、われわれ一人一人がかみしめねばならない恥辱である。スマートに「ヴェトナム戦争反対」などとうそぶいてお茶をにごしているあなたや、私は、まずこの敗北と屈辱とを徹底的に見すえることからこそ出発せねばならないだろう。

「羽田事件」の報道をめぐって

＊竹内芳郎との共同執筆

1　朝日新聞への公開状

私たち両人は、去る一〇月二九日連名で、貴紙「声」欄に、次のような投書をおこないました――。

朝日新聞編集局長　田代喜久雄殿

「マスコミの代表紙の一つである貴紙に対し、一つだけぜひお尋ねしておきたいことがあります。例の10・8羽田デモでの山﨑博昭君の死因の報道に関してです。貴紙は当時、他の一切のマスコミと同じく、死因を仲間たちの運転する車の暴走によるものと初めから断定しておられましたが、このような素早い断定は、どのような動かし得ぬ証拠（しかもみずから確め得た証拠）に基くものだったのでしょうか。死因は実は警官たちの秘密の暴行によるものだとの説がかなり有力に流されていることは、情報機関としての貴紙の内部では周知の事実だと思いますが、この説については殆ど顧みることなく、専ら前説のみがあたかも信憑するに足る唯一の客観的事実であるかのように取扱われているのは、一体どういうわけなのか――この間のいきさつを、できるだけ詳しくご公表下されば幸いです。事は些細のようですが、マスコミが現代果している役割の殆ど決定的な重要さを思うとき、こうしたことはやがてわが国の前途に直接かかわりをもってくると判断しましたので、敢て筆を執った次第です。私たちと同じ疑惑に深く苛まれている数多くの人たちの心を晴らすため、また少くともマスコミとしての最低限のルールは今後とも保持することを明示するために、明確な回答が公開されることを期待してやみません」

私たちがこのような投書を、とくに貴紙を選んでおこなったのは、この件に関する貴紙の報道の仕方が他紙に比してとりわけ公正を欠くと判断したからでは決してありません。第一に、貴紙が偶然私たちの共通して継続購読していた新聞だったからであり、第二に、貴紙が他のマスコミにさきがけて、「戦場の村」のような優れたルポの大胆な掲載に踏みきったことを、それなりに評価してもいたからです。したがって、前記投書ならびにこの公開状の主旨は、むろん他のマスコミにもそのまま、あるいはむしろ、これに倍する強い調子で妥当するということを、あらかじめはっきりとお断りしておきたいと思います。

と同時に、私たちが貴紙に投書した理由の一つに、貴紙の編集綱領たる〈不偏不党〉・〈中正〉などを文字どおりにとるならば、貴紙の今回の報道仕方がそれとどのように調和するものなのか、些か気になったということも挙げないわけにはゆきません。

貴紙現社長・広岡知男氏によれば、〈不偏不党〉の原則とは、①特定の政党の機関紙とはならぬこと、②一定の主義・主張（イデオロギー）に囚われないこと、だそうです（『朝日人』一九六六・六——本誌一〇月号小和田論文に拠る）。私たちは、このような意味での〈不偏不党〉性自体にも、むろん深い疑惑を抱いております。なぜなら、①の事項はよく了解できるとしても、②の事項は、第一に、人間的認識の本質構造上、原理的に成立し得ないからであり、第二に、原理的に成立せぬことをあたかも成立するかのように主張することによって、現実には一般読者の判断に、思想的にも政治的にもきわめて有害な影響を及ぼすことになるからです。事実、あなた方とても、事実のすべてを報道するわけにはゆかず、必ずあなた方自身の一定のイデオロギーの上に立って、事実のなかから報道すべきものとそうでないものとを取捨選択して居られるではありませんか。元来イデオロギーというものは、認識を妨げるためにあるのではなく、よりよく認識するためにこそ設定されるものであり、したがって何人といえども、あなた方が事実上おこなっているこのイデオロギー的取捨選択の行為を、（あなた方の選んでいるイデオロギーの内容自体への批判は別として）原理的に非難することはできるものではありません。非難さるべきは、あなた方が事実上選んでいるイデオロギーの手の内を明かさないままに報道の取捨選択をおこなうことによって、一般読者にたいし、あたかも報道された事実のみが事実のすべてであるかのような、あるいは報道された事実の合成によって得られた世界像だけが唯一の客観的世界像であるかのような錯覚をおこさせる、その欺瞞的な手口に在るのです。

しかし、私たちが今問題にしようとしているのは、この点に在るのではありません。問題は、〈不偏不党〉を看板に掲げていようが一定の党派性を標榜していようが、そんなことにはかかわりなく、いやしくも報道機関たろうとするものにとっては、個別的事実の報道に関するかぎり、正確にこれをおこなうことこそ報道の最低のルールだ、という点に在ります。この一点を外したときには、〈不偏不党〉であろうがなかろうが、政党機関紙であろうがなかろうが、その報道機関はどんな強い非難でも、これを甘んじて受けるのが当然ではありませんか。そして、10・8羽田デモでの山﨑君の〈死因〉をめぐる報道とは、まさにその種の問題だったはずです。むろん私たちは、山﨑君の死因の真相を判定できる立場にはありません。官憲当局が、下山事件や樺美智子事件で周知のごとき所見発表をおこなった慶大法医学教室に、今度もまた早速死体解剖を依頼し、しかもその際、犠牲者の親族や弁護団の推す京大法医学教室の上田教授をはじめとする医師たちの立ち会いを一切拒否し、おまけに物証となるべき内臓などを抜き去ったうえでなければ遺体を遺族たちに返還しもしなかったという、この卑劣な手口一つだけをもってしても、死因が本当は奈辺にあったかおよその推測はつくように思うのですが、しかし今は、これらのことを（また小長井弁護士が非公式に提示しておられる殆ど決定的と思われる反対物証をも）一切カッコに入れたままにしておきましょう。問題は、「真実を公正敏速に報道」することを編集綱領に麗々しく掲げていながら、貴紙が（むろん他のマスコミも同様）あたかも死因がすでに客観的に自明であるかのように報道したことであり、このことの責任は、どこまでも追求さるべき性質のものだと思うのです。

　今このことを、当時の貴紙の報道の仕方を具体的に示すことによって、論証しておきましょう——まず新聞報道に先立つ一〇月八日当日、すでに死因に関する二つの見解、すなわち二つの〈事実〉が発表され、官憲側と学生側とがまったく相反する態度をとったことは、周知のとおりです。ところが事件の翌朝刊において、貴紙はどのような報道をおこなったか。第一面には、「学生一人死ぬ」という見出しのもとに、無署名で、つまり〈客観的事実〉として、「警備車を奪った学生が警察隊へ後退しながら突込んだあと、前進しようとして仲間の一人をひいて死亡させた」と書かれています。また第一五面では、やはり無署名で「スピードをゆるめ、車は走った。はじめ空港寄りのロータリー付近に後退したあと、今度は前進、ここで学生をひいて五〇メートル先のガソリンスタンドのところで止った」「この車の下敷きになって一人の学生が死んでいた。胸をつぶされ息絶えている」と、さも実見したかのように述べられています。いったい貴紙のどなたがこの事実を確認したのでしょうか。ところで『週刊朝日』一一月三日号によると、この事実の根拠は、どうやら警視庁の村上公安一課長がすばやく八日午後三時の記者会見で述べた説明、すなわち警察側の〈事実〉にあり、貴紙はそれを鵜呑みにしたとしか判断のしようがありません。だがいやしくも〈不偏不党〉の立場を執るならば、相対立する二つの〈事実〉の何れか一方を、無批判に受け入れることはできぬはずです。なるほど、一〇月九日付朝刊第一五面の下段には、小さく、死因は警官たちの殴打による旨の秋山全学連委員長と小長井弁護士の意見が掲載されてはいます。しかし、それは事実ではなくて一つの〈意見〉——しかもいつもいつも事実に異を称える反対派の〈党派的な〉私見——としてしか取り扱われず、客観的事実はあくまで〈不偏不党〉の貴紙が〈無署名〉の花飾をもって報道した官憲側の〈事実〉の方だ、という圧倒的印象を読者大衆にぶち込んでしまったのです。そしてその後、これを訂正する記事は一行たりとも現われず、かくして、「学生が学生を轢き殺したんだ、何という愚劣で気違いじみた学生ども！　こんなものがどうして学生と言えるか、このゴロツキどもを全部監獄にぶち込め！」という声が、民主的で良識ある〈世論〉として、日本全国津々浦々を覆ってしまった、というわけです。〈不偏不党〉の、まことにお見事なお手並みだった！　と心から感嘆せざるを得なかったのですが、こうなると、あなた方の〈不偏不党〉とは、要するに権力者の主観的意見を虚偽まで含めて客観的事実として国民のなかに定着させるための瞞着装置でしかないということになるわけです。果してそう解しておいてよろしいかどうか、この機会に一つ、いいいいいいいいい、あなた方ご自身の口からとくと伺っておいた方が、あなた方がいつも「ためを思って」おられる国民のためにもなるのではないか――そう私たちは考えた次第でした。

以上のような理論的ならびに事実的根拠に基いて、私たちは前記投書をおこなったわけですが、この投書は貴紙により、完全に黙殺されてしまいました。その理由が何に基くかは存じませんが、事の性質上、黙殺されたまま泣き寝入りするつもりは、私たちにはありません。今後七〇年の安保改定時をめがけて、あるいはさらに、わが国がアメリカ帝国主義と完全に無理心中を遂げさせられるまで、わが国の政治社会は戦慄すべき動乱をくり返すでしょうし、その間にあって、貴紙を含むマスコミの役割は殆ど致命的な重要さをもつものと考えられます。しかし私たちは、自分の声を本当に届けさせたいと願っている一般大衆からは、あなたがたによって遮断されており、したがって私たちの言論力は口惜しいことに、初めからごく微小な射程に運命づけられているとはいえ、にもかかわらずなお本誌上を藉りて、私たちは一般読者をまえに、事の黒白をつけたいと思うのです。

そう、私たちが没にされた自分の投書をこうして再び別の商業誌に公表できるというのは、あきらかに著述家としての私たちの特権にぞくしています。一般大衆だったなら、投書を没にされたからといって、泣き寝入りする以外にどんな方途が残されているでしょうか。私たちは、たとえ微小なものとはいえ、この自分たちの特権性を明確に意識しており、しかもなおこの意識の上に立ってこの特権を行使しようとしているのです。なぜなら、あなた方がどんなに国家権力と癒合して真実を覆おうとしても、一般読者にはいつでも真実を知る権利があり、私たちの特権は、まさにこの、一般読者に等しく与えられた普遍的権利を擁護するためにこそ、行使されていると信じているからなのです。

ところがあなた方は、ご自分の言論の特権――私たちのささやかな特権を圧倒的に上まわる特権について、一体どれだけの自覚をおもちなのでしょうか。もしもあなた方が、自己の言論の途方もない特権性について些かでも自覚をおもちだったなら、投書の矛先が自分たちの報道の仕方に向けられていたからといって、そう簡単にこれを黙殺して、それで済ましているわけにはゆかなかったでありましょう。のみならず、報道機関を現在ほとんど完全に独占しているあなた方が、国家権力に都合の悪い事実はこれを曖昧に覆いかくすのみか、それにたいする読者の質問の口さえ完封しておきながら、口を開けば一にも民主主義、二にも言論の自由と大声で呼ばわり、国家権力の非道とあなた方の欺瞞とのゆえにすっかり絶望に追いやられた一部〈暴走学生〉たちにたいしても、「暴力はよせ、表現の自由を濫用するな、言論でもって世論に訴えよ」とまことしやかな説教を垂れるのは、あまりに白々しすぎはしませんか。自己の言論の特権性にたいする、こうしたあなた方のほとんど信じられないまでの無自覚性が、ほかならぬあの一部学生たちの絶望的な〈暴力〉を不断に助長しているということに、あなた方はチラとでも気づいたことがおありでしょうか。

とにかく、報道機関をほとんど完全に壟断してしまっているあなた方が、事実の公正な報道という、報道機関としての最低のルールすら蹂躙してまで、自分の都合のいいように〈世論〉づくりをおこない、そうした上で、その〈世論〉なるものを無視する一部学生たちの〈狂気じみた暴力〉を口を極めて非難罵倒するというのは、今や誰が見てもあまりに身勝手すぎるというものです。あなた方が日ごろ公言しておられるように、民主主義と言論の自由を護り、学生たちを〈正気〉に戻したいともし本気でお考えならば、せめてはまず、報道機関としての最低限の資格ぐらいはもつよう努力することから手をつけて頂きたいと思います。その程度のことすらできないでいて、「首相のアメリカ訪問に反対なら、その意思表示をするにとどめて、つまらぬ暴力ザタは一切やめてもらいたい。それは国民のためであり、君たちのためであり、革新陣営のためにもなる」（一一月一三日「天声人語」）などと、どうして偉そうな口が利けるのでしょうか。まずあなた方のほうを〈正気〉に戻したいと考えている私たちは、さしあたって次の二つの事項の確実な実行を、本誌読者を証人として要求いたします――。

①前記投書で発しておいた問い（当初から轢殺と断定するために、貴紙がみずからたしかめ得た根拠は

何か）にたいして、紙面で速かに、かつ明確なかたちで回答すること。

②もし当時の報道の仕方に非があったとすれば、紙面でこれを公けに謝罪し、今後このように卑劣な大衆操縦を〈不偏不党〉の名のもとにおこなうことはやめる旨、誓約すること。

あなた方は、この私たちの要求を、またしても完全に黙殺されるかもしれません。けれども、あなた方が黙殺すればするほど、すくなくとも本誌の読者たちは、あなた方のつくった〈轢殺〉世論なるものをいままで信じていた人たちも含めて、すでに事の本質を知った以上、今後、相も変らずあなた方偽善者たちによってくり返されるであろう〈民主主義〉だの〈言論の自由〉だの〈暴力排撃〉だのの空念仏に、かぎりない侮蔑の唾を唾するでありましょう。非道きわまる国家権力と馴れ合いで説かれるあなた方の〈民主主義〉こそが、民主主義の否定だと言われる一部学生の〈暴力〉と由比さんの〈焼身死〉の責任を全的に取らねばならぬ当のものだったということを、今やはっきりと看破するでありましょう。あなた方が依然として己れの言論の特権性の上にのうのうと居坐るならば、あなた方偽善者たちのもたらすものとしては、第二・第三の山﨑君であり由比さんでしかないでありましょう。私たち日本人の前途には、もはや暗澹たる死のレールしか敷かれていないように思われます。

〔付記〕朝日新聞社は、『朝日ジャーナル』という知識人向けの週刊誌などには、この事件に関しても、本紙とはかなり調子の違った報道や論説を流しておられます。しかし、こんなやり方こそ本紙しか読まぬ一般大衆を愚弄し、併せて事情を知った知識人を大衆から孤立させる、きわめて悪質な二重作業でしかなく、決してこの問題の免罪符とはならぬということを、はっきり自覚しておいたほうがよろしい。

［一九六七年一一月一八日］

2 「朝日新聞への公開状」その後

昨年10・8羽田闘争における山崎博昭君の死とその報道をめぐって、私たち二人は『展望』一九六八年一月号に「朝日新聞への公開状」を発表し、その末尾に、同紙編集局長田代喜久雄氏にあてて、次の二点の要求を提出した。すなわち――

①「殴殺」「轢殺」両説の発表されたなかで、朝日新聞は当初からすばやく山崎君の死を「轢死」と判断したが、そのためにみずからたしかめることのできた動かし得ぬ証拠を紙上で速やかに且つ明確に発表すること。

②もし当時の報道の仕方に非があったなら、紙面でこれを公けに謝罪し、今後このような大衆操縦を〈不偏不党〉の名のもとに行なわぬと誓約すること。

私たちは公けの場でこの二つの回答を要求した以上、たとえ朝日新聞がこれに答える可能性は初めからごく乏しかったにせよ、これをそのまま断念するつもりはなく、少くとも「公開状」発表によって事が完結したと考えるものでは毛頭なかった。

したがって、私たちは朝日新聞から回答を得ることを強く希望するとともに、回答がどうしても得られぬ場合は、その間の事情を読者に御報告するのが両人の負うべき義務であると考えた。本稿は以上の趣旨にもとづき、「公開状」以後の経過を、私たち両人に関係する限り一切読者に報告するとともに、併せてこれにかんする筆者たちの意見を簡単に述べようとするものである。

なおすでに「公開状」にも書いておいた通り、以下の記述は、決して朝日新聞一紙を攻撃することを目的とするものではない。事は日本におけるマスコミ全体の体質にかかわるものであり、私たちがたまたま朝日新聞を選んだのは、同紙の社会的意義をそれなりに高く評価しているからに他ならないのである。そのことを、私たちは初めにあたってとくに強調しておきたい。

公開状の反響

さて、私たちの文章は、筆者も予期せぬ反響に迎えられた。朝日新聞は果して答えるだろうかという問いが電話や口頭で頻々と寄せられ、結果が知りたいという声がきこえ、マスコミ内部で働く人たちからも強い関心が示された。また幾つかの大学の学生有志と若干の学生新聞とは、これをいっそう広く大衆の目に示すことを自発的に申し出て、全文をタイプ印刷にし、あるいは紙面に掲載した。だがまたたった一つ、逆の反応もなかったわけではない。それは朝日新聞学芸部が、筆者の一人である鈴木への依頼原稿をボツにする、という形であらわれた。

鈴木が原稿執筆を依頼されたのは、たまたま「公開状」発表の直前だった。鈴木がある集会で行なう予定であった講演の要旨を、朝日新聞に掲載させてほしいというのがその内容であった。鈴木は「公開状」が近く発表されることを説明して執筆を辞退したが、たっての願いにあって、講演内容の概略を依頼者に伝えるとともに、内容の一部をなしているマスコミ批判にも当然ふれることを明言したうえで、以上をそのままのせるという条件で、これに応じることとなった。

この原稿が、一旦デスクを通過した後にボツにされたのである。担当記者によれば、ボツになった理由の第一は、マスコミ批判の部分にあり、近く「公開状」を発表すると明言している者に紙面をさくわけにゆかないという点にあった。担当記者はこの理由を不満として、マスコミに批判を持つ者の意見をこそまさに掲載すべきであることを強く進言したが、これにたいして紙面の責任者は、別の口実を設けてあくまで原稿掲載を拒否したという。このことは単に一朝日の問題のみでなく、現在のあらゆるマスコミにおいて、ある程度の政府批判は許されてもマスコミ批判はほとんどタブーであることを示す一例であるとともに、「公開状」に対する朝日新聞の態度をはっきり予測させるものでもあった。

朝日新聞との交渉

さて、私たちはすでに述べたごとく、「公開状」発表で事がすんだとは決して考えていなかった。たとえ可能性が乏しくとも、とにかく朝日新聞紙上での回答を要求し、その結果を見ようとしたのであって、山﨑君の死の報道はマスコミとしても決してないがしろにできる問題でないというのが、私たちの意見であった。したがって、本誌一月号発行後いく日かたって回答発表の気配もないのを見定めると、第二の方法として、直接に編集局長に会見を求めることを考えた。むろんそれは朝日新聞紙上での回答と、意味も効果もおよそ異なったものになることは言うまでもないが、しかし、せめて回答できぬ理由ぐらいはきき出したいというのが私たちの希望であった。

ところがこれと相前後して、『展望』編集部はすでに独自に朝日新聞との交渉を開始していた。以下は、『展望』編集部の手になる交渉経過のメモである。

〈交渉経過メモ〉

『展望』編集部

一月号に竹内芳郎・鈴木道彦氏による「朝日新聞への公開状」を掲載した『展望』編集部は、これに回答するよう朝日新聞へ申し入れることが当然の義務であると考え、次に記すように交渉を重ねてきた。残念ながら正式の回答を得ることができなかったことについて、交渉の経過を明らかにして読者の了解を得たい。

一二月七日　「朝日新聞への公開状」を掲載した『展望』一月号刊行。

一二月一〇日ごろ、朝日新聞編集局長田代喜久雄氏宛に一月号を郵送する。

一二月一三日ごろから連日のように田代氏へ電話するが連絡できない。数日後、電話すると田代氏はこの期間連日の会議で連絡はとれにくい旨、取次者から伝えられる。

一二月二〇日ごろ田代氏へ電話、同氏は不在。取次者に「公開状」の件で田代氏に会いたい旨を伝える。取次者は当該紙面の直接責任者である社会部長伊藤牧夫氏に相談することをすすめる。伊藤氏へ電話。

同氏はすでに「公開状」を読んでおり、反論をもっているが、「公開状」は田代編集局長宛のものであるから、局長に話してほしい、自分に書いてほしいとの意向があっても、編集局長と相談してからのことである旨伝える。以後ふたたび田代氏へ電話するも連絡はつかない。

一二月二七日　田代氏へ電話するも不在。伊藤氏へ電話するが不在で、社会部デスクK氏が応対。K氏は一方的に発表された「公開状」に回答するか否かは自由であると語る。K氏へ①「公開状」について朝日新聞紙上で回答する意志の有無、②『展望』誌上で回答する意志の有無を編集局長に返答してほしいむね、またその結果をK氏から当方へ連絡してほしいと要望。K氏、期限は約束できないが編集部へ返答すると確約。

一月六日　K氏へ電話、同氏不在。

一月八日　K氏へ電話するが不在。会いたいので帰社次第K氏の都合をきいてほしいと取次者に要望するが、取次者は自分はアルバイトである故、名前を明かすことも、責任をもってK氏へ伝言する人と電話を交代することもできないと応答する。

一月九日　午前、K氏へ電話するも連絡不可能。取次者はK氏が一週間ほど休むと伝える。午後、編集部の一人が『展望』誌の名を明かさず、個人名でK氏へ電話。電話した編集部員は「取次者は黒板を見てまもなく帰ると答えた」と編集長に報告（註・後にK氏は社会部には黒板はないので、取次者はそのような返答をするはずはないと伝えてきた。編集部は社会部に黒板のないことを確認した）。やむなくK氏との連絡を断念。

伊藤氏へ電話。翌日会うことを約す。

一月一〇日　伊藤社会部長と会う。K氏から返答を受取ることを断念した旨を伝え、改めて「公開状」に対する朝日からの回答の意志の有無を問う。伊藤氏はすでにK氏から話を伝えられており、田代編集局長と相談の上、回答はしないと決定している旨を答える。回答がない場合は会談したいとの竹内・鈴木氏の意向を伝える。伊藤氏は『展望』に協力したい旨答え、会談を了承。ただし会談は回答でもなく回答の代りでもなく、私的なものであり、いわば『展望』へのサービスであると念を押す。また会談の条件として、一部公開を遠慮してほしいところがありうること、内容が正確に伝わるための配慮を求める。

編集部から竹内・鈴木氏の意向を問う。両氏は内容はすべて公開するとの了解で会談したいと返答。

一月一六日　伊藤氏これを応諾。

一月二〇日　朝日新聞本社で午後一時から約二時間、伊藤社会部長、竹内・鈴木氏会談。『展望』編集長同席し、内容をテープに録音。

以上が、『展望』編集部の斡旋によって実現した伊藤社会部長との会談にいたるまでの、ごく概略的な経過である。『展望』編集部としては、雑誌編集者の立場として当然、朝日からの回答の誌上掲載を極力実現すること、それができぬ場合にはどんな形であれ会談を実現してその結果を誌上に発表すること——以上の二点のみを目標として困難な交渉を重ねてきたと思われるが、私たち二人は筆者としての立場から、当然それとは目標を初めから異にしていた。すなわち、朝日が新聞紙上でも本誌上でも回答せぬのなら回答せぬがよい、そのことを読者に報告するまでだ、大マスコミが己れの力を笠に着てミニコミや微小な筆者を鼻であしらいたいのならそうするがよい、微小ながら全力を挙げてその経過の一切を読者のまえに公開し、それでもって現代日本のマスコミの体質を浮き彫りにするまでだ——というのが私たちの当初からの決意だったのである。したがって、私たちにたいしては、どんな「私的なもの」も入り込む余地がなく、あらゆる経過、あらゆる会談が公開され得るものであることを、終始一貫公言して憚らなかった。たとえ伊藤氏が「私的な」対話を強く望まれようとも、またどんなに会談が回答でもなければ回答に代るものでもないと力説されようとも、私たちがお会いするのは、決して伊藤氏個人ではなく、まさしく朝日新聞社会部長、つまり私たちの「公開状」が問題とした山崎博昭君の死の報道の、直接の責任者に他ならなかった。私たちが氏との会談に際して、会談の一切が公開され得ること、もし公開を憚られることがあれば氏自身それを語らなければよいと強調し、わざわざこれを申し入れたのは、以上の立場の表明であった。このことは、後に影響するところ大であるので、とくに指摘しておきたい。

さて、以上の条件に基づいて開始された伊藤社会部長との会談は、蜒々二時間近くにわたったが、話題はたえずどうどうめぐりをくり返して進展せず、結局のところ明らかになった重要な事実は、わずかに次の三点であった。すなわち、

①朝日新聞は、当初から山﨑博昭君の死因を轢死と断定した。しかしそれは決して、警察発表を鵜呑みにしたせいではない。警察発表は、その断定を下すための一要素にすぎず、朝日は独自の確固たる状況証拠に基いてそうしたのだ。だが、その状況証拠が何であるかは公表できない。

②「公開状」に回答しないというのが社の公式決定である。また回答しない根拠が何であるかも言えない。回答しだしたらきりがない。

③一般的に、読者の疑問にたいしては、紙面での報道を通じてこれに答える。今回の山﨑君の死亡事件にかんする疑問については、近くこれにこたえる機会があるかもしれない、ないかもしれない。だが少くとも、朝日新聞の報道の仕方が間ちがっていたとか、轢死でなかったとかいった結果は、絶対に出てくるはずがない。

伊藤牧夫氏よりの申し入れ

以上のごとき会見が行なわれた二日後になって、私たちは『展望』編集部から、伊藤氏より電話で二つの申し入れがあったとの知らせを受けた。その第一は、社会部デスクK氏にかんする詳細は、経過報告に載せないでほしいということ、第二は、二〇日に行なわれた発言に正確を期するために、原稿を書かせてほしい、これを伊藤氏の回答と見なしてほしい、という申し入れであった。私たちはこ

のことを伝えられて、第二の原稿執筆の点については、これを交渉経過の一要素に加えることは差支えない、と返答した。次に伊藤氏の原稿を掲げておくが、その内容は、会見のさいに述べられたことと別に異なるものではないと思われる。だが、第一のK氏云々の点にかんしては、些か詳細な説明が必要である。

〈伊藤社会部長の追加原稿〉

京大生山﨑博昭君が死亡した事件について「ひき殺された」と報道したのは、どのような判断に基くものか、ということですが、私は、現在、その根拠を明らかにすべきであるとは考えていません。強いていうならば、諸々の状況証拠からそのように判断したということであります。

警視庁の発表も、判断の手がかりになる材料のひとつではありますが、私どもは、日常の取材活動において、官庁側の発表をそのままうのみにしないように注意していますし、今回の事件にしても、警視庁が「ひき殺された」といったから、それをもって直ちに事実と認定したわけではありません。

一般的にいって、新聞に掲載された個々の記事についてその取材の経緯を紙面で詳しく説明することは無理だろうと思います。ニュース・ソースの秘匿という問題がありますし、また毎日のおびただしい量の記事に一々取材上のコメントをつけることは事実上不可能でありましょう。何にもまして、記事そのものが私どもと読者を結ぶすべてであり、取材の舞台裏は二の次であります。かりに記事について読者の疑念があるとするならば、それはさらにニュースの発展にそって継続的な報道をすることにより、疑念を解き、読者の理解を深めていくように配慮すべきである、と考えます。今回の事件についても、お二人がやがて紙面を通して理解していただける時が来るであろう、と私は信じています。

新聞批判が最近非常に盛んであります。なかには全くの偏見ないしは事実誤認に基くものも相当多数見受けられます。新聞に対する干渉や圧迫については私どもは断乎としてはね返しますが、フェアな新聞批判については汲むべきものは汲むという態度をとっているつもりですし、決して独善的な考え方でいるわけではありません。お二人の熱意には敬意を表しますが、ご回答申しあげないことをご了承いただきたいと思います。

『展望』編集部の一月九日メモに簡単に触れられているように、編集部は当日の朝日の電話応対が、『展望』誌の名を明かしたとき（午前）と明かさなかったとき（午後）とで大きく喰い違ったところから判断して、当初K氏が居留守を使っているとの強い心証をもち、それを私たちに伝えていた。私たちは、知り得る限りの一切を、出所を明らかにして読者に報告する予定であったから、当然このことも経過報告に組入れるはずだった。ところが伊藤氏はこの点をひどく気にされて、「居留守」については事実に反するところもある故に、経過報告ではこのことにふれないようにと申し入れられたのである。『展望』編集部を通じてこの申し入れを伝えられた私たちは、事実はすべて公表するという立場をくり返し確認し、この申し入れをきっぱりと拒否した。

私たちが『展望』編集部に以上のような拒否回答を行なってから大分経ったのち、二月一二日に鈴木が伊藤牧夫氏より直接電話を受けた。折あしく鈴木は不在だったが、二月一四日になって再び伊藤氏は鈴木に電話され、社会部デスクK氏にかんする件は、なるほど部内の連絡が不十分だったことは認めるが、これは「公開状」をめぐる事の本質と直接関係がなく、またK氏は居留守をつかうような人物でないから、経過報告には書かないでほしいとの要望を行なわれたのである。鈴木はこれにたいして、経過発表に至るまでの一切の事実は可能な限り根拠を挙げて公表するつもりだと答え、さらに、このような電話の申し入れがあったことも書くのかという伊藤氏の問いにたいして、当然そうするつもりである旨返答した。伊藤氏は、それでは「私的」な会話も人間的・友人的な関係も持てないではないか、そもそもことわることもできた会見に応じたのは、できるだけ人に会うという自分のプリンシプルに発したものである、ましてこのような電話による申し入れまで公表することは甚だ非人間的である、という趣旨のことを述べられた。これに対して鈴木の行なった回答は、ほぼ次のような趣旨のものであった。

「私は朝日新聞への『公開状』を書いた当の者であり、それまで一面識もなかったあなたと先日会談したのは、あなたが朝日新聞社会部長という職にあったからに他ならない。当日、会談のすべてが公開し得るという条件を確認し、わざわざテープまでとったのは、以上の立場によるものである。したがって、この経過報告が発表され、問題が一切決着するまでは、『公開状』にかんするすべてのことを私はガラスばりにしておくつもりである。言いかえれば、経過報告発表のときまで、あなたと私の間に『私的』なものは入り得ないのであって、これをあくまで『私的』だと言うのは公私を混同するものである」

私たちが、この電話による申し入れの経緯を、些細な点に至るまで明らかにしたのは、ここに日本のマスコミ特有の体質がはっきりと露呈されており、それは山﨑博昭君の死因にかんする報道とも、決して無縁でないと考えるからである。私たちは「公開状」をめぐり、この申し入れまでをも含めたすべての経過を通じて、遺憾ながらマスコミに対する不信の念をますます強めないわけにゆかなかった。敢て言えば、マスコミは事実を怖れているのではないかとさえ思われた。

報道には誤りがあり得るものだ。それを事実の光に照して、訂正すべきははっきりと訂正し、答えるべきははっきりと答えるのがフェアな態度である。私たちは『展望』編集部を通じて、デスクのK氏の応答をきいていた。当初、編集部が、K氏は居留守をつかっているという心証を得たのには、それなりの理由がある。くり返して言えば、或る取次者が『展望』編集部に、K氏が一週間欠勤中だという回答をしたその日の午後、相手を『展望』編集部と知らぬ別の取次者から、K氏が間もなく帰社するということを編集部の一人が聞いているからだ。ところがK氏は、後になってこのことを強く否定され、「居留守」云々は事実無根だと激怒されたそうである。[*1] 私たちには、何れが事実であるかを判定する資格はないが、しかし報道が誤っているならば（それはしばしば起こり得るはずだ）、その誤りをいさぎよく訂正すればすむことである。もしそれが「公開状」を書いた筆者たちとそれを書かれた朝日新聞のごとき関係であるならば、公開の場で誤りを指摘し、指摘された方は公開の場で訂正すればよいのであって、この一件は経過報告から省くようになどという申し入れを、非公開を前提として筆者たちになすべきではないと思う。ましてその申し入れを行なった事実を公開すると告げられて、この申し入れは「私的」であったと弁明し、これを公開するのは「人間的」でないなどと難詰するのは、筋ちがいであろう。私たちは後段で、このように難詰する朝日新聞自身がいかに「人間的」であるかを見るであろう。

さて、以上のことは、山﨑君の死因報道とも明らかに密接な関係がある。そこで私たちは、次にこの死因報道にかんする問題点と、死という「事実」をとくにとり扱おうとした私たちの基本的態度と、

＊1　もともと伊藤氏は、K氏が居留守を使う人間ではないと語っていたが、二月一七日、『展望』編集長と伊藤・K両氏との会談のさい、このことが話題の中心となり、K氏はそもそもメモ用の黒板などは社会部内にないと言い、このことは編集長も確認したとのことである。だが、たとい黒板はなかったとしても、何のメモもなしにK氏の帰社を知らせる電話応対がどうして可能だったのか、また『展望』編集部の名を明かしたときと明かさなかったときとでどうしてそんなに大きく電話応対が変化したのか、それから、伊藤氏はどうしてあんなにも執拗にK氏の件を経過報告から落すよう申し入れられ、しかも、そのように申し込まれたことを内密にするよう圧力をかけられたのか——伊藤氏が激怒するかわりに説得的な解明を与える態度を示して下さらぬ以上、とにかく私たちはこの件に関しては、いまなお深い疑惑に包まれたままでいる。

さらに「私的」「個人的」ということがいかに無責任なものになり得るかという点について、若干の考えを述べたい。

死因の報道について

第一の問題点は、死因の断定そのものにある。私たちは「状況証拠」なるものがどこまで証拠能力を持つものであるかを知らないが、私たちの知る限り、山﨑君の「轢死」については不可解な点が無数にあるのであって、しばしば言われるように、警察発表がクルクル変ることはその最大の点である。たとえば『朝日新聞』一〇月九日号朝刊は警視庁発表として次のように細部に至るまで具体的に述べている。

「この時、橋のたもとにいて逃げ遅れた山﨑君が車の左から右前へ向かって斜めにかけ出し、ちょうど車の進路にあたるところで突然、つまずいたような形で横に倒れた。同時に車の右前輪に腰のあたりをひかれ、あおむけになった。車は一度止ったが、再び動き出し、胸と首のあたりを右後輪でひいた」

このさも見たような警視庁の発表と、死因は「胸部ざ滅、胸腹部内臓損傷らしい」（同日付『毎日新聞』による）というすばやい談話とは、どこまで正確なものであるか——それを決定するひとつのきめ手は、言うまでもなく死体解剖である。ところで周知のように、警察側は、遺族や弁護人の推す医師の立合いを拒否した（解剖による死因の究明は、たとえ他の医師が立合ったところで充分に争点になり得ることはよく知られている）。そのうえで、『朝日新聞』一〇月一〇日朝刊の伝えるところによれば、「死因は頭や胸、腹などを重量のあるもので圧迫されたために内臓、頭などが損傷を受けたため」であるという、曖昧きわまる発表がなされたのであった。その後、一一月一一日の東京都議会警務消防委員会では、警察当局は死因を「頭部損傷」と変更し、山﨑君の死体を直接牧田病院に運んだのではなくてまず穴守橋交番に運んだことを明らかにし、山﨑君は「つまずいた」のではなく、いつの間にか「しりもちをついて倒れた」ことにし、さらに警備車の重さとタイヤの幅について最後まで答弁を拒否した、といわれている（『羽田救援ニュース』第二号による）。伝えられるこのような警察側発表の変化は、私たちに深い疑惑をおこさせずにはいないものだ。その詳細は、小長井弁護士が発表した『社会新報』一〇月一八日号、『朝日ジャーナル』一二月二四日号などの記事を見られたい。

だが、ここで誤解のないようつけ加えておけば、私たちはいかなる意味においても、死因が何であるかを主張しているものではないのである。私たちは医学的にまったくの素人であり、また死因を究明したり主張したりするいかなる手段も根拠も持ちあわせてはいないのである（したがって、死因は「殴殺」だという主張も決して信じているわけではない）。実際に遺体を自分の目で見ることのできた小長井良浩弁護士の証言によれば、遺体はとても重量ある車に轢かれたとは思えぬほどにきれいなものであり、とくに腹部には何の損傷も認められず、頭部にのみ傷のあるものであったそうだが、これについても私たちの考えは素人の想像の域を出ないものだ。しかし、それにもかかわらず、私たちは警察発表が曖昧であり、二転三転していることを見逃すわけにはゆかない。

「事実」は二とおりあるのだ。その一方の「事実」、すなわち「殴殺」説は、何ら探求されていない。他方の「事実」、すなわち「轢殺」説は、グラグラゆれている。このとき報道人は、死因の断定を避けるか、ないしは断定の根拠を示す以外に、何を報道することがあるだろう。その断定の根拠とは、正確な目撃者の証言か、明確に山﨑君の轢死現場と判定し得る証拠写真か、あるいはそれに代る物証以外にあり得るだろうか。朝日新聞は、それらをまだ私たちに与えてくれてはいないのだ（この点については、『週刊朝日』一〇月二〇日号、一一月三日号、『朝日ジャーナル』一二月二四日号参照）。この段階において、「諸々の状況証拠からそのように判断した」と言うだけでその「証拠」を提示できないのでは、警察発表を鵜呑みにしたと言われても抗弁の余地がない。朝日新聞は他のマスコミ同様に、死因を明らかにせぬままに轢殺世論を作り上げ、それを確固たるものにすべく今なおその役割を着実に果しつつあるのであって、私たちはこれをマスコミの「暴力」と呼ぶことに躊躇しない。たとえ万が一、「轢死」が事実であったところで、「警察発表によれば」という前提もなしに、また証拠も明示せずに、これを断定し、そのような形で読者に事を報道した責任を、マスコミは全面的に引受けねばならない。かくして、いやしくも公的な場で見るかぎり、朝日の態度のどこに一体「人間的」なものが見出されるのだろうか。

なぜ死因に固執したか

さて、断るまでもなく、私たちにとって山﨑博昭君の死は、その死因がどのようなものであろうとも、本質的には何ら変るものでない。山﨑君は佐藤首相のヴェトナム訪問を阻止しようとして組まれた隊伍のなかにあった。そして、ヴェトナム侵略戦争に反対する私たちは、佐藤首相の訪ヴェト阻止という一点において、山﨑君とまさしく共通の願いを持っていた。私たちは10・8の当日それを行動によって表現はしなかったけれども、山﨑君の属していた隊列は、私たちの共通の願いを政府に強制するために組まれたものだった。この隊列が、政府やマスコミのいわゆる「暴徒」と化したのは、ヴェトナム戦争への加担を深めつつ自由な意志表示の手段すら圧殺する政府の暴力と、かくも恣意的に「事実」を捏造するマスコミの暴力と、この圧倒的な暴力二重奏の作り出した当然の結果だったのである。山﨑君はこのデモ隊のなかにあって、機動隊の狂暴な弾圧と、それに抵抗しようとするデモ隊とによって作られた混乱のうちに若い一命を落したのであった。私たちは山﨑君の死の根本的な責任が、「殴殺」の場合はもとより、たとえ「轢死」であろうとも、何よりもまず戦争政策を遂行する政府にあると考える。その意味において山﨑君が、直接死因はいかようであろうとも、まず第一に権力の犠牲者であったことは明らかである。

にもかかわらず、私たちは今回、なぜかくも「死因」という、一見非本質的な事象に固執したのだろうか。ほかでもない、動かし得ぬ個別的事象を捉えてでなければ、とうてい有効なマスコミ批判は展開できないと判断したからであり、そして七〇年安保闘争をめがけて激動を重ねつつある現時点で、力の及ぶかぎりマスコミ批判を試みておくことを緊急事の一つだと判断したからである。また私たちが今回のマスコミ批判にさいして、ことさらに『朝日新聞』という特定の新聞を相手どって、投書ー公開状ー面談という直接行動の線に沿ってこれを追求したのも、総合雑誌に今までよく見られた総括的・概論的なマスコミ批判では体よく逃げられてしまうものまでも捉えてみたいと思ったからである。つまり、相手を否応なく責任をとらねばならぬ場にまで能うかぎり追いつめること、どんなに無責任をきめこもうとも、少くともその無責任さには万人の前で責任をとらざるを得ぬ場にまで追いつめることを意図してのことにほかならなかった。むろん、そのことによって、かえって逆に、私たち自身の方が相手から追いつめられることにもなるであろうが、責任追求とは元来そうしたものであることくらい、私たちは百も承知であった。

無責任体制としてのマスコミ

さて、結果はいまや明らかであろう。私たちの眼前に姿をあらわしたものは、どの面から手を廻してみてもまるでとりつく島もない、見事に装われた全面的無責任体制としての、現代日本のマスコミの不可視的機構の一端であった。

まず、伊藤社会部長との会見がようやく実現するまでの難航をきわめた経過をもう一度ふりかえっていただきたい。そこにはまず、あらゆる口実を弄して逃げ廻るという、およそ「大朝日」のイメージには似つかわしからぬ卑小な行為が支配している。しかもこの卑小な行為は、一転して、『展望』

さんのメンツを立てるための、『展望』さんへのサービス」としての私的な会見という尊大な行為となって落着する。しかもこの卑小さも尊大さも、もともと「回答一切拒否」という社内の黙契から由来したものであって、田代、K、伊藤氏など個々の社員の個性は何ら責任を負わなくてもよいように仕組まれているのだ。もっとも、個々の社員の主観的意識においては事はまさに逆立してあらわれ、彼らは責任が社全体に及ばぬよう、つとめてこれを個人の枠内に局限しようとし、そのために経過事実の全面的公表を極力押えるよう最後まで努力した。このことは、「事実」ならびに批判にたいするマスコミの態度を的確に示す象徴的事実である。マスコミは「事実」を報道する圧倒的な力をもつと同時に、報道しないという絶対的な力をももっている。とりわけ自社にとって都合の悪い事実を報道しない、公表させまいとする個々の社員の「愛社精神」(この愛社精神は、競争相手たる他社にとって都合の悪い事実をも報道せぬ、仕返しが恐ろしいから、というところまで徹底している)は、社全体としての無責任精神と見事に合体しているようにみえる。

朝日が私たちの経過報告の過程にあれほどにまで執拗に介入し、事実誤認を公開の場で指摘するよりむしろその公開それ自体を事前にさし押えようと努力し、しかもその努力を「人間的」だと錯覚したのも、実に根の深い問題だったのである。つまり彼らの言う「人間的」とは、ただ私的な場でだけ発揮され、公的な場では逆に、根拠も明示せぬ死因の一方的断定というごとき全き非人間性が支配し、しかもこのような公的な非人間性は、まさに彼らの私的な人間性によってこそ支えられ、機能していたわけである。まことに彼らの「人間的」とは、「非人間的」のまたの名にほかならず、彼らの個人的責任感とは、社全体の無責任体系の別名でしかなかった。

実際、既述のように伊藤社会部長は、私たちとの会談においても電話においても、「どこまでも個人として」という点を強調されたが、それと関連して思い出されるのは、その会談とちょうど同じ日にもたれた、『現代の眼』誌主催の西島芳二朝日新聞論説顧問と筆者の一人竹内との対談、および対談までの経過である。西島氏もまた社を代表して答える資格の自分にないことを強調され、またニュース編集面の個々の問題については何も知らないことをくり返し力説された。しかも、そのような態度こそかえって逆に、社の全体的立場を実に有効に代弁するものになったのである。これも決して偶然のことではなく、たとえ事前に相談はなかったにせよ、まことに巧妙に仕込まれたマスコミ精神の顕著なあらわれであったとしか私たちには思えない。なぜなら、『現代の眼』誌の編集方針としては、「七〇年安保」をめざす現代日本の激突の容態を理論的に整理するために、羽田闘争をめぐって「公開状」をつきつけた筆者の一人と、それをつきつけられた朝日新聞編集局長田代氏とを直接に対決させようというのがそもそもの意図だったにもかかわらず、田代氏は奇怪にも「公人」なるゆえをもってこれを拒否し、つぎに交渉した森恭三氏もまた七〇年安保にたいする朝日の報道態度検討途上のゆえをもってこれを辞退、つづいて交渉した江幡論説主幹もまた主幹になりたての新米で発言権を先輩にゆずりたいとの理由でもってこれを辞退、ようやく最後に、名目上退社しているがゆえに私人として物が言えて、しかも長年の朝日人として最もよく社を代弁し得る西島氏がこれに応ずることになったという、まことに紆余曲折した交渉経過を辿った挙句のことだったからである（以上の事実経過は『現代の眼』編集部の報告による)。新聞人が発言するとき、その発言の責任が社に及ばぬようにしつつ、しかも社をよりよく代弁できるようにするために、どれほど涙ぐましいまでの配慮がなされているか、つくづく驚嘆せずにはいられなかった次第である。

ところで、こうした個々の社員の「個人的な」努力を制約し、同時に強く支えていたものは、いうまでもなく社の公式態度としての、問答一切無用の決定であった。何を訊かれても一切ダンまり、たしかに死因を「轢死」と断定して報道したがその根拠は言う必要がない、訊くのは勝手だがそれに答える必要はないし、また答えない理由も言う必要がない、マスコミ批判大いに結構だがそんなものを紙面に載せる必要はないし、また載せない理由も言う必要がない、さらにはマスコミ批判をやった奴の原稿など、たとえ依頼原稿だってボツにしても構わない――まことにこれは完全無欠な言論圧殺ではないか。しかもマスコミは、自分が裏で何をしているかは一切伏せたうえで、紙面のうえではいつも麗々しく「言論の自由」、「フェアな対話」を鼓吹しているのだから、言論圧殺もこれ以上念の入ったものを考案することは不可能だろう。例えば第二次羽田闘争直後(一九六七年一一月一三日)の朝日社説を見るがよい――「……内外多事、ことに七〇年の安保問題をひかえて、いまほどこの対話が望まれ、必要とされる時はないといえよう。そしてそれがまた暴力デモを自滅させ、悲しむべき焼身自殺を二度とはくりかえさせないための道と思えるのである」。また「本紙創刊九〇年」を記念して、朝日論説主幹江幡清氏は、一月二四日朝刊一七面に「新聞を対話の場に」と読者に呼びかけ、その中で「(新聞が)論争、判断、選択のための国民共通の土俵を準備したい」との希望を表明しているのである！

おそらく個人の場合だったら、こんな途方もない二重人格の人物など、社会人としてはとっくに葬り去られていることだろう。それなのに、どうしてマスコミだけは、その絶大な社会的影響力をもってして、しかもなおこのような無責任が許されているのだろうか。この奇蹟の秘密は、取材や編集の舞台裏は明かす必要なしという原則、伊藤・西島両氏共通の比喩を藉りれば、「裁判官は弁解せず」という原則に在るらしい。だがマスコミという裁判官は、たいへん気楽な裁判官であるらしく、弁解しないでよいだけではなしに、当然なすべき判決理由の公開すら必要とせぬものらしい。しかもこの気楽さたるや、「ニュースソース秘匿権」という、もともと権力から個人の人権や取材の自由を防衛するために設けられたはずの貴重な権利を、自分に都合のいいように歪曲拡大して、大義名分が立ったと錯覚することだから、いよいよもって気楽さいや増す、という仕掛になっている。

だがマスコミとても、そうどこまでも無責任をきめこむのでは外聞が悪い。そこで最後に「だが紙面には、紙面だけには、責任をもつ」と、毅然たるところをチラとお見せになる。だが、これは一体どういう意味なのだろうか。伊藤氏の原稿中の言を藉りれば、これは「かりに記事について読者の疑念があるとするならば、それはさらにニュースの発展にそって継続的な報道をすることにより、疑念を解き、読者の理解を深めていく」という、分ったようでその実は何のことやらサッパリ分らぬ言葉によって示される。これは万が一事実に重大な誤りがあったときに、どのような報道の仕方となってあらわれるのであろうか。私たちは伊藤社会部長に、かりに轢死という「事実」がくつがえったり、曖昧のまま遂に明らかにならずに終ったりした場合は言うまでもなく、たとえ万が一轢死が事実であったとしても、断定する根拠自体が異なっていた場合は、報道人として当然責任を明らかにすべきであることを述べた。また「事実」のくつがえった例の一つとして、松川事件を挙げた。これにたいして社会部長は、山崎君にかんする事実＝轢死がくつがえることは絶対になく、また松川事件については、朝日新聞自体が犯人を断定したことはなかったと思う、という答えであった。この後の点については、少し調べてみれば容易に分ることだろうが、たとえ朝日自体が一切断定を行なわなかったにしても、ここでも二つの「事実」があり、その一方を圧倒的に読者にたたきこむことによって、新聞が共産党弾圧という当時の占領軍ならびに政府の政策に大いに貢献したことは否定できない。このような新聞の責任は、「ニュースの発展にそって継続的な報道」をし、「読者の理解を深めていく」といったことですむものなのか。一人の広津和郎が行なったことくらい、技術的には、厖大な機構と調査力を持つ新聞社にできぬはずはなかった。無罪判決が出たときに、マスコミはそのことをこそ恥じねばならなかったはずだ。だが当時そのような声がどこからも聞こえて来なかったことは言うまでもない。あらゆるマスコミは、「ニュースの発展にそって」ズルズルと報道を変え、こうして読者の「疑念を解き」、「読者の理解を深め」たのであった。個人であれば、このようなことはよほど破廉恥でなければできる芸当でない。しかし、それがマスコミには可能なのだ。

かくして、私たちが頭ではとっくに分っていたこの無責任体制の具体相を、微に入り細にわたって示してくれたことこそ、朝日新聞の実に「人間的」で誠実な唯一の「回答」だったと私たちは考えている。

＊

以上は、ミニコミを通じてのマスコミ批判の、おそらくはギリギリの線であるだろう。あるいはすでにその線をかなり大幅に越えているかもしれない。他にも書きたいことは色々あるけれども、今の私たちの能力では、もうこれ以上は進むことができない。このことは、以下に掲げられる『展望』編集部声明［本書あとがき参照］をご一読下されば、読者にもほぼ察していただけることと思う。

私たちの批判が私的なものを勝手に公開したという点で、「フェアでない」という非難が、『朝日』だけでなく『展望』編集部を通じてさえ、最後の最後まで執拗につきつけられてきた。だが、公開の場では一切問答無用、人目に触れぬところでだけ「人間的」の美名のもとにこっそりと取引きしようとする、傲岸にしてかつ陋劣な現代日本のマスコミに対して総力挙げて闘うのに、すべての経過を読者のまえに公然と暴露してかかる以外、私たち非力な個人に、一体どんな武器が残されているというのか。これをなお「フェアでない」と誣いるならば、かかる皮相偽善の見解に対しては、私たちは魯迅の顰みに倣って、昂然と次のように宣言する――「『フェアプレイ』は時期尚早である」と。実際、ただ今このとき、いたずらにいわゆる「フェアプレイ」に拘泥していたならば、「中国の暗黒」ならぬ「日本の暗黒」は、層一層深まるばかりであるだろう。読者諸兄姉よ、私たちの苦衷を察してほしい。

民主主義のなかの暴力

二つの羽田闘争は何を変え、何を変えなかったのか。失われたものは何であり、獲得されたものは何であったのだろうか。そして、私たちは未来をどのように切り開いてゆかねばならないか。これは、おそらく誰しもが問うているところであろうが、まだ解答はもとより、その手がかりすら充分に与えられてはいないように見える。その意味で現状は混沌としており、未来は明るくないと私は思う。以下の一文を執筆する目的は、私自身の未来への視点をいくぶんかでも探るために、自分なりにこの一ヵ月の意味を引出そうとするところにある。

1

一〇月八日の第一次羽田闘争から一一月一二日の第二次羽田闘争に至る一ヵ月は、本誌前号に発表されたいいだ・ももの「革命的人間の王道」風に言うならば、まさしく二つの死にはさまれた一ヵ月であった。その発端には、内臓を抜きとられ、無理矢理に「轢死」と判定され、行動を共にした同志たちを攻撃する材料に利用され、こうして一個の「物」と化した京大生山﨑君の、無残な遺骸がほっぽりだされている。この第一の死については誰しもが当惑している。まず彼を死に追いやった機動隊が、また「轢死」と判定した警察当局が、ついでその発表にとびついたマスコミ、反トロ・キャンペーンに逃げ場を求めた「革新」政党、さらに同じ隊列にいた学生たちとその隊列を指揮した者たち、そして遅れて到着したわれわれが。よろしい、忘れてしまおうではないか。見たくないものは見ないに越したことはない。かくて、今さら一学生の死を云々するのはアナクロニズムだということに、多くの意見は一致する。ある代々木シンパは、マスコミに流された山﨑君の死因がデッチ上げくさいと説明されて、臆面もなくこう述べた、「なるほど『轢殺』と速断してはならないかもしれない。しかし、死因はいずれ歴史が明らかにしてくれるだろう。そういうものだよ。急ぐことはない。松川事件を見たまえ」と。この男も最初は深刻なショックを受けた者の一人であったが、今は歴史に逃げ場を求めている。つまり、忘れてしまいたいのである。「歴史」という言葉のこれほど安直な使い方は、いまだかつて私のきいたことのないものだった。

かくて第一の死が、死者のみの嘗める死を経過しているときに、第二の死が荒々しくわれわれの傍らを通りすぎていった。焼身自殺を試みた由比忠之進氏の死がそれである。彼が息をひきとったのは、佐藤首相が羽田を飛びたつ数分前のことであるが、それを羽田付近のデモの隊列のなかで知ったときの私の錯綜した思いのなかには、ここにも一人の「暴徒」がおり、その死もまたくすねとられるだろう、という暗い予感があった。じっさいその翌日の各紙は『赤旗』をも含めて、「暴徒」批判の大論説を張るとともに、それを利用して由比氏の死を片隅に追いやり、彼をほとんど秘かに葬ることによってその意味を剝奪したのであった。私はその後彼の死が、ただ「痛ましい」とか「ひっそり」とかいった言葉で片づけられるのをきくごとに、何とも説明のできぬ苛立ちを覚えずにはいられなかった。わずかに一人の友人が私に語った「これも同じ暴力だ」という言葉が、私を慰めたにすぎない。事実、死を着実かつ理性的に選びながら抗議の意志を貫徹することと、警棒の前に身をさらすことと、いずれがより暴力的であるだろう。この場合、ガソリンも角材もひとしく抗議のための武器にほかならない。由比氏はそれを利用してみずからの命を絶ち、いわば暴力を己れに向け、自己の存在そのものを否定するという最も極端な脅迫によって、抗議を遂行したと考えるべきではないか。政府はこの死を「悲しむべき事件」と呼び、いかなる形であれ「直接行動」(つまり暴力)は避けねばならぬときめつけながら、「真意が分ってもらえなかったのは残念だ」などとうそぶき、最後には首相夫人代理の破廉恥な弔問でことを収めたが、これこそ遺体を足蹴にしてほおり出す行為だったと言うべきだろう。この死が私たちの手からくすねとられたとは、そのような意味においてである。ところで私にとっては、山﨑君も由比氏も、年齢とその死に至る事情こそ異なれ、まぎれもなく「民主主義者」のいわゆる「暴徒」の一員であった。そして私は、政府とマスコミが彼らを一人のよい子、一人の誠実すぎる老人に仕立てあげるのを、手をこまねいて見送った——あるいは少くとも、そのように仕立てあげるのを阻止し得なかった——ことに、言いようのないもどかしさを覚えていた。

じっさい、彼ら二人の死ほど私たちの無力な状況を示すものはない。とはいえ私は、追いつめられて素手で身を守り、あるいはぬきさしならぬ手段に訴えた彼らを、決して英雄視したいとは思わない。むしろ非難は承知のうえで、彼らは半ば無駄に死んだと言いきってしまいたい誘惑が私にはある。おきまりの「死を無駄にすまい」という表現にしても、すでに私には白々しく、二つの死を言いあらわすには、甚だ不適切に思われる。「無駄にすまい」というその口の下から人びとの受けた衝撃は徐々に薄らいでゆくだろう。「無駄にすまい」とは単に心がまえの問題であって、そう言いながらも誰が途方に暮れているのではないか。私もまた同様であって、これらの死を忘れまいと自らに言いきかせながら、しかしこれに対してどうすることもできはしないのだ。私はこのような死に、どうつとめても冷静であることができない。しかしそれは他人に語ったところで仕方のないものだ。今は一旦死そのものを離れて、彼ら二人の生命を失わせた「暴力」とはいったい何であったのか、その「暴力」の意味は何かを探ってみたいと思う。

2

暴力とは何か。私はそれを今、歴史的な意味において明らかにするつもりではないことを予めおことわりしておく。「本源的蓄積」を論ずるさいのマルクスの有名な指摘を受けて、暴力は革命的な役割を果すと記したエンゲルスがあり（『反デューリング論』）、また「暴力手段と権力機関をにぎっている暴圧者に対する暴力なしには、人民を暴圧者から解放することはできない」と書いたレーニンがあるが（「カデットの勝利と労働者党の任務」）、それも今はどうでもよい。これらの暴力が、結局は暴力なき社会を志向するものであることも自明であろう。そのうえで、はっきりと確認せねばならないのは、現に「民主主義」の名づけて言うところの「暴力」が日々、私たちの住む日本というこの「民主主義国家」の暴力によって作られ、その国のごりっぱな「民主主義者」たちによって助長されているということだ。そのような「民主主義者」の典型的で無邪気な言説は、たとえば次のようなものである。

「理由のいかんを問わず、学生が暴力で首相の外遊を阻止しようというのは、すじちがいだ。民主主義国家としてはずかしい話である。私も首相は南ベトナムにいかない方がいいと思う。日本としては南北両ベトナムいずれにもくみさず、平和回復に役立つような立場をとるべきだ。しかし、国民の間には、賛成、反対のいずれの意見があってもいい。賛否をめぐって大いに議論するのも結構だ。でも、暴力を使うのは、なんとしても許せぬ。反対をするのなら許されたデモなどで、意志表示をなすべきだ」

〔茅誠司『朝日新聞』一〇月九日朝刊。傍点鈴木〕

この文章の筆者が首相の南ヴェトナム訪問に公然と反対したかどうか、私たちに「大いに議論する」場が与えられているかどうか、マスコミは賛成・反対の意見を正確に伝えているかどうか、その解答は明らかに「否」である。このように言論の可能性を巧妙に封殺しておいて、「民主主義」を盛んにふりまわす国家・マスコミ・御用知識人こそ、由比氏の死の直接的原因であったことは、その遺書の「要旨」が伝えている。また、これこそ学生を「暴徒」と化する一要因であったことも明らかだ。私はそれがすべてだなどと言いはしない。が、そこにひとつの重要な原因があることを私は否定できない。大江健三郎が「コミュニケーションの断絶」(『朝日ジャーナル』一〇月二二日号)という言葉で表現したのもそのことである。私は、佐藤首相がコミュニケーションを回復すれば事態は好転するとでも言いたげな大江の結論を、甚だ甘いと思うが、「民主主義」と「言論の自由」がいわゆる「非暴力」的抵抗を日々に骨ぬきにし、かくていわゆる「暴力」を日々に育成しつつあることは、疑いのないところである。

しかし、問題はこれら「民主主義者」たちのみにあるのではない。むしろ彼らと同じ言葉によって絶えず「暴力」を難じてやまぬ「非暴力主義者」たちによっても「暴力」が日々に育成されているところこそが問題だ。じっさい、日本の左翼はいつからこのような非暴力主義者に衣がえしてしまったのだろう。暴力―非暴力の関係を、いつからあの「民主主義者」なみに分類ずみの事実としてしまったのだろう。暴力はテロ、非暴力はデモやストライキ、暴力は無効で非暴力は有効とでも受けとられかねぬ単純な区分けを、いつから人は信じるようになったのか。その意味で、収奪されているのは「言葉」だという長田弘(『現代詩手帖』一一月号)に私は同意する。この収奪された「言葉」の奪還は、言論人の一つの重要な任務であろう。海老坂武は、ニザン著『番犬たち』のあとがきに次のように記したが、私はこの言葉に全面的に賛成だ。

「無論この批判の作業を通じて、回復し、蘇生さすべきは、個々の言葉である以上に、『番犬たち』が一つの言葉によって平等を語るとき私たちは同じ言葉によって差別を語り、彼らが非合法を語るときその同じ言葉で私たちは合法を語るという、発想そのものであろう」

ここに明確に記されたとおりだ。「民主主義」が言論の抑圧を意味し、「平和憲法」が自衛隊と戦争加担を意味し、「暴力反対」が警棒を高々とふり上げた機動隊の暴力を意味する現在、私たちは同じ「暴力」という言葉で何を非難することができるだろう。言葉ははじめから収奪されているのである。そうだとすれば、むしろなすべきは言葉の垢おとしであり、できあがった言葉をそのお仕着せから解放する作業であろう。この点で、私たちはほとんどシュールレアリストなみの地点から、だがシュールレアリストの嘗めた手痛い蹉跌は十二分に踏まえた上で、歩みはじめねばならない。

じっさい一九六〇年代の日本のきわだった現象は、「平和」「民主主義」「自由」等々の言葉に一つの意味づけを行ない、分類を完了し、かくてこれらをまったく無害なものと化したことではなかったろうか。「暴走学生」たちは、これらもっともらしい無害な言葉が一九六〇年代を支えていることを見ぬいていた。その意味で、彼らの行為にはシュールレアリストと一脈通じるものがあると言えよう。ところで、シュールの総帥ブルトンは『第二宣言』の有名な一節においてこう語っている。

「シュールレアリスムが（……）暴力以外の何物にも期待をかけなかったことを、人は納得するだろう。最も単純なシュールレアリスト的行為とは、両手にピストルを持って街なかに降りてゆき、群衆にかこまれて、盲滅法に、力の尽きるまでそれをぶっ放すことだ」

むろんブルトンは、みずからこれを実践したわけではない。彼が行使したのは言葉の「暴力」であり、言葉のテロリスムである。だがまた彼は言葉が何も破壊しないことも知っていた。だからこそやがてコミュニズムへ、トロツキズムへと近づいていくことになる。ところで、一九六〇年代の日本の生んだ「暴徒」たちのなかで、言語表現に関心を寄せる者がシュールレアリスムに注目するのは、けっして偶然のことではない。「暴徒」たちの行動はその形態こそ異なれ、シュールレアリストと同じ焦燥に、すなわちダラシなく横たわってピクリともせぬ言葉がそれでもなお意味するところのこの醜悪な社会や、その社会に骨までしゃぶられた「革新」運動の否定に発しているからである。そうだとすれば、私たちには、むしろこの意味づけを完了した言葉の死滅をしっかりと見きわめながら、言葉に新たな価値序列を与えるべく、そこから私たちの言葉を選びとって、その言葉に相応ずる実体を鍛えあげてゆくことが要求されているのではあるまいか。「暴力」とはまさにこのような言葉の一つである。

とはいえ、私は物理的「暴力」が現在の日本の唯一絶対の武器だなどというのではない。また非暴力的抵抗の有効性を、私はこれまで一度も否定したことはない（それについては後にふれよう）。ところが、単一細胞的な「非暴力主義者」は、「暴力」ときけばこれをいっさい排除するものであるらしい。私は黒田喜夫ら五名を発起人とする「10・8羽田デモについての呼びかけ」に署名したが（これについても後述する）、黒田喜夫ならびに石田郁夫によると（『読書新聞』一〇月一三日、二〇日号）この「呼びかけ」への参加すら「非暴力主義」の名において、つまり学生の「暴力」は容認できぬという立場において拒否する者があったらしく、それがもし本当だとすれば病膏肓としか言いようがない。この「呼びかけ」に参加するかしないかはどうでもよい。が、これを「非暴力主義」の名において拒否するというのではどうしようもない。つまり、これら「非暴力主義者」は「民主主義者」であったことになる。

ところで、石田郁夫は『新日本文学』一一月号の座談会でカストロやゲバラを暴力主義とも非暴力主義とも考えないと言い、むしろ彼らのうちにある非暴力主義的側面を重視することを力説した。私には、この石田郁夫の意図がよく理解できる。彼はたとえば泉大八の「非暴力主義的抵抗というのは、笑いとかそういった知的なもので抵抗するんだと思う」というゆるみ切った発言に対して、「非暴力」という語の垢おとしを試みたと考えることも許されよう。私ならば、この同じことを、暴力を容認しそれを内に包む非暴力、または非暴力を容認しそれを内に包みこむ暴力、とでも言いたいところである。その場合の暴力とは、むろん単純分類論者の区分けではなく、権力に対しあらゆる手段に訴えて私たちの意志を押しつけ、これを強制し、非合法から新たな合法性を作り上げてゆく、その方法を指している。そして、言うまでもないことだが、そこには肉体的暴力や抵抗の武器もまた、必要に応じて確固たる一つの場を占めるはずだ。つまり学生たちの「暴力」を非難し排除することが問題ではなくて、より強大で有効な「暴力」を作り出すことこそが問われなければならない。

この点で、二つの羽田闘争の示した最もポジティヴな事実は、権力に対し集団の示威行動によって一つの意志を強制しようとすれば、それは必ず権力側の弾圧にさらされ、その弾圧に抵抗すべく反体制側は、必ず「民主主義者」のいわゆる「暴力的」な行動形態をとらずにはいられないということを、肉体的物理的な姿において現出させたことだった。ヘルメット、角材、丸太棒が、たとえ警察側の武器と比較してまことにちゃちで原始的なものであり、それを「非暴力」的行動と呼んでも一向に差し支えないとはいえ、これを手にしたデモ隊は権力との対決がギリギリのところで、少くともわが身を守る武装を必要とすることを、私たちにはっきりと見せつけた。そこに彼らの行動の悲惨な一つの意義があったと私は思う。

だが、以上のことをふまえたうえで、なおかつ私はこれらの「暴力」がけっして勝ちを望み得ぬものであることを指摘せねばならない。なぜなら、少数者の突出した武装に対して権力側は確実にこれを上まわる武装強化で応ずるだろうし、このエスカレーションにおいて勝利を収めるのは必ず権力側であろうから。なるほど一度や二度の偶発的な成功を望むことはできるだろう。ひょっとしたら佐藤のヴェトナム訪問は阻止し得たかもしれない。ひょっとしたら――こうした言葉はいかにも傍観者じみて悠長なものであるが、にもかかわらず私は訪ヴェト阻止が、やはり「ひょっとしたら」であり、千に一つの可能性にすぎなかったと考える。また11・12の「訪米阻止」においては、「阻止」という言葉——これは「市民文化団体連合」のなかにさえあらわれた——この言葉すらすでに白々しいほど、その可能性はとぼしかったと思う。

したがって、たとえ権力への抵抗が必然的に「暴力的」なものを生みだすとはいえ、この権力―暴力の関係が街頭での流血や激突に終始するかぎり、私たちにけっして勝ち目がないということもまた、二つの羽田闘争が明らかにしたところである。「暴走学生」の不幸な孤立は、彼らの「暴力」がもともと敗北に運命づけられていたことを、とりかえしのつかぬ犠牲において証明した。なるほど、いいだ・ももの言うように、「ある状況のもとで、大衆的理解を峻拒しないもの、大衆的孤立を恐れるもの」は「思想の名に価し」ないというのは本当だが、しかしまた文字どおり暴力そのものであるゲリラ戦においても、戦闘地域の人民の全面的な援助が不可欠な条件であることは、ゲバラがその『ゲリラ戦』の冒頭で鮮明に記しているところではないか。いや、今さら流行のゲバラなどをもちだすまでもなく、これほど明白なことは他にそうあるものではない。要するに、大衆の支持を欠いた反対「暴力」は、いかに果敢なものであっても、けっして反抗の域を脱し得ないものだ。既成左翼の巨大な残骸の上に登場した新左翼は、政治的集団の不可避な使命として、この溝を埋める方向に踏み出さねばならないだろう。

この点で、私はいわゆる「暴徒」たちの努力がけっして充分でないどころか、甚だ欠けていたと思わないわけにはいかない。尖鋭な学生たちが、同じ大学の教師や学生たちの支持を獲得することもできぬばかりか、三派はやはり三派であって、同じ戦場に立った翌日にはもう些細なことから自派の勢力拡張に汲々とする姿が見られることは、私にはまったく非生産的なものに思われる。さらにまた「事件」の与えたショックに過大な期待をかけるのも誤りだと私は思う。死者も忘れ去られるものだ。まして「暴徒」の与えたショックが忘れられるのに、さしたる時間を必要としてはいない。それは「暴徒」と一括される者のうちにおいてさえ、みるみる色あせてゆくだろうし、そのような過去の事例に私たちはこと欠かない。そのショックをつなぎ止めるには、再び別なショックが必要だ。こうして流血がくりかえされ、それは再び敗北に終るだろう。その敗北の激しさは再び何らかのショックを与えずにはいないだろう。そして、それもまた再び忘れ去られるだろう。「現在では闘争は決定的にやれば敗北にきまっている」とは、吉本隆明の名言だが（『初期ノート』）、この句は今なお通用するものだ。

現在では、闘争は決定的にやれば敗北にきまっている。そうだとすれば「暴走学生」は、敗北に運命づけられた闘争のなかで何を求めていたのだろう。『文芸』一一月号に発表された浅田光輝の「暴力と非暴力の論理」は、「暴走学生」が物理的即物的な力への信仰（強行突破）と、示威行動（デモ）との関係を曖昧に結びつけたという点で、彼らを批判しているものと読みとることができるが、私もほぼこの見解に同意する。しかし、学生をあの実力闘争へと突き動かしたもの、そして敗北を運命づけたものは、たんに訪ヴェト・訪米阻止でも抗議の示威行動でもなかったであろう。彼らの多くはおそらく敗北も孤立も覚悟のうえで、羽田に赴いたのだろう。だからこそ「闘う」ということ、敗北に運命づけられた決定的闘争を生きるということが、いつかすべてを覆ってしまい、己れを客観視する努力が怠られることになる。そこから一部において、とりわけ学生新聞において、「実存」「自己」「個」「怒り」「生」といった表現が頻発されることになるのだ。いいだ・ももは、この言葉を現場の学生の口から伝えている。

「弁天橋の現場において、ひとりの学生リーダーが、びしょ濡れになり、黒煙に煤け、血をにじませ、青ざめ、ガチガチと慄えているデモ隊に向かって、『おれたちは、権力に、おれたちのなまの実存をさらすんだ』と叱咤していたことを思いだします。それらは、むしろ、呪詛に似、泣訴に似ていました。しかし、その現場の言葉は、山﨑博昭の日記にうかがわれる孤独な内面性を共有する全参加者を刺し貫きました」

［「革命的人間の王道」傍点鈴木］

10・8羽田闘争のあとで、警棒とマスコミと「世論」と既成左翼の袋だたきにあって孤立した学生たちとの連帯に少しでも近づこうと試みたいいだ・ももが、なぜこのように記したか、その理由を私は理解することができる。それを肯定したうえで、私は敢て言うのだが、学生リーダーの叫んだ「なまの実存」は、行動の契機であり、行動の真っただなかで行動を支えるものであり、したがってギリギリ不可欠なものではあっても、それ以上のものではないのだ。なるほど学生の「なまの実存」を生んだのは、一九六〇年代の日本の状況であり、その「民主主義」であり、闘わぬ「革新政党」であり、おとなたちであろう。だがまた「実存」はますます学生を孤立させ、孤立は敗北を生み、敗北はさらに孤立を生む。その結果、彼らはいまやサルトルのいわゆる「冒険家」――根本的な否定の投企に発し、そのために行動そのものを目的とし、その行動によって「なまの実存」を見たと思った瞬間に、自己を救いあげてゆくあの純粋な「冒険家」――の肖像に酷似してゆくこととなる。むろんこの「冒険家」の行動の政治的意味は、それこそくすねとられてゆくのであり、もしそれでもこの「実存」にすがりつくなら、それは甘ったれた体験主義に――一種の自己肯定に――堕してゆくほかはないだろう。そのことは誰しもが感じているのだ。たとえば、『読書新聞』一一月二七日号に掲載された一学生の投書の末尾には、次の一節が見られるのである。

「羽田闘争での僕達の行動には多くの限界がありいろいろ問題はあろう。いや、もしかしたら、僕達の行動には一片のとりえさえないのかもしれない。しかし、僕はそれでもいいと思っている。僕は僕の『確信』に現在のすべてを賭け、そうした中で熟考していこうと思う。そして、すべてを政治的有効線上で判断していく緊張感（これがほんとの『沈黙』だ）に耐えていこうと思う」
（傍点鈴木）

ここには、孤立した学生の不幸な状況が、ストレートに照らしだされている。「それでもいい」「現在のすべてを賭け」といった、「冒険家」的な心情ないしは信念を安直に発しながら、しかし投書の主は「実存」や「死」や「確信」の彼方に陰惨な何かがあり、そこに自分の行動がズブズブと雲散霧消していく危険をむろん感得していることがうかがわれよう。

したがって、問題はけっして「それでもいい」と居直ったり、「すべてを賭ける」とうそぶいたり、「なまの実存」を叫んだりすることではなくて、その孤立そのものを、客観的に見つめることである。いわば絶対的な立場を選ぶことではなくて、政治行動を政治の相対的な場に引きもどしてみることであり、つまりは「暴力」を客観視し、反体制運動のなかに位置づけ、その有効な組織化の方法を、じっくりと探ってゆくことである。それなしには、七〇年からも、その先からも、一条の光もさしてきはしないだろう。

3

ところで、以上にのべた「暴走学生」への批判は、実は「暴走」しなかった者にもはねかえってくるものだ。敗北したのは学生だけではなくて、そこには学生を惹きつけるに足る理論的実践や実践的理論の構築を怠った教師たち、知識人たちの、言いようのない荒廃が照らし出されている。学生の敗北は、知識人の敗北と相呼応している。それだけではない。それは同時に大衆の敗北をも意味しているだろう。私は10・8ならびに11・12の行動だけを指してそう言うのではない。一度や二度のデモなどを越えて、問題ははるかに深刻である。事情はずいぶん異なるが、三〇年前に中野重治が転向について書いた次の言葉は、現在の問題を考えるうえでも示唆に富む発言であろう。

「プロレタリアートの階級闘争における敗北・転向がインテリゲンチャ分子から始まり、おもにその力で勢いづけられたという事実があるとして、その時それはインテリゲンチャが敗北したのであって大衆ではないとすることは、かなりに非プロレタリア的な、インテリゲンチャの偏重――インテリゲンチャの過重評価ではなかろうかと思う。プロレタリアートは、あるいは勤労大衆は、徹底的な敗北者、敗北しきったものとして残ることが生活上できないという事実にもかかわらず、自分に結びついたインテリゲンチャないし小ブルジョワ的なものをキッカケとして、事実として彼自身敗北したのである」「敗北したのはインテリゲンチャであって大衆ではないという言葉……、そこからは、同盟者への影響が弱かったということについての、プロレタリア的な自己批判が生れてこない」「インテリゲンチャがそれほど弱かったという最近の『事実』については、プロレタリアートこそが責任を取るもののように私には考えられる」

［「田舎者文芸時評」］

以上をふまえて、私たちに何が残されているだろう。自分をふくめて現状の荒廃が目をおおうばかりである以上、むろんきめ手になるものなどどこにもころがっているはずはない。そのことをまずおことわりしたうえで、このいわゆる「暴力」の意義と限界とを明確にすること、この「暴力」を、これを生んだ権力との関係において、「民主主義」との関係において、また反体制運動の現状において、捉え返すことが必要だとまず言っておきたい。そのさい警戒すべきは、大目標のみに目を奪われ、極限的な目的のみにはしって、いっさいの媒介を見落とすことである。このような絶対的立場をとるのは当人にとっては爽快かもしれないが、それは戦闘放棄にほかならず、政治的には何の意味もない。

ところで、そのような絶対の立場にあまんずる典型的な例は、『日本読書新聞』一一月六日号に発表された月村敏行の「知識人たることの崩壊」という一文である。私は月村が羽田闘争についてどのような見解を持っているのか詳かにしないが、まず予めこの文章の多くの部分に（文体はともかく趣旨において）賛成であり、ただ決定的な一点でのみ異なっていることをおことわりしておく。月村はここで主として、石田郁夫、岩田宏、長田弘、黒田喜夫、野村修の五名を発起人とする前記「10・8羽田デモについての呼びかけ」をとりあげ、これが「決定的にダメ」であり、知識人の頽廃であり、このような代物に署名した三一名は「理解を絶している」と言う。ところで、私もこの「呼びかけ」に署名した一人であって、つまり彼の「理解を絶した」存在であった。だが、月村の指摘をまたずとも、「呼びかけ」の文章が甚だ不充分であることは私自身百も承知していたのであり、それは私が発起人の一人に明確に伝えておいたところである。要するに、月村がここで述べたほとんどすべてのことは、署名参加にあたって私が考えたことであった。それにもかかわらず、私が敢て参加にふみきったのは、政治の位相においては頽廃を全面的に拒否し得ぬということを、月村のギラギラした言葉を使えば「我身にしみる負荷として」、己れの「きしり」において受けとめようとするに発していた。

政治は私たちに常に相対的であることを強いるものだ。「呼びかけ」への参加如何は、相対的な次元において決定される。ひたすら絶対的な立場に立つことは、政治の拒否であって、まさに「なまの実存」にすがりつく「冒険家」同様にそれ自体が一つの頽廃と化するものであるのは、はっきり認めておいた方がいい。自分だけは頽廃していないと考えたときに、人はすでに頽廃への決定的な第一歩をふみ出しているのである。むしろ深く頽廃におかされながら、わずかにそれに堪えて「知識人の新たなる存在可能性への道」（月村）を問う契機は、政治と思想、相対と絶対の緊張のなかに身をおくことでしかない。それを峻拒したときに、純思想的な立場はもはや思想とすら言えぬものに堕していく。

私は、かつて小松川事件の李珍宇を論じたさいに、この点にふれてつぎのように書いた。

「李は憐憫や同情を求めていない。ただわれわれの手にカードを返してくれただけである。次に札を出すのはわれわれである。それはおそらく、まだるこしいスピードで、何かを一つ積上げるだけに終ることだろう。現実の仕事が、多様な局面でのろのろと進行することも、私はいくぶん体験していないわけではない。およそ無益な批判や罵倒が交錯するだろうことも、またそれがやはり何かを少しずつ進めていることも、承知しているつもりである、そのうえで、どのような立場や仕事を選ぼうとも、それが李の視線をはね返すことを望むものでない限り意味がないと私は思う」

［「悪の選択」『バタアル』所収］

だからこそ、私たちのなすべきことは多様であるがきめ手は何もない。まず絶対不可欠な不当弾圧の犠牲者への救援にはじまり、「羽田事件」の真相究明や、マスコミへの批判といったような、迂遠でしんどい仕事をもそれはふくむことになる。むろんマスコミに「公正」な報道を期待することなどバカげている。だが、私たちが毎日の情報を圧倒的にマスコミから受けており、政党機関紙も諸種のミニコミもこの機能にとって代ることはできず、またマスコミの影響力はそれを拒否しようとする人びとのうちにも知らず知らずに滲透しないではいない以上、私はこのことをもまた無視したくない。しかも、これは誰にも可能なことだ――あの「非暴力主義者」でさえも、また代々木の連中でさえも。マスコミの論壇時評などを担当している「進歩主義者」は、本当はこのことをこそ書くべきだろう。

以上はいずれも絶対に不可欠なことであるが、またこれがきめ手にならないのも事実である。どだい、きめ手などどこにもころがってはいないのだから。それでも私たちはもう一歩を進めて、権力と抵抗の関係を、あるいは抵抗者の暴力－非暴力の関係を、明らかにすることはできないか。私はさきに、暴力を内に含んだ非暴力、非暴力を内に含んだ暴力と書いた。むろんこのようなものは、まだ私たちの射程には浮かんでこない。が、最後にそのきっかけについて、若干の考察をしておこう。その材料を私は第二次羽田闘争の記者会見で明らかにされた、べ平連「有志」によるイントレピッド号の四人の脱走援助に求めたい。

4

かねがね私はべ平連の運動を、かなり冷やかな態度で眺めてきた。それは今に至るも変らない。私がそのような態度をとるに至った理由は、自分が数年にわたって参加した地域住民運動への反省であり、またこれに類した諸種の運動への批判にある。これらを結ぶ共通点は、広く「市民主義」という名で包括されるところのものであることだが、しかし「市民主義」そのものも少しずつ変質した。べ平連には、明らかに安保闘争直後の「市民主義」とは異質のものが含まれており、その特徴としてはひたすらヴェトナム反戦に目標をしぼったこと、日米市民の連帯という発想、「声なき声」などの経験を生かしながら組織体でなく運動体という独特の形態を保持したこと、などがあげられる。ここにはプラスもあればマイナスもあるが、イントレピッド号の四人の脱走援助は、このプラス面の生んだ一つの成果である。

ところで、私はこのニュースをきいたときに、直ちに二つのことを考えた。第一は、この四人を無事に安全なところへ送りとどけるのが、至上命令だろう、ということ。第二はこの行動から一つの意味を引き出す必要があるということ。そして周知のごとく、第一の問題はある形でひとまず解決した。しかもそれは日本でもアメリカでも一応の反響をまきおこし、佐藤首相の訪米以上のとり扱いをした米紙もあったし、べ平連には支持の手紙が殺到したという。そこで今は第二の点こそ問題になる。これについて私の見たかぎり、ジャーナリズムの興味は脱走米兵の声明に向けられているようだが、そして最も危険をおかしたのがこの四人であることは明らかだが、私の関心はいささか異なっている(米兵の脱走は、ヨーロッパをはじめとして数百名にのぼるといわれ、それ自体としては特異なケースではない)。むしろ私はべ平連「有志」の行動が興味深い。彼らはどのようにその行動原理を説明するのであろうか。

私がこれまでに見たのは、わずかに『朝日ジャーナル』一一月二六日号に掲載された小田実の「四人と私と『有志』」のみである。それは四人のモスクワ脱出がまだ公表されなかった段階であるためか、さして多くのことを教えてはくれなかった。加害者=被害者という小田流の図式も、目新しいものではなく、かつこれはたとえば侵略国の民衆だれしもに共通の、ときにはアリバイにさえ利用される図式であることも周知のとおりである。そればかりか、私がここでおやと首をかしげずにいられなかったのは、小田が「窮鳥ふところに入らば猟師もこれを殺さず」という古風な諺を持ちだしていることだった。そうか、少くも当初は「窮鳥」だったのか、というのが私の感慨であった。べ平連に殺到したという支持の手紙の多くにも、この諺につうじる判官びいきの心情があったことは否めまい。

ところで私にとって、この脱走援助という行為は、明らかに有効な非暴力的デモンストレーションの一形態に見える。しかし、それを私が見事だと思うのは、この行動が暴力を排するからではなくて、いわゆる「非暴力的」形態をとりながら、羽田闘争に示された「暴力」の目指したものを含み、その「暴力」を肯定しないまでも、それを支えるものだからである。いわばここにはいわゆる「非暴力」

的抵抗がやがては抵抗の「暴力」とふれあってゆく一つのきっかけが示されており、たとえ「有志」たちがそのことを意識しようがしまいが、果された行動の意味はそこにあると言わねばならない。なぜならそれは、四人の米兵脱走という、小さくはあるが明確な目標を設定しながら、二つの国家の意志に反してこの脱走援助に成功し、両国政府にこれを押しつけるための或る役割を果したからであり、しかもそのために合法性を敢てやぶることも覚悟していたからである。たとえ結果的に合法であろうがなかろうが、また皮肉にもソヴィエトという第三の国家を必要としようが、この行為の意味は変らない。だから私はこれを権力への市民的「抵抗」の見事な成果だと考えたい。くりかえして言えば、たとえ「有志」たちの意図がそこになくとも、行動の意味は明らかに「抵抗」を指し示していると思う。ところでここにはすでに次の問題がひそんでいるのだ。

私はいま市民的抵抗、と書いた。上述のごとく安保闘争以後に急速にひろがったこの「市民」というささかスマートな言葉は、さまざまな変質を経過しながらも、「個人」をその基盤におくという点では一貫していたと言うことができる。したがって、市民的抵抗はつねに孤立した個人の集合という形態をとってきたのであって、それは集団的行動であるデモにおいても同様だ。たとえば「声なき声」を嚆矢とする「だれでも入れる」市民デモはその典型である。これは集団であって真の融合集団ではなく、バラバラの「個」の集りにすぎない。それを最もよく示すのが、ベ平連のスポークスマンと目されている小田実の言説であろう。とりわけ「平和の倫理と論理」（『展望』六六年八月号）、「原理としての民主主義の復権」（同六七年八月号）は、平和運動に対する小田の考えを知るのに格好の論文と言えるが、そこで彼が提起する「人民の民主主義」も、本質的には安保闘争直後の「市民主義」と異なるものではなく、それをより明確化したものと考えることができる。すなわち、一人一人の「個人」は「普遍的原理」をになうところまで昇華され、それとの対比で「国家原理」は明るみに出るが、しかしまた、普遍化された「個人」は一個の抽象でしかないから、小田自身が警戒しているように「国家民主主義」のなかにたえずとりこまれて、一種のナショナリズムあるいはブルジョワ・デモクラシーに転化する危険をはらんでいると考えられる。たとえば、次のような言葉だ。

「私の理想とするナショナリズムでは、個人は国家原理と対立する個人原理の上に確固として立つのだが、現在多く見られるナショナリズムと個人関係はなれあいであろう」

〔『展望』一九六六年八月号〕

これはむろん安保闘争以後の既成革新諸組織が身動きならなくなったところにあらわれる現象であるが、また同時に「人民」という呼称には、「市民」がすでにスマートな特権層を指す言葉と言いきれぬほどにその幅をひろげて、いわば「人民」という語にすり変えられるほど普遍化したという状況認識がはたらいているように思われる。たとえば、学生がもはやけっしてエリートの卵と言い得ない、といった状況は、その一つのあらわれである。しかもくりかえして言えばその原理はあくまでも「個」であって、「個」は普遍的原理につうじるというメカニックな認識が作用しているのである。そのバラバラの「個」を本当に組織してゆく論理はまだ登場していないように見える。米兵脱走援助は、あくまでも「有志」すなわち「個人」を基礎とする行動であるが、それはこのような状況からこぼれ落ちたポジティヴな挿話であろうし、由比氏の焼身は、その最も暴力的な表現であった。「暴走学生」の語る「実存」も、「暴走学生」に対する「一般学生」の共感も、そこに由来する。したがって、「一般学生」か「暴徒」かの境は、まさに紙一重であり、だれもが第二の山﨑君であり得るということが、多くの学生の戦慄を招いたのだと私は考える。

このような学生運動と市民運動の急進化は、反体制側が救いようのない一つの谷間におちいっていることの証左であり、しかもそれ自体では根本的な解決を望み得ぬものである。だが政治という相対的な場においてものを考えるかぎり、私は谷間の現象を無視したくない。それを無批判にくりかえすのではなくて、そこから可能なかぎりのものをひきだしておくことが谷間の要請だろう。その意味で、私はこの状況を最も望ましい形でうつしだしてくれたべ平連「有志」の行動の、そのもう一つ先にあるものを考えたい。たとえば、今後現実的な問題としてますます増加すると思われる韓国兵の亡命希望に、べ平連はどの程度、またどのような態度で応じられるだろうか。市民インターナショナリズムと「普遍的原理」は、「日米市民会議」を開き得ても、べ平連を批判して九・一委員会の森武弘が言う「日朝（韓）市民会議」（『会報きゅういち』第四号）が、そのようなもので開き得るとは思われないからだ。それは「国家原理」と「個人原理」の対決ではなくて、己れの内なる「国家」を考えることであり、「個」をつうじて「普遍」に至る方法ではなくて、私たちの内に否応なしにくいこんでくるナショナルなものを、他者によってあばきたてる手段である。私はそれを問うことを、一つの仕事として自分に課したい。それが現状を急に変えるものであるはずはないが、私にはそこに谷間をのりこえる思想の或る可能性が残されていると思われるからだ。

II パリ、1968年5月

＊初出

否認の革命と革命の否認

『現代の眼』1968 年 8 月号

パリ通信——1968年5～6月

『一橋新聞』1968 年 7 月 1 日号
『政治暴力と想像力』（現代評論社、1970）に収録にあたり加筆

否認の革命と革命の否認

1

或る意味で、フランスの歴史はバリケードによって作られた。二月革命、パリ・コンミューンから、近くは第二次大戦のパリ解放のさいの民衆蜂起に至るまで、バリケードは、革命・暴動・抵抗の手段として、民衆蜂起のイメージとして、点々と歴史の曲り角に姿を現わし、そのバリケードを積む手のなかに、ときにはみずから知らぬとてつもない役割を負わせてきたように思われる。

しかし、五月六日の夕刻、サン＝ジェルマン＝デ＝プレの広場に近く、最初の本格的なバリケードができあがったとき、私はまだそのことを充分に感じていたとは言えなかった。私だけではなく、この一見あまりに原始的な抵抗の手段が、ド・ゴール体制を根底からゆすぶる口火となることは、おそらくそのバリケードを築いた学生すら、だれ一人として予感していなかったにちがいない。だが、それからひと月あまりの目まぐるしいフランスの変化は、たとえこの「危機」がどのように「解決」するにせよ、すでにバリケードが学生と労働者を、そしてフランスの民衆全体を、引き返しのきかぬところへ押し出してしまったことを証明している。それは文字どおりの「起爆剤」であった。しかもそれが発達した資本主義国の「革命」の可能性すら語らせたということは、今後の全世界の革命・労働・学生運動にとって画期的な意味を持つものであり、これから一九七〇年にかけていっそうの激動を予想させる日本にも、直接的にかかわるものであるにちがいない。それはまた、世界がここ二、三年のあいだに、非常に均質なものとなり、かつ爆薬物を秘めた新たな時代に入りはじめたことを示していると言えそうである。その意味で羽田・佐世保・王子・三里塚につながるものを、私はパリでも見出したと言うことができるのである。

私はいま「〃革命〃の可能性すら語らせた」と書いたが、むろん私はバリケードから一気にストに突入した五月のフランスが、古典的権力奪取の可能性を現実に持っていたと考えたわけではない。それにしても、このひと月あまりのあいだに、フランスでは何度「革命」という言葉が大っぴらに語られたことであろう。そして学生からバトン・タッチされた下部労働者によってストが開始され、それが二、三日で全国に広がっていった情勢は、じじつ「革命的」なものだったのである。事態は、日々に、というよりもまさに一刻一刻と、激しく動いていた。しかもその急速な変化の一つ一つが、次に来るものに決定的な意味を持っていたと言っていい。

この急激な変化のなかには、とつぜん未来を明るくするものがみなぎっていた。メトロが止まり、バスが止まり、往復一里の道を歩かなければ（それも散々探しまわらねば）新聞すら買えなくなり、郵便はいっさいなく、タバコもなく、銀行もなく、金もなく、友人に千円、二千円と金を借りて急場をしのぐ――この不自由さは、「自由」そのものであった。再び人間の手に帰した車道の敷石は、ほとんど肉感的な肌ざわりを持っていた。

しかし、五月二二日から二四日にかけて、予期したとおりこの「自由」は頽廃した相貌を帯びて行った。この二四日夕刻、私は学生街を歩きながら、ほとんど「自由」の当然の死に立ちあう思いであった。その少し前、学生たちは三々五々、東に向かって移動していた。そのあとから、赤旗と黒旗を押し立てた千人ほどの一隊が、これもパリ東部の結集点に向かって進んで行った。しかしそれは、もはや二週間前の「学生コンミューン」とは似ても似つかぬ、敗北の色濃い隊列であった。そして、彼らが通りすぎたあとの学生街は、ほとんど人っ子一人通らず、あらゆる店という店が戸をしめ、鎧戸のない店はガラスを割られるのを覚悟しながら、この時刻としては異様に静まりかえっていた。たまに通りかかる車は、一刻も早く魔の町を通りすぎようという形でスピードを上げ、すべてが荒廃して、今夜の悲劇を待っているといった様子であった。そしてその夜、バリケードは再び学生街に築かれるであろう。それはひと月あまりのこの短い激動の、第二の曲り角にあらわれた、崩壊してゆくバリケードであるだろう。ではいったい何がこの「革命」状態を作り上げ、何がこれをつぶして行ったのか。そのことを私は以下に検討したいと思う。とりわけまず初めに私が指摘したいのは、学生「反乱」を作り出した思想的根拠についてである。

2

今回の学生「反乱」は、しばしば非常に「自然発生的」なものだと言われた。大学閉鎖・機動隊導入・学生逮捕・これに加えた二ヵ月の禁固刑という、相ついで行なわれた処置が、学生を刺激したのだと説明された。私もそのことを否定しようとは思わない。思わないばかりか、学生デモの特徴も弱点も、まさにそこにあったと考える。これは日本にたとえれば、ちょうど強行採決に始まる六〇年安保の広汎な立ち上りに似ており、ストとデモ参加が学部から学部へ、パリから地方へ、大学から高校へと広がってゆくさまは、六〇年五月そのままの姿であったと思う。パリでは学生街にソルボンヌ大学という地理的象徴的な中心があり、そこへ学生は総力をあげて肉薄して行ったわけだが、それも安保闘争の国会の存在に酷似している。これまでまるで行動的でなかった学生が、われもわれもと激しいデモに参加して行った点もそっくりである。しかしながら、人が容易にそう考えるのとはまったく異なって、安保闘争は決して六〇年五月に始まったものではない。あの五月のような広汎な立ち上りを導く以前の安保改定反対デモが、非常に苦しく孤立したものであったことをどれだけの人が知っているだろう。そして、六〇年五月の立ち上りを導き、それに思想的根拠を与えたのは、まさにそれ以前の全学連を中心とする激しい行動だったと言わねばならない。今回のフランスの学生運動も、そのような性格を持っている。すなわちこの自然発生性をうながし、これに根拠を与え、しばしばこれを

「煽動」し、またしばしばこれに乗りこえられて行ったのは、この五月に先だって激しい行動を展開していた少数分子であり、そこに中国派、トロツキスト諸派、あるいは、コーン＝ベンディットを中心とするパリ大学ナンテール分校「三月二二日運動」などの役割を見なければならない。それら活動分子の行動と思想の第一の特徴はインターナショナリズムであると言えようが、それにたえず活力を与えていたのは「第三世界」の存在である。

この四月に私がパリに着いたとき、最初に目についたことの一つはこの「第三世界」にたいするほとんどロマンティックな関心であった。学生街にゲバラや毛沢東の写真が飾られていることは、もちろん私も心得ていたし、その一種無邪気な崇拝ぶりは、目の前にこれを見るとほとんど苦笑を誘うほど感覚的心情的なものにすぎなかったが、それだけではなく、一方では「ブラック・パワー」にかんする講演会が開かれ、そこに二千の聴衆がつめかけるという有様であった。学生だけではない。知りあったジャーナリストが、また映画人が、私が着いてからしばらくのあいだに「第三世界」へと発って行った。そして、このような「第三世界」への関心の中心をなしているのはむろんヴェトナムである。民族解放戦線への共感は、もはや「反戦運動」といった域を通りこして「好戦運動」であり、とくに中国派によって形成されている「ヴェトナム下部委員会」を中心として発せられた「解放戦線は勝つ」というスローガンは、平和委員会の「ヴェトナムに平和を」のスローガンを撤回させるほどにしみ通っていると思われた。解放戦線の旗が、しばしば学生デモのなかにひるがえっていることも指摘しておく必要があるだろう。むろん活動家はまだ少数だが、しかし「第三世界」の革命は、すでにフランスの（少くもパリの）なかに入りこみ、その一部をなしていることは明らかであった。

　バリケードが、フランス民衆の抵抗伝統に結びつくとともに、これら「第三世界」への関心と深くつながっていることは疑いのないところである。その「第三世界」から引き出されるものは、まず第一に直接行動の思想であって、それをフランス人は「ヴィオランス（暴力）」と呼ぶ。「ブラック・パワー」への関心は、まずその激しい闘争形態への共感によって作られる。五月一一日朝、すなわち前夜から六〇のバリケードが築かれて、機動隊と数時間の激突が行なわれた朝、私は誰が書いたのか、学生街サン・ジャック通りの壁に、大きく、しかも血を思わせるような赤い字で、「警察の暴力に街頭の暴力を」（Contre la Violence Policière la Violence dans la Rue）と記されているのを見た。バリケードはそのように「ヴィオランス」を通して「第三世界」につながり、したがってまた反米運動とつながっていた。それはここ数年らいの、そして特に昨年から激化したところの、反米・反帝闘争の流れに立っていると言ってよいだろう。在仏南ヴェトナム大使館の一時的占拠（二月）、アメリカン・エクスプレスの急襲（三月）、反解放戦線宣伝のための展覧会へのなだれこみ（四月）などは、いずれも「第三世界」を軸にした直接行動によるインターナショナリズムの表現である。

　だがこの「第三世界」への関心は、ごく一部の狂信者を除くなら、けっして西欧に「第三世界」そのものを持ちこもうと意図するものではない。「第三世界」は学生にとって、まさに西欧という場におかれているからこそ意味を持つところの、一つの武器なのだ。何のための武器であるかと言えば、それは西欧を否認する武器に他ならない。だからこそ、「コンテスタシオン（否認、異議申し立て）」

という言葉は、圧倒的に学生たちの共感を呼ぶのである。毛語録のあの極端な倫理性に彼らが惹かれるのは、そこにまず西欧的倫理への否定を見出すからだ。「ブラック・パワー」への共感は、それが白人社会を拒否する力であるというところから来る。「ブラック・パワー」は今日資本主義国にある唯一の革命組織だ、と彼らが言うときに、私には彼らが「ブラック・パワー」による革命への道筋を具体的に思い描いているなどとはとうてい思えない。しかし、「ブラック・パワー」は、白人社会への統合がつねに抑圧への加担であることを明確に示したものとして、白人に傲然と異議を申し立てるものとして、白人でありながら現存白人社会を否認する者たちの道を黒い燈火で照らし出している。むろん西欧否認は今に始まったことではないが、それは今日、世界情勢に支えられて、実質的な力となったのである。このような意味で、彼らのインターナショナリズムは否認のインターナショナリズムであり、彼らの直接行動は否認の行動である。直接行動そのものであるバリケードは否認のバリケードであり、彼らのくわだてたものを「革命」と呼ぶならば、これに「否認の革命」という名を与えるのがふさわしい。

バリケードは、物分りのよい「対話」や「民主主義」が、その実は警棒の乱打に他ならぬことを暴露しつつ、これを否認する。だがまたバリケードが否認であるということの意味は、まさに現代の武器としてこの原始的なバリケードに頼るという、その作業自体から来るのでもある。じっさい今日のバリケードが、軍隊はおろか機動隊の突撃すら物理的にくい止め得ないものであることは、誰もが承知している。学生たち（そこには若い労働者も多数参加していたが）は、なるほどまず機動隊の攻撃を一時くい止めるために、次には彼らに抵抗して学生街を「占拠」するために、バリケードを築いたのではあるけれども、これは抗議の意志表示であり、学生街占拠の演技であるにすぎない。つまり、バリケードとは（この点で角材とひとしく）ひとつの象徴である。

しかしここで直ちにおことわりせねばならぬのは、まさに演技であり象徴であればこそ、これが否認の武器になる、ということであり、暴力を演ずるからこそ、これが現実にその意志を政府に強制する「暴力」になり得たということである。演技は想像世界に属するものであり、つまりは現実を拒否するものであるが、そのようなものとしてまさに現実に痛烈なしっぺ返しをくわせ、かつ現実を生み出すものでもある。ソルボンヌ大学から機動隊を退散させるのに成功した行動は、この（しばしば無意識に演ぜられた）暴力の演技であり、想像の暴力であった。だからこそ、大学解放とともにそこに入りこみ、大学を占拠した学生たちは、直ちにソルボンヌの壁に「想像力は権力を奪う」と記したのであり、その二日後に国立劇場オデオン座を占領した学生たちは、「想像力は旧オデオン座の権力を奪う、入場無料」と貼り紙を出したのである。学生の真の武器は、現実主義者、政治家、大学当局者、そして多くの教師たちにおよそ欠如しているところの、この想像力であった。またそれがソルボンヌ解放以後、ここを、現実の大学を否定する想像の大学、つまりは自由の大学に変貌させたのだと言ってもいい。学生による占拠後のソルボンヌの一見した混乱と無秩序は、この自由の表現である。ただし、いずれ想像の失権がはじまることは目に見えている。いや、それはすでに開始されている。[*1] 想像が現実に対して究極的に勝つということはあり得ぬからであり、「想像力が権力を奪う」とはそれ自身が矛盾した表現であるからだ。

想像は現実を否定する。しかも総体としてこれを否認する。だから学生の「否認の革命」は、この社会の総体に対する否認であった。権威の仮面をはぎとること、ブルジョワたちを恐怖させること、現に存在する生活態度・生活理念そのものに挑戦すること、「消費社会」を拒否すること（駐車中の自動車に片っ端から学生が火をつけたのは、その一表現である）、その「消費社会」に組みこまれるのをみずからに禁ずること――これが彼らの行動の発条であることは明確に見てとれる。その点において、彼らの行動は明らかに超現実的側面を備え、一九二〇年代の青年の目ざしたものと同様にトータルなものだ。したがってまた学生は、作るべき何ものかを、新しい大学や社会のイメージを、明確に持っているわけではない。むしろ彼らは効果を考えるよりも破壊に専念すると言ったほうがいい。それは、既成秩序の全面否定、前世代への全面不信であり、現存する文化への瀆聖であり、その意味で、これはまた「文化革命」の一形態でもある。パリ大学サンシエ分校の壁には、まず「文化は商品でない」と大書され、ついでその「ない」を、誰かが次のように訂正するのが見られた、「文化は商品である」と。ソルボンヌのパストゥールやモンテーニュの像には、赤旗や黒旗がまきつけられ、レピュブリック広場の平和の女神像も、赤旗が握らされた。この黒いユーモアとトータルな「異議申し立

＊1　この文章を書いたとき、大学はまだ学生の手にあった。それが機動隊によって奪い返されていったのは夏の初めである。

て」とが、戦闘的な学生の行動を形づくる重要な活力であったことを私は無視したくない。だが、それはやはり象徴的・演技的・想像的なものだ。だからそれは「革命家」よりは、はるかに詩人の共感をそそるのである。ジャン・ジュネは書いている。

「コーン＝ベンディットは、ブルジョワ機構を破壊する一つの動き、ないしは少なくともそれを動揺させる動きの、詩的な、あるいは計算された、起源であり、彼のおかげでパリを通る旅行者は、反逆するパリのやさしさと優雅さとに接することができるのである」

〔『ヌーヴェル・オプセルヴァトゥール』五月三〇日号。傍点鈴木〕

3

私は学生の「反乱」をあまりに文学的に描きすぎたと非難されるかもしれない。これは観念的「反抗」であって現実の「革命」ではないという批判もあり得るだろう。あくまでトータルであろうとするものは必然的に蹉跌する、という声も響いてくるように思われる。現に、一つの闘いに勝を収めた学生は（ソルボンヌ奪還）、第二の闘いで決定的に孤立し、敗北してゆくだろう。しかし或る情勢において、徹底的に闘うことがまた唯一のポジティヴな行動である場合が存在する。それはいさぎよい美学といったものではなくて、現存秩序のトータルな否認をつらぬくことが逆に現実に何かを獲得する唯一の手段である、といった状況が、至るところに存在しているという意味なのだ。なるほど動いているのは学生だけではない、革命勢力と反動勢力が一騎打を演じているわけではない。そこに各種さまざまな力が作用しており、革命的な意図はくすねとられ、およそ正体不明な、ぶよぶよしたものの出現する可能性が、たえずつきまとっている。にもかかわらず、その正体不明のぶよぶよしたものでさえ、それを生み出すにはまさに現存秩序のトータルな否認を必要とする状況があるのだ。現在、革命的行動はほとんどかならず敗北するが、敗北しつつ何ものかをつくり出し、行動は無効な演技と化するが、演技がまた行動に転化してゆく、そういったケースが無数に存在しているのだ——この弁証法を学生たちの或る部分は、きわめて明晰に把握していると思われる。たとえば「三月二二日運動」の指導者コーン＝ベンディットが語るのはそのことである。

「労働者は物質的要求のいくつかのものを獲得するでしょう。大学改革は学生運動の穏健派と教授たちによって行なわれるでしょう。その大学改革はわれわれの願う徹底的な改革ではないでしょうが、しかしそれでもわれわれは、そこに若干の影響を与えるでしょう。われわれは明確な提案を行なうでしょうし、そのいくつかは受入れられるでしょう。われわれにすべてを拒否することはできないからです。むろんこれは一つの前進です。が、根本的なことは何一つ解決されはしないでしょうし、われわれは相変らず体制全体に異議を申し立ててゆくでしょう」

「いずれにしても、私は革命がこんな風に一朝一夕に可能になるとは思いません。順々と、大小の差はあれ、いろいろな改善（aménagements）を獲得できるだけなのです。が、その改善は、革命的行動によってのみはじめて獲得される。この点でこそ学生運動は、たとえ一時的にそのエネルギーを失うことがあっても、何はともあれ大学の重要な改革に到達することによって多くの若い労働者にとって一つの例証としての価値を持つのです」

〔『ヌーヴェル・オプセルヴァトゥール』五月二〇日号。傍点鈴木〕

これは五月末のゼネ・ストが、あれほどの広がりを持つにいたらなかった時期の発言と思われるが、ここには行動を客観的に位置づけようとする明敏な意識をうかがうことができる。コーン＝ベンディットの発言にはむらがあって、私はそのすべてを認めるわけにはゆかないが、また彼が今後果してその革命的行動をつらぬき得るかどうかを保証するものも何もないが、そんなことはどうでもよい。私はここに引用した彼の言葉に非常な共感を覚える。この言葉によって、学生がもはや知識人および前衛の果すべき役割に、その行動によって完全にとってかわったことが示されているのである。

ところでここにコーン＝ベンディットが語っている「大学改革」は、「三月二二日運動」の前史をなすものだった。その経過は次頁の注に委ねるが、この「大学改革」実現の見とおしが現在曲りなりにも開けてきたのは、ナンテール分校の急進分子がまさにいわゆる「改革」を放棄し、いっさいの「協調主義」を棄て去って、現在の大学を全面的に否定しつつ、それをブルジョワ社会のなかに位置づけ、そのような筋道で現在の社会を批判しきってゆく少数行動部隊——すなわち「三月二二日運動」——を組織したがためであった。[*2] これはイデオロギー的かつ行動的に、大学の存在そのものに批判をつきつけたものであって（たとえば試験ボイコット、「なぜ社会学者たるのか」というパンフによる講壇社会学のブルジョワ・イデオロギー批判、大学が労働者階級を実質的にシャット・アウトして現体制に奉仕する「階級的大学」であることの弾劾、大学本部占拠など）、大学の改革というよりは大学の革命をねらったものと言うべきである。しかも、大学が現体制内にあって自由な「離れ小島」を形成し得るはずはない。つまり、大学の革命、徹底的変革は、体制の変革をまってはじめて可能であり、しかも体制の変革を行なうのは労働階級でしかあり得ない。そのことは、大学が現体制の本質的矛盾をそのまま反映していること、いやむしろ現体制の矛盾そのものであることを意味しており、かつまた学生に

*2 ナンテール分校では、一九六七年二月に学生寮問題に端を発する学園闘争が起こり、ついで同年一一月、勉学条件改善の闘争が起こって一万二〇〇〇人の学生のうち一万人がストに入った。これは教師学生同数の代表から成るいくつかの委員会結成におよび、大学改革試案を作成したが、政府はこれをもちろん無視したから、結局は何の成果も挙げられなかった。さらに今年に入って、運動は少数分子の直接行動という形をとり、三月二二日の大学本部占拠におよんだのである。なお、コーン＝ベンディットはフランス生まれのユダヤ系ドイツ人であって、両親はナチを逃れてフランスに亡命したもの。彼の国籍がドイツであるところから、西独のSDS（社会主義学生同盟）との結びつきが強く、ドゥチュケ狙撃（一九六八年四月）に対する抗議デモを組織したのも「三月二二日運動」が中心であった。「批判大学」の提唱も、私の知る限りこの運動が率先して行なったように思われ、ここにも西独（ベルリン自由大学）に生まれた「批判大学」の影響が見られる。

とって大学の革命を考えることは、必然的に革命的行動につながるということを意味している。なるほどすしづめ教室の解消や、日本なら授業料問題解決のための闘争は、絶対に必要不可欠だろうが、それらが革命的展望のもとに行なわれたとき、はじめてフランスのあまりに困難な大学改革にも多少の可能性が生じ、また一見安定しているかに見えたフランス社会にも深い亀裂が走ったのである。またこのように大学内部から社会をトータルにとらえる視点こそが、じつは学生運動と労働運動を結ぶ根拠でもあったのである。

4

周知のように、この「三月二二日運動」に発するナンテール分校閉鎖、つづくソルボンヌ閉鎖は、一〇日間にわたる権力と学生の直接対決を導き出した。そして二度にわたるバリケードをつうじて、学生はついに大学を奪い返したように思われた。しかしこの大学奪還が、学生だけの手によって成ったと考えるのは早計であり、これと同時に五月一三日の労学共闘デモとゼネ・ストの決定が、政府の最後の決断（学生への全面降伏）に重要な圧力となったことを見逃してはならないであろう。おそらく今回のフランスの動揺のなかで、日本人にとって最も理解しにくい点は、労働者と学生とのこのつながりであろう。機動隊導入が広汎な学生の反撥を呼び、それがバリケードに発展したことを理解するのはさして困難ではないにしても、それに労働組合が加わってパリだけで六〇～七〇万のデモを行ない、さらにそれが端緒となって広汎な要求闘争におよんだということは、どう理解したらよいであろうか。むろん根底にあるのはフランスの労働者の長い闘争の歴史であり、またとくに五月一三日のストとデモは、一一日未明に学生街で起こった機動隊による激しい弾圧＝「人間狩り」に対する抗議が最大の眼目であったが、ただそれだけで労働者が立ち上ったと見るのは単純であり、またこれをフランスの労働者の「革命的伝統」などという語で片づけてしまうのは早計である。なるほどフランスの労働運動は全体として、ゼネ・スト一つ経験したことのない日本のそれとは比較にならないものかもしれない。しかし彼らは決して常に「革命的」でありつづけたわけではないのだ。むしろ今回の激動の背後に、一貫してこれを操縦し、さらにはその収拾に大きな役割すら果した共産党の政治的配慮があることを、併せ考えてみなければならない。というのも、フランス労働運動は周知のように共産党系組合CGT（組合員一九〇万）によって完全に左右されており[*3]、これを除外してはストもデモも成立しないからである。

当然想像されるように、フランス共産党も日本共産党と同じく、極左批判は以前から激烈をきわめている。たとえばナンテール分校閉鎖の翌日の『ユマニテ』は、「三月二二日運動」「中国派」「トロツキスト」などへの激しい告発（ジョルジュ・マルシェ）を掲げ、これら「にせ革命家」を「孤立」

＊3　主な労働組合としては、このほかに民主労働連合CFDT（組合員六〇万）、労働者の力FO（五〇万）がある。前者はカトリック系労働組合から脱皮して、一見急進的な立場をとるようになったもので、指導部には統一社会党が若干の影響を持っている。後者は公務員を中心とする社会党系の改良主義的組合である。

させることを力説している。またソルボンヌ閉鎖の翌日の同紙には、ジョルジュ・ブーヴァールの筆で、政府の喜ぶこの「腐敗」した状況を「挑発」した者へのきびしい批判が掲載されている。そしてこれ以後、五月から六月にかけての共産党中央の学生対策は、無垢な「一般学生」および労働者をいかにして「ひとにぎり」の「挑発者」の手から守るかということに尽きている。「挑発分子」によって組織されるデモへの参加を極力妨害したことも、つけ加えるまでもあるまい。

そこからいくつかの誤算が生じた。その第一は学生運動の異常な盛り上りであって、パリだけでも数日のあいだに、デモは共産党の警告を尻目に、数千から数万へとふくれ上ったのであった。じっさい、ともに催涙弾と放水車の雨を浴び、ともに警棒で血を流している学生たち、あるいは「煽動者」に先立って自発的にデモをはじめ、また敷石を掘りおこしている学生たちに、煽動にのるなと言ったところで何の効果もありはしない。私はコミュニストが、道路上で、バリケードの前で、あるいは奪還されたソルボンヌで、圧倒的な「一般学生」の集中攻撃を浴び、物笑いにされているのを、何度目撃したか分からない。どこの国でも共産党が学生運動を批判するのは珍しいことでないけれども、事実による学生の復讐がこれほど鮮やかになされたことはあまり例が多くはないであろう。とくにフランス中の目が学生街に向けられていたときだけに、党内の動揺は甚だ大きく、党員のなかからも学生運動への共感を示すものが続々とあらわれた。苦境に立った共産党は急遽方針を変え、「挑発者」にふれることを徐々に抑えながら、学生の「闘争」——共産党が完全に不在であった「闘争」——を語るようになる。つまり「煽動者」は「にせ革命家」だが、それはさておき煽動にのった者はすばらしい、というわけである。この転回が五月八、九日ごろから五月一三日のゼネ・ストまでのあいだに完成したことは、この頃のビラその他によっても明らかであって、五・一三闘争は共産党にとって、党内不満を抑え、党外に対しては失墜した名誉を回復するための、絶好の機会だったのである。[*4] つまり共産党は組織防衛のために否応なく舞台に引きずり出され、しかもその結果として皮肉にも学生と労働者を結びつける役を果したのであった。

第二の誤算は、学生の闘争に対する下部労働者の思いがけぬ共感である。それはまず五月一三日のストとデモへの広汎な参加によって示された。当日のパリのデモが、その二週間前に行なわれたメーデー行進とくらべて数も比較にならぬくらい多く、怒りをむき出しにしていたことは、両者を比較した者には一目瞭然であって、この行動によって警察国家への抵抗の意志がいっそう固められたことも疑いがない。そして、このような学生との連帯感は、その翌日からふき出したストの波によって、いっそう明確に示されたのであった。

この一連のスト発生には、いくつかの注目すべき点がある。その第一は、口火を切ったシュド・アヴィアシオン会社のナント工場を除いて、これがいっさい賃上げ要求に発したものでなく、したがっ

＊4　労学共闘は、五月九日に行なわれた全学連とCGT・CFDTの会談で一四日に予定された。しかし一一日未明のバリケード、それへの弾圧の報に接して、CGTとCFDTのあいだに急遽意見が交換され、一三日にくり上げられたのである。なお、全学連は統一社会党系の学生が執行部をにぎっており、当初はいわゆる「極左分子」と区別されていたために、共産党系のCGTにとっては接触が容易だったのである。

て一見目的が空漠としていたことである（シュド・アヴィアシオンだけは、以前から合理化反対の交渉中であり、その意味でもこのナント工場は、文字どおり労学を結びつける要の役を果したのであった）。第二は、組合指導部の指令なしに、下部とくに若い労働者の自発的決定によってスト突入が決行されたこと。第三はこれがいずれも予告期間の存在を無視した違法ストだったこと。第四は、必ず工場占拠というラディカルな方法を伴ったこと。さらに第五はこれがシュド・アヴィアシオンからルノーのクレオン工場、ビヤンクール工場へと伝播し、ついで一気に拡大して、たちまちゼネ・スト状態になりかねぬ気運を示したことである。このような異常な、自然発生的なスト突入が、何よりも学生の戦闘性に触発されたものであり、また学生の直接行動によって暴露された抑圧体制への挑戦であることは明瞭である。また言わずもがなのことであるが、工場占拠（場合によっては工場長監禁）を伴うゼネ・ストとは、それ自体が明確な直接行動＝暴力であり、物分りのよい「対話」や「交渉」の拒否であり、強烈な否認である。しかもこれは単なる賃上げ闘争ではなかった。ということは、このストが――たとえ当初は漠たるものであれ――現存秩序、すなわち企業・体制への異議申し立てであり、言いかえればこの直接行動によって、労働者が自己の力を自覚し、階級意識を深めつつあるということを意味していた。だからこそ工場占拠は、しばしば歓喜のうちに遂行されたのである。しかしながら下部労働者は明確なプランを持っていたわけではない。そこから一種アナーキーな状態が至るところに出現する。組合は、かくて一旦完全に下部にのりこえられる結果になったのである。

これに対する共産党およびCGTの反応は、非常に素早く、かつ巧妙なものだったと言うことができる。すなわち、彼らはまずこのストを、組合の指導下におくことに全力を挙げた。これは労働運動を左右するCGTとして、当然の反応である。しかし彼らは、このストの特殊な性格をつかんで、これに新たな展望を与えるどころか、彼らのいわゆる「極左分子」によって収拾のつかぬ事態に追いこまれはしないかという危惧に戦いていたのである。したがって、彼らはこのストの政治化をいっさい避け、これをもっぱら賃上げストに転化することに狂奔した。だがそのためには急がねばならない。下部に先んじられてはならない。まだストに入っていない企業においては、賃上げ闘争の枠のなかで、組合のイニシアチーヴでストに入らねばならない。だがまたあまり深入りをしてはならない。したがって、ゼネ・スト指令は出されないだろう。なるべく早く政府と交渉に入ることだ。そしてあわよくば組合員をふやすことだ——以上が長年の体制内反対派の立場と、組織防衛の本能から、彼らの身についてしまった反応であった。

　このような形勢のなかで、事態は目まぐるしく進展して行った。これは甚だ奇妙なストライキであった。ゼネ・スト指令は発せられなかったが、にもかかわらずストは各企業単位に、だが一応は組合のイニシアチーヴで瞬く間に広がっていた。しかも実質的には完全なゼネ・ストであり、下部にエネルギーを持っているだけに、底知れぬ無気味なものを秘めていた。あらゆるところから、これは単なる経済闘争でないという声が、ストを経済闘争に限定しようとするCGTの努力にもかかわらず響いてきた。これはほとんど今にも爆発しかねない前革命的状況だったと言っていい。ブルジョワジーは恐怖していた——はじめは学生の激しい闘争の前に、次は得体の知れぬストライキの前に。そして、政府はまったくなす術を知らなかった。その間にもストは拡大して行った。シトローエンまでが（会社側のきびしい組合抑圧で知られ、一九五二年以来ストを打つこともできなかったシトローエンまでが）、堂々と工場占拠に入って行ったのである。

この政府の窮状を救ったのはまず組合である。ＣＧＴは五月二二日、ＣＦＤＴ（一一三頁＊3参照）とともに、数百万にふくれ上ったスト参加者と完全に麻痺したフランス産業を背景に、勝ち誇って政府との交渉を要求することになる。ところがこれが政府を蘇えらせたのだ。交渉は政府にとっても組合にとっても知悉した土地である。組合は強気に出るだろうが、交渉は必ず妥協によって成立するものである。交渉が成立すればむろんストも工場占拠も解決するであろう。そして体制への否認をつきつけている学生は孤立するであろう。以上が政府の計算であり、それはほとんどそのままＣＧＴの計算であった。

また、この窮地に立った政府を救ったのは、議会のまったくどうしようもない「左翼」政治家たちである。彼らもまた、賃上げではなくて事態の変化をこそ望んでいた下部労働者のことなどは、まったく理解しようとしなかった。彼らはほとんど通る見込みのない不信任案を提出し、二日にわたって長々と議論した。しかし誰もその議論が何かの変化を生むとは期待していなかった。力はまさに街頭にあり、それ以上に占拠された工場にあるはずだったのである。そして五月二二日、不信任案は予想どおり否決された。それは政府に若干の合法性を与え、いわば交渉の形式的資格を与えた。その意味で、五月二二日につづく数日は、政府、政党、組合がほとんど協力して事態収拾にあたった時期であると言ってもいい。

この日を境として、学生の完全な孤立化がはじまる。冒頭にふれた五月二四日の学生デモは、政府がコーン＝ベンディットの入国を禁止したことに対する抗議であったが、その背景にあるのは政府・組合・政党の三重奏による学生排除であった。[*5] 労学共闘という学生の大目標が、下部ではたしかな手応えを持ちながら組織によって圧殺されてゆくのを、学生はいらいらしながら見守っていたのである。スト支持を表明する学生の行進も、組合の指令で、労働者との接触をいっさい断ちきられた。こうな

＊5　ただし統一社会党とCFDTだけは別であって、彼らは終始学生を支持していた。CGTが、学生デモにさまざまな形で妨害を加えた（デモ参加の禁止、あるいは学生デモと同時に自分たちのデモを組織して、分断をはかるなど）のに対して、CFDTと統一社会党はむしろ学生側をバック・アップすることが多かった。しかし彼らの勢力はあまりに小さく、かつ統制がとれていなかったし、彼らには頑固な反共主義にもとづいて学生支持を表明するという発想も一方にひそんでいたために、労働者が組織的に大挙して学生デモと一体になるという現象はついに見られなかった。

なお、ついでに指摘しておけば、CFDT指導部は、企業内デモクラシーと大学のデモクラシーは併行して進められねばならぬこと、学生と労働者の闘いはともに資本主義体制への闘いであること、などを声明しており、ストに対しても、賃上げよりはむしろ組合活動の拡大に重点をおき、また労働者の「自主経営」といった目的をうち出して、CGTとはニュアンスの異なる闘い方をしたと言える。むろん「自主経営」は、体制変革を伴わぬかぎり意味をなさないが、これをうち出したCFDTのねらいはむしろ構造的変革をいくぶんかでもかちとることにあったと思われる。

ると、今度は自然発生性のあらゆる弱点が暴露される。二週間前にはあれほどの威力を発揮した学生コンミューンが、今は単なる心情的ラディカリズムに堕してゆき、ただ絶望的に激突のための激突を求めるようになる。戦術面でもおよそ無意味な場所に、無意味にバリケードが作られ、ひと目でそれと分る真の挑発者が自由に跳梁する。それへのブレーキは、もはやいっさい機能してはいない。デモ組織者の制止は、まったく効き目がなく、自暴自棄と、無責任な若さとがいっしょになって、完全に政府側のしかけた罠にはまりこんでゆくのである。

しかし学生の孤立化に成功した政府も組合も、たった一つの点で誤謬をおかしたのであった。すなわち二日足らずで妥結に達した「グルネル協定」は、下部労働者のほとんど一致した反対で、拒否されることになったのである。じっさい一九三六年の人民戦線当時を大幅に上まわるストでありながら、労働者の獲得したものは当時の「マティニョン協定」に比してはるかに乏しかった。最低賃金の大幅値上げは一つの成果であるが、スト中の労働者のほとんどはこれと関係がなかったし、二期に分けて今年中に一〇パーセントの賃上げをするという協定も、物価の急速な値上りであらかた解消することが予想された。組合が前提条件としたはずの社会保障制度改善も、物価と賃金のスライド制も、後の検討に委ねられた。スト中の給料にも保証はなかった。むろん「四〇時間」は論外である。要するに、スト労働者は何一つ獲得しなかったと言っていい。この結果を示されて、下部労働者は完全にそっぽを向き、これを拒否して、構造の改革と人民政府の樹立とを叫んだのであった。

ＣＧＴおよび共産党が、いくぶんかこのストの政治闘争としての色彩を強調するふりをしたのは、わずかにこのときだけである。だがまたそれは、何と政府にとって知りつくした方法であったことか。ヴァルデック・ロシェはミッテルランにあてて、ただちに会合を開きたい、左翼の共同綱領を作ろう、と要求する（二七日）。野心の塊であるミッテルランは、自分が大統領に立候補する、と声明する（二八日）。ＣＧＴはあわててデモを組織する（二九日）。しかし、統一戦線の可能性など既成政党のレベルにおいては誰も信じていないのだ。ミッテルランらの左翼連合が、共産党にイニシアチーヴを握られそうになるや否や直ちにこれに背を向けるのは周知のことである。また共産党が、自分のイニシアチーヴを逸脱する統一戦線を望まないのも、周知のことである。要するにこれは第四共和制以来の、いやそれ以前からの、古典的方法のむし返しにすぎない。そういったすべては、ド・ゴールの強気の声明（三〇日）の前にふっとんでしまう。ド・ゴールは言う、私は引退しないだろう、首相も変えないであろう、議会を解散し、憲法にのっとって選挙を行なうだろう、それはコミュニズムと対決する選挙であるだろう、これを妨げる者には別な手段を用いる用意がある、と（ド・ゴールはその前日に軍隊の忠誠を確かめていた）。するとたちまちパニックが起こる。共産党もＣＧＴも、選挙は行なわれないだろうと声明することは到底できないのだ。というよりも、彼らはすでに選挙体制に入っているのである。とすれば、どうして選挙を妨げるところのストを継続することができるというのか。しかも組合中央は、うまい具合にゼネ・スト指令を発したわけではない。各企業・各分野ごとに、いわば勝手にストに入ったのである。だからストは各企業ごとに、ばらばらに、つまりは分断されて終るだろう。かくて六月五日、ＣＧＴは声明を発表して、「多くの分野ですでに実質的な成果は獲得された」

と言い（じつは「グルネル協定」から、ほとんど事態は発展していなかったのだ）、六月六日の『ユマニテ』は、「団結のうちに、勝利とともに職場復帰」と大見出しをかかげる（むろんその下に小さく、金属・建設・化学工業分野で会社側が不当に強硬な態度に出ている、と記すのは忘れない）。同じ号でエチエンヌ・ファジョンは、すでに勝利を収めた分野でも「にせ革命家」が職場復帰を妨げている、と指摘する。ひと口に言えば、共産党は一刻も早くストの終息を望んでいるということであり、また事実あらゆる手段でスト中の労働者に圧力をかけたのである。

そのことは、私に一九三六年六月を思わせた。今から三二年前の六月七日、CGTと企業者側にかわされた協定の重大さは、とうてい今回の比ではない。四〇時間、有給休暇、七〜一五パーセントの賃上げ、等々。だがそれですら下部労働者は納得しなかった。スト中の工場の代表者会議は、ストの継続を決定し、デモさえも行なわれた。そのときモーリス・トレーズが、あの有名な句を吐いたのであった。私はいま資料が手許にないので、記憶で引用するが、それはほぼ次のような趣旨だった——「ストを止める術を知らねばならない、まだ政権奪取の期は熟していない、基本的に要求が満たされれば、たとえすべてが満足されなくとも、妥協を受入れねばならない。ストを続ければ、プチ・ブル層、農民層の支持を失うおそれがある」。フランス共産党は一九三六年以来同じ辞書を使っているように思われる。人間も同じだ。マティニョン協定調印者のブノワ・フラションが、今またグルネル協定の署名者であるのだから。しかも三六年のマティニョン協定でさえ、実質的にかちとったものがいかに大きかったにせよ、同時にそれは人民戦線が崩壊する第一歩でもあったのだ。つまりそれから数日のあいだに、レオン・ブルムの裏切りがはじまり、スペイン人民戦線は見すてられ、同時にフランス人民戦線は後退してゆくのである。今回は、そのマティニョン協定を茶番劇としてくり返したものにすぎなかった。ただし、見すてられたのは、頑強に職場復帰を拒否した労働者と、否認に徹した学生である。ストは、学生とともに孤立させられる。そして孤立したルノー自動車のフラン工場、プジョー自動車のソショー工場にはついに機動隊が投入され、二人の労働者と、ピケの応援に行った一人の高校生が、死体となってころがる。デモはいっさい禁止され、学生を中核とする前衛組織、「革命的共産青年同盟」（ＪＣＲ）をはじめとするトロツキスト諸派、中国派、「三月二二日運動」などが、政府によっていっせいに解散を命ぜられる。だが共産党からは、私の知るかぎり、この解散命令に抗議する声はついにきかれなかったのである。

5

「ひとにぎり」の学生に発して学生街を燃え上らせ、ほんのわずかな下部労働者に発してフランスの全企業を麻痺させたこのひと月あまりは、革命のすぐ傍らをかすめて通りすぎて行った。が、革命は起こり得ぬものであった。革命を否認する「革命」政党が、労働階級に対してともかく最終的な力をにぎっており、これが総力を挙げて、事態を合法性の枠内に押しとどめ、先まわりをしてストにブレーキをかけ、これを終えさせることに躍起になっていたからである。私が革命の可能性をただの一度も信じなかったのは、そのためだ。彼らはド・ゴールが国民投票をすると言えば（五月二四日）、だれよりも先に、これに「ノン」の投票をすると答え、また総選挙が宣告されると、打てば響くように、選挙を妨げる意志はないこと、ド・ゴールと選挙を通じて闘うことを言明した。つまり彼らは、どうやら反対党ではあるらしい。しかしどう見ても、それ以上のものではない。もし共産党が、国民投票はあり得ない、と言明したらどうだったか。また、ストのつづくかぎり総選挙には応じられない、と言明したらどうだったか。たとえ彼らが、空席となった国会を「占拠」するといった「演技」まで行なわなくとも、せめてゼネ・スト指令を発して闘争を強化したらどうなっていたか。せめてこのストライキを単なる賃上げではなくて、構造変革をかちとるストに指導してゆき、それが満足されぬかぎりストは絶対にやめぬとくい下ったらどうなったか。もしストの長期化を予め想定して、労働者の手による必要物資の確保を組織したらどうだったか。確実に事態は変っていたにちがいない。最悪事態（軍隊出動）はもともとよりあり得たかもしれないが、それは今だってあり得るのだし、損害を最小限にくい止める方法もないわけではないのだ（問題は軍隊と物理的に衝突することではなくて、生産を実質的に停止させることにあるのだから）。こうなれば、たとえ革命といわずとも、ラディカルな変革の可能性は充分にあったと見ることができる。革命にせよ、ラディカルな変革にせよ、けっして一〇〇パーセントの成功率のなかで行なわれるものではない。成功した革命は常にそのことを証明している。その意味で、革命家のなかには冷酷な現実主義者と同時に、常にいくぶんか「冒険家」の要素があるものだ。それをフランス共産党は、いずれも欠いていると言わねばならない。

共和国を救い、革命をつぶして行ったのは、ド・ゴールと共産党であった。彼らはいずれも秩序の友であり、共和国の忠良な担い手であった。フランス共産党の集会には、赤旗と同時に三色旗が掲げられているが、三色旗はド・ゴール派のシンボルである。彼らはだから、対立しつつ手をにぎり合っているのだ。私はフランス共産党が、言葉の上ではともかくとして、果してド・ゴールの退場を本当に望んでいたかどうかさえきわめて疑問だと思う（それは現在の国際情勢において、モスクワが何を望むかに左右されているだろうし、モスクワがそれを望まぬ理由は充分にあるのだから）。もっとも共産党のみを非難してもはじまらぬことは、私もよく知っている。共産党が革命政党でなくなったのは、昨日や今日のことではないからだ。にもかかわらず私が敢てこれに多くの紙数を費したのは、フランス共産党が今なお非常に巧妙な（その意味で柔軟な）戦術を弄して、ともかく労働運動にその意志を押し通し得るだけの力を備えていることを示したかったからであり、またこのような党の存在にもかかわらず、労働階級が爆発的な力をひそめており、それは学生街に作られたバリケードなどの遠くおよばぬ暴力であることを、示したかったからである。

五～六月の労働者と学生の闘いは、このような共産党の正体を含めて、フランスの本当の顔を隅々まで暴露するものであった。そしてむろんその最大のものは、ド・ゴール体制そのものの素顔であろう。しばしば言われるのは、ド・ゴールが外交において進歩的であり、内政において保守的だということであるが、冗談ではない。ド・ゴール外交は、その核武装からドル攻撃までを含めて、すべて人民の収奪・瞞着・侮蔑の上に成り立っているのであって、四五万人の失業者、社会保障の後退、住宅政策・文教政策の不備、ヨーロッパではイタリアについで低い給与などは、ド・ゴール外交の基盤であり、これと一体をなすものである。要するにド・ゴール体制は首尾一貫して反人民的なものだ。自然発生的に生じた今回の闘争は、この一〇年間の鬱積した不満の爆発であり、この一〇年に対する一つの判決である。またそれは、ド・ゴールがすでに軍隊と警察力に頼らなければ自己を維持できぬこと、つまりこの体制が根本的に危機を蔵していることを証明したものである。もし仮りに今度の選挙でド・ゴール派が勝ったところで、秋には再び危機が訪れよう。新学期とともに学生数はさらに増加し、講義が開始されるかどうかも甚だ心許ない上に、その一方では物価の上昇が今回の賃上げを大方くいつぶしてしまうであろうから、労働階級の不満は決して消えぬであろう。危機の再び噴出する芽は無数にある。その危機が今回のものを上まわるか否かは別にしても、それが現代資本主義国家の全般的危機を深めるものであることは、充分に予測することができよう。むろん日本もそこに含まれる――日本の収奪はフランスをはるかに上まわり、日本の大学の条件はフランスに比してはるかに劣悪なのだから。したがって、フランスの五月、六月を明るくし、「自由」を垣間見せてくれた労働者と学生は、すべての人間のために、つまりわれわれのために、闘ったのであり、われわれの未来を作り出すために彼らの未来を賭けたのであった。

一九六八年六月一七日記、於パリ

パリ通信——一九六八年五〜六月

N君

今回のフランスの動きを伝えるようにとの五月二三日づけの手紙は、スト以後の郵便の混乱で漸く六月一五日に着きました。私はすでにある雑誌に、今度の「事件」について原稿を送りましたが、折角の御依頼ですから、思いつくままのことをいくつか記しましょう。多忙な生活ゆえ走り書きになることをお許し下さい。

今回のフランスの激動の最も重要な点は、言うまでもなく、資本主義国の革命の可能性をいくぶんなりとも暗示したところにあります。これはストがどう終熄しようが、選挙の結果がどうなろうが、変るものではありません。革命はすでに第三世界に去ったと信じこんでいた人には、これは衝撃的なことだったでしょうし、またその意味で、フランスの労働者・学生の闘争は、われわれ自身の問題と深くかかわっていると思われます。ここからだれがいかなる教訓を引出すか、それが今後の世界史に少からぬ影響を持つであろうことも明らかです。

口火を切った学生運動は、フランスと日本では若干の相違があるとはいえ、根本的には共通した学生の状況を開示するものだと考えられます。学生が今日の「エリート」などでないというのは世界的常識です。学生はせいぜいパッとしないテクノクラートの卵であり、それ以上に厖大な産業予備軍と言うべきです。敢て言えば学生とは若き失業者の群にすぎません。このような可能性の喪失に加えて、他方ではまだ完全に「消費社会」に溶けこんでいない猶予の状態にあるということが、学生の持っているすばらしい武器なのです。これは社会に対する反省的・批判的立場を作り上げる絶好の状況です。しかもそのような批判的役割を果すべき知識人の多くが、体制内化の動因によって大方支配されてしまったために、学生はその知識人にとって代ることを余儀なくされ、さらにすべての資本主義国の「革命」政党が議会主義に移行してこれも体制内化したために（共産党が選挙で勝つなどということはまずあり得ません）、学生は「前衛」にとって代ることも余儀なくされました。以上が大まかに言って、今日世界的に学生運動が注目を集めている所以であり、この状態がつづく限り急進的学生運動は必ず再生産されるはずです。今回のフランスの学生運動があれほどの「起爆力」となり得たのは、この学生の状況を真っ向うから問うことによって、政府の失策を引出し、学生大衆の広汎な立上りをうながしたためだと考えることができます。

そこに学生運動の限界もあることは先刻御承知の通りです。学生の状況は、体制の変革がない限りつづきます。そして変革の鍵をにぎっているのはいうまでもなく労働者階級です。学生がバリケードを作ったり敷石をはがしたりしても所詮はたいした問題でないのです（だから「神田をカルチエ・ラタンに」などといって、バリケードの真似をしても、決して奇蹟が起こるはずはありません）。ところで今回のフランスの激動が革命の可能性すら「暗示」したというのは、学生からバトンを引きついだ労働階級が見事な戦闘力を示したからであって、それは頭では分っていても、ろくにゼネ・スト一つ経験したことのない日本から来た私には、目を見張らせるものがありました。

じっさい、今回のゼネ・スト指令なきゼネ・ストの威力は、絶大なものがありました。フランスは石造りの町だから、多少火をつけても市街戦を演じても燃えたり壊れたりはしませんが、ストライキはそれを内部からギシギシとゆすぶっていました。これは学生の「暴力」をはるかに上まわる「暴力」の予告でした。もし仮に労働者が自ら必要な生産を確保し、必要物資の輸送を組織し得たなら、ストはさらに続き、政府はもとより、場合によっては体制の崩壊もあり得たでしょう。少くともド・ゴール体制を支える構造に重大な変化が起こったことは明らかです。しかも現実に、そのような形の闘争が局地的には行なわれていました。全国で最も早くストに入り工場を占拠したシュド・アヴィアシオンを含むブルターニュ南端のナント一帯がその好例です。ここでは、上部の組合からおろされてくるストライキ委員会をはね返して、下部から完全に自主的なスト委員会が作られました。労・農・学の連繋が確保され、食料の自給体制が作られ、金券が発行され、一部では自主管理による生産すら開始されていたのです。

しかしストは全体として見ればそのような形で「解決」しなかった、言いかえればこの「暴力」は不発だったのです。労働者の大部分は、多少の賃上げと、いくぶんかの組合活動の拡大と、いくぶんかの労働時間の短縮など、あれだけの規模のストとしては意外に小さな要求獲得に「満足」してストを解いたのです。その経過については別のところにふれたので今は記しませんが、その理由として第一に政府、会社側の明らさまな圧力が効を奏したこと、第二にストの「政治化」を極端におそれたCGT（共産党系組合－一九〇万）の指導部が、当初からストにブレーキをかけていたことを指摘せねばなりません。

ストが強化されれば弾圧を食う、という反論もあります。だが現在のフランスでは、いかなる弾圧もこれだけの規模のストを止めさせるわけにゆきません。私は数日前、ソルボンヌ大学をビッシリ固めている機動隊を見ました。なるほど現象的には大学は警官の手にとり返されています。が、警官を引上げれば学生がゾロゾロ入りこんで大学を占拠してしまう以上、事態は何ら変っていないと言っていいのです。要するに授業再開は現状では不可能です。工場も同様でしょう。下部から盛上ったあれほどの規模のストライキにもし組合の適切で断乎とした指導が加われば、ストは継続し、フランスの混乱と自由とはさらに増したことでしょう。それほどに下部労働者の意気は高かったのです。彼らは単に組合指導部の結んだ協定を斥けたのみでなく、ときには一旦機動隊の介入で奪われた工場を、職場復帰と見せかけて再び占拠し直したり、あるいは組合指導部の圧力で挙手投票による職場復帰を決定した工場が、秘密投票で再びストに切り変ったりしたのです。

ここからいくつかの問題が提起されるでしょう。その第一は、社会主義への移行の問題です。私の見るところ、フランスの「左翼」は（フランスだけではありませんが）この課題をまったく無視してきたのであって、彼らは今回の思いがけぬ事態に狼狽すると同時に、戦慄していたとしか考えられません。今度の激動は、左翼組織が常に戦闘体制を整えつつ、社会主義への移行の道を絶えず課題として検討しつづけるべきことを示したと言えます。わずかにそのような姿勢を見せたのは、奇妙なことに旧カトリック系組合から脱皮したＣＦＤＴ（民主労働組合－六〇万）の指導部だけでしたが、その提唱する労働者の「自主経営」も単なるスローガンの域を出ず、そもそも資本主義体制内の「自主経営」が成立ち得るのかという根本的疑問に答えるものではありませんでした（それにこの組合指導部は、統一社会党系の者がいくぶんくいこんでいるとはいえ、主流は古びた反共思想にこり固まった連中で、このスローガンもまた一部の革新的な分子の提唱を、多数の保守的分子が反共のために利用しようとした側面を持っています）。ＣＧＴがこれを「空疎なスローガン」と一蹴したのは、それなりの理由があるのです。が、ＣＧＴも共産党もこれに代るプランを持っていたわけではないのであって、これを内容空疎ときめつける以前に、むしろこの問題提起を受けて社会主義への移行の課題をシャープに提出することが望ましかったのです。想像力の欠如とはまさにこのことでしょう。

第二は前衛の問題です。ひたすら左翼連合（日本で言えば民社と社会党右派の連合）に色目をつかって、共同綱領の確立を求めた共産党は、人民戦線、レジスタンス、大戦直後及び一九五六年の共和戦線の経験から何一つ学ばなかったと言ってよいのですが、このように議会内政党化した共産党に対して、一部では新たな前衛政党樹立の動きが見られます。これはおそらく当然の結論でしょうけれども、ここにも多くの難題が予想されるのです。すなわち（一）これが余りに知識人中心の動きにとどまっていること。（二）確立された組織が常に実践的惰性態として、共産党のように逆に人間を支配する制度集団と化してゆくこと。（三）現在のフランスで前衛的役割を果しているグループが、中国派・トロツキスト・若干のアナーキストを中心に、千差万別であって、これを糾合するのは到底不可能であること。

それではどのような可能性が他に残されているでしょうか。「三月二二日運動」の指導者であったコーン＝ベンディットは、この点で重要な指摘をしています。彼はいわゆる「指導的前衛」に対して、大衆を「指導」するのではなくて、絶えず酵母の役を果して大衆を行動にかり立て、かつ大衆に乗りこえられ持ち運ばれるところの、「少数行動派」という考えを持っているように思われます。これは甚だ魅惑的な発想ですが、ここにも今回の事件で暴露された自然発生性の弱点がひそむことは当然予想されるでしょう。

そう考えてくると、現在自発的に生まれて活発な活動を展開している「行動委員会」と、それをまとめる「調整委員会」の可能性が浮かんできます。「行動委員会」は学生を中核として、大学内と地域とに生まれた数百の団体で、それをつなぐものとして「調整委員会」がゆるやかな枠をなしており、これらにはほぼ数千の活動家が参加していると見られています。これは安保闘争以後の帰郷運動や市民運動のようなものに堕してしまう危険をはらんでいるとともに、「調整委員会」の機能の不充分であることが根本的な欠陥になっていますが、他方その活動家の発想はきわめてラディカルなもので（たとえば選挙への不信がここには広がっています）、それらが一つの可能性を蔵していることは明らかだと思います。

おそらく今後のフランスの運動は、新たな前衛政党と、少数行動分子と、多くの自発的な「行動委員会」とが、からみあって進行することでしょう。そこから街頭ショックではない形での真の労学連帯の芽が生まれることでしょう。

N君の手紙には、私の周囲の者はどうしているかという質問がありました。私の友人たちのうち、何人かは「行動委員会」に入りこんで行って、集会・情宣活動などに積極的に参加しています。ポスターにせよ、刊行物にせよ、ここには学生だけでなく多くの知識人が製作に参加していて、文字どおり「文化革命」の感があります。ポスターには美術学校の学生たちが大きな役割を果しており、絵画の将来にもおそらくこの「五月革命」は一つの意味を持つことでしょう。また、ある友人はあまり統制のとれていないCFDTに参加して、とくに理論的に社会主義への移行を組合内部で考えてゆこうとしています。さらに昨日は、ジャーナリストと経済専門家の集まりがあり、フランスの資本主義の特質を検討する組織ができようとしています。

私自身は或る「行動委員会」のなかにいますが、しかし専ら一九二〇年代のフランス文学と政治の関係を調査することに、主力を注いでいます。それというのも、今回の激動の底にあるのは、あまりに目先の政治効果のみに目を奪われた既成政党に対する、二〇年代の文学者（ダダ、シュールレアリスム）の再生であって、その理論化は必要不可欠のことだからです。シュールレアリスムは、今や政治運動に脱皮して、その否定の精神をふるいつつあります。ダダ、シュールの名を冠した刊行物も現われています。この混乱と無秩序は、非常に豊かな芽をはらんでいると言わねばならないのです。

だがそれだけではありません。一九二〇年代が、一九六八年のパリにおいてアクチュエルな意味を持つのは、マルクス主義の補完物としてのアナーキズムのためです。「五月革命」は、おそらくスペイン戦争以後はじめてアナーキズムが前面にたちあらわれた時期として歴史にとどめられることでしょうが、それこそまさしく二〇年代のフランスの最も豊かな精神が、今に生きていることの証左なのです。私はたとえば初期の『クラルテ』に拠った若い世代を考えます。彼らの内には、十月革命に社会主義とアナーキズムの結合の可能性を見たレーモン・ルフェーブルの姿が、まだ生ま生ましく息づいていました。そのことを、「五月革命」のにない手たちが知っていようがいまいが、それはどうでもよいことです。文献を若い世代が読んでいようがいまいが、一九二〇年代の思想体験は明らかに遺産として定着し、しみ通っていたのであって、それはスターリニズム以後の歴史の要請のなかで、一国社会主義に対する国家否定として、また規律と独裁に対する解放の欲求として、復活する運命にあったのです――先にふれたナントを中心とする地帯が、伝統的にアナルコ・サンディカリズムの強いところであるのも、これとの関連において見逃すべきではありません。

結論的に言うならば、フランスはおそらくこの秋に今一度「危機」を経験する可能性が大きいのです。それが今回のものより大きなものになるという保証はどこにもありません（それどころか、「危機」の一つの現われとして、ファシズム政権の誕生も考えられましょう）。が、それは資本主義の全般的危機を反映するものではあるでしょう。そして、おそらくこの秋も、事態は共産党の動きによって左右されることでしょう。フランス共産党は日本と比べものにならぬくらい強大です。そして学生も、一部労働者も、おそらくまだまだ当分は共産党にとって代る強大な勢力にはなり得ないでしょう。それは致し方のないことです。が、過渡的には外部からこれに影響を与え、これを「追いつめ」、これに今よりはいくぶんなりともましな動きを強制することは可能なのです。そのあとに何がくるかは、もはや私の予想を越えています。が、たった一つ言えることは、いずれにしても共産党を乗りこえる一連の動きがない限り、事態は何も変らないだろう、ということです。フランス共産党はナショナリスト政党であって、この点でもジョレスやアナトール・フランスに敬意を払った一九二〇年代の共産党と一貫したものを持ちつづけています。彼らの集会には赤旗と共に三色旗が掲げられ、議会解散と同時に彼らは「ラ・マルセイエーズ」を歌って議場を出てゆく始末です。何という連中であることか！これに対して、私は三色旗を引きずりおろし、その赤い部分のみを残して他を火にくべた学生・労働者たちに、はるかに共感を覚えます。これを新たなインターナショナリズムと言うべきでしょうか。おそらくこれはまだ象徴的な行動であり、国家と「革新」ナショナリズムとに対する挑戦の芽にすぎないでしょう。が、このような行動は、すでに感覚的にもきわめて広くしみ通りつつあります。たとえば『ユマニテ』が、コーン＝ベンディットを「ドイツ人のアナーキストだ」と言って罵倒したつもりになると、彼らは一斉に「おれたちは皆なドイツ人のアナーキストだ」と叫びます。右翼がコーン＝ベンディットを「あいつはユダヤ系ドイツ人だ」と言って民族感情に訴えると、彼らは、「おれたちは皆なユダヤ系ドイツ人だ！」とシュプレヒコールするのです——満面に喜びをあふれさせて。それは悲愴感などどこにもない、むしろきわめて解放的で自然な声です。多分これはまだ現実的な力となるにほど遠いことでしょう。だが、もし醜悪なフランス共同体の解体されるきっかけがあるならば、この一、二ヵ月のパリが示したのは、まさにそれであったということを、私は断言することができるのです。

一九六八年六月、於パリ

III 脱走兵の思想

＊初出

アルジェとパリのきずな

『現代の眼』1967年7月号

ナショナリズムと脱走

『脱走兵の思想　国家と軍隊への反逆』（太平出版社、1969）

アルジェとパリのきずな

1

短期間の滞在で、ひとつの国はおろかどんな小さなひとつの町についても知ることはむつかしい。そこには生活があり、そのリズムがあり、よくも悪くも日常性がある。滞在者はその表皮をかすめるかかすめぬうちに、もう立ち去ってゆくものだ。だから、ベイルートで開かれたアジア・アフリカ作家会議への出席の機会に、私がたちよったパリとアルジェについても、私はこれらの都会を客観的に語りうるとは毛頭考えていない。それでも私は友人たちとの対話とこれまで目にしたいくつかの資料をもとに、パリとアルジェで持った感想を語りたい。それは、このふたつの都会をむすぶもの、また対立させているものに（それは結局同じひとつのことだが）、以前からある興味をおぼえていたためであり、それは私の場合、アジア・アフリカの問題を考えるうえでのいくつかのポイントのひとつとしてベイルート会議にもつながるものであった。とりわけそのことをもっとも鮮明に浮彫りにしたのは、アルジェリア戦争である。

私事にわたるが、この戦争はいくぶんか、私の過去の一局面でもあった。私は一〇年以上も前にパリで民族解放戦線（FLN）のメンバーと知り合い、かれらを通じてそのフランスからの独立闘争に大きな関心をよせた。私たちの関係ははなはだ友好的だったし、私はかれらに利用されることもたいして厭いはしなかった。しかし私はしょせん一個の観客にすぎない。フランスのDST（国土監視局）の紳士的尋問を受けたところで、この戦争は直接的肉体的なかたちで「私の戦争」になりうるはずのないものであった。それでも私がこの戦争と、またその「戦後」とに関心をもたずにいられないのは、なによりも、これがナショナリズムとインターナショナリズムの接点を示すものだったからであり、あるいは現代世界におけるナショナリズムとインターナショナリズムの可能性と不可能性の一側面を示すものだったからである。作家会議に出席するにあたって私をこのふたつの都会にひきつけたものも、以上のことだった。

とりわけ私はフランシス・ジャンソンとの会見に期待をかけていた。ジャンソンらの行動（FLN援助機関）が、鮮明なインターナショナリズムの一形態を示していることは、疑いの余地がないと思われたからである。この点について、私は出発前に書いた竹内実著『日本人にとっての中国像』の書評その他で、すでにおよその考えを述べているけれども、さいわいにして、今回の旅行の途中で、私はジャンソン自身の口からその具体的な推移をきく機会がえられたので、これを中心に、パリとアルジェの「戦争」と「戦後」の一断面について、私の若干の考えを述べてみたいと思う。

2

遠い日本から考えると、このFLN援助組織の具体的な効果は少々曖昧に見える。私もまたいつのまにかそう考えることに慣れてきた。これまでジャンソン機関や、それにつづいておこった徴兵忌避、軍隊脱走などについてきかされた多くの評価も、その実際的効果については否定的であって、ほんのひとにぎりの知識人の無謀なアヴァンチュールにすぎないというのが大方の見解だった。「アルジェリア戦争が暴露した最大のもののひとつは、フランス知識人の無力さだった」と、ある外交官は私に語ったことがある。せいぜいその効果を認める者も、これが停戦を早め、独立運動の機運をもたらしたのだということを評価するにすぎない。たとえば、これは昨年来日したクロード・ブールデの見解であって、かれは『展望』一〇月号で、徴兵拒否運動が共産党や統一社会党に影響をおよぼして、アルジェリアの独立承認へと発展したと語っている。

ところがひとりのアルジェリア人ジャーナリストはこう断言した。

「あれは絶対に必要だったし、有効だったんだ。だれかが資金を運搬しなくちゃならなかったんだから」

ここでは何よりも独立運動に対する物質的効果のみが問題にされているのである。だが、ジャンソン自身はいったい何をねらってあのように過激な手段に訴えたのであろうか。そもそも彼の行動はどのようにして始まったのだろう。

「発端は運転手でした（と、ジャンソンはそう私に語った）。当面の必要にさし迫られた行動があったのです。たとえば潜行幹部をだれかが無事に目的地に届けなければならなかった。彼らが自分で車を運転したのでは、いっせい検査でたちまちバレてしまうから、『それじゃぼくが送ってあげよう』と言って運転手がわりをつとめたのです。これがきっかけだった」

しかし、そこからただちにつぎの仕事が生まれてくる。ＦＬＮ幹部はしばしば調達した資金をたずさえていた。解放戦争の遂行のために、毎月四億旧フランを集めねばならなかったのである。当時のフランスのアルジェリア戦費が、毎月六〇〇億旧フランだったことを思えば、これは厖大な金額といってよい。やがてジャンソンは自分でそれを運搬することになり、ついで武器の運搬に従事した。金にくらべて武器は直接的であり、これはそのままフランス兵士にむけられる銃口となる。だからＦＬＮ幹部も、武器の運搬を依頼することは長いあいだためらっていたという。それを買ってでたのはむしろジャンソンのほうであって、金も結局は武器に変わるものであるなら、その間に何のちがいもないというのが彼の理屈だったのである。さらにＦＬＮ潜行幹部のはげしい往来は、アジトの世話、国境越え、パスポート偽造などの仕事を必要とした。こうしてジャンソンの周囲には、厳密に限定された目的、フランス国内のＦＬＮの仕事の物質的援助という目的を遂行するために、必要ギリギリのかぎられた人数の者による組織が生まれたのである。それはほぼ五七年七月のことであった。責任者の数は、五、六人を越えたことがなく、それをすべて掌握していたのはジャンソンひとりで、各責任者はそれぞれ数人から十数人の、これまた必要最低限の者と連絡をとっていたにすぎない。だからこれはけっして大衆運動でもなければ組織をひろげることが目的でもなく、「ひとにぎり」であることはそもそものはじめから覚悟のうえだったといえる。むしろメンバーの危険を最小限にとどめるためには、組織をできるだけ小さいものにしておくことが賢明とみなされていたのであって、その点で後の「若いレジスタンス」とはまるで性格を異にするものだった。[*1] こうして数年の間、小規模かつ極秘裡に、四億旧フランと武器の運搬、ＦＬＮ指導者の移動の手伝いが進行してゆく（フランツ・ファノン

＊1　このようなＦＬＮ支持機関は他にもなかったわけではない。とくに五九年まではリヨンなどを中心に、いくつかの機関がジャンソンらとは別な者の手で生れ、そしてつぶれていった。ただジャンソン機関の特徴は、第一に、ひたすらフランスのＦＬＮの最高機関である八人のアルジェリア人委員会との接触に限定したこと、第二に、ごく少数のフランス人のみによって構成されていたことで、その末端には演劇やテレビの俳優、画家、中高校の教師、労働者などが組織され、主としてアジトを提供していた。これに対して「若いレジスタンス」は、半ば公然化した活動面（デモ、ビラ配布）を持つと同時に、他方では脱走兵の援助を行なうなど、むしろ世論の喚起に重点をおいていた節がみられる。

もまた一時ジャンソンのところにかくまわれている）。

　ところでのちにこの地下組織の存在があかるみにでたとき、フランスの左翼——ジャンソンのいわゆる「ショーヴィニズムと人種主義の左翼」——がこぞってこの運動に反対したのは、ほぼつぎの三点を論拠とするものであった。その第一はＦＬＮの民族主義（ナショナリズム）に対する根深い警戒である。事実、左翼の「たてまえ」は常にインターナショナリズムであり、またこの当時のＦＬＮは、徹頭徹尾ナショナリストによって構成され指導された解放運動であって、かれらの綱領を見てもビラによっても、またかれらと議論してみても、この点は疑いの余地がなかった。「パトリオット」という表現はかれらの合い言葉であって、それは局外者にはほとんど鬱陶しくさえ思われるほどだったのである。つぎに、反対の第二は、暴力（ＦＬＮのテロやゲリラとその承認）ではなくて、非暴力（デモ、スト、坐りこみ）こそが有効だという判断である。事実、アルジェリア現地でのゲリラやテロは申すまでもなく、パリにおいてさえＦＬＮのメンバーには暴力が身にしみついているところがあって、それがしばしば不用意な、凶暴な表現をとることがあったのを、私はよく記憶している。たとえば連日報ぜられた民族主義者同士の主導権争い、いわゆる「報復」による死傷者などは、その典型的な例であろう。さらに、第三の点は、他国——とりわけフランスと戦っている民族——の運動を支持することが大衆の同意を得られるはずはなく、結局は左翼自体に分裂を持ちこみ、「分散主義」「冒険主義」（トレーズ）におちいるという見解だった。

　しかし、まずあきらかにしておかねばならないが、ジャンソンらのＦＬＮ援助はけっして他国の

「ナショナリズム」に全面的に吸収されるものではなく、むしろそのナショナリズムへの加担を通して、フランス人としてのインターナショナリズムを問うことが問題だったのである（全面的に彼らとともに、だが全面的に自分自身でありつつ、とジャンソンは言う）。それはインターナショナリズムをかれらが主張したという意味ではない。むしろそもそもの発端からこの試みはインターナショナリズムにつらぬかれていたというべきだ。ジャンソンによれば、「インターナショナリズムはわれわれの行動の意味だった」。しかもFLNがナショナリストであるのは、まさにフランスのナショナリズムの生みだした当然の結果であって、被抑圧民族にとっては独立要求とナショナリズムこそ第一の必然性、唯一の可能な道なのである。なるほどFLNはしばしば、革命政党でないといわれた。指導者はアラブ人特有の宗教的ファナチスムを持っているといわれた。しかし、これがアルジェリア人民の唯一の期待をになうものならば、これをナショナリズムだからとて排斥するのは逆にみずからのナショナリズムを立証してアリバイをつくるものにすぎない。その意味では、一国全体が左右を問わずナショナリズムにおかされていたのであって、FLN支持とは、いっさいの根源であるフランスの植民地主義ナショナリズムをたたくために、それにもっとも痛烈な打撃を与えている「敵」のナショナリズムにすすんで加担するという、逆説的状況の表現だったといえるであろう。

ここからただちに暴力の問題があらわれる。別なところでも書いたことだが（『毎日新聞』一九六七年二月二一日夕刊、文末の資料参照）、被抑圧者の暴力はつねに抑圧者の暴力でつくられたものであって、しかもなお暴力である以上、つねに挫折の契機をはらみ、またそれをはらみながらも、つねに挫折をのりこえてゆく可能性をもふくむものである。その意味で暴力の持つひとつの弁証法があるといえよう。そのうえ、フランスとアルジェリアの場合、軍事的な力はくらべものにならない。いったい二〇対一の力関係のときに、正々堂々と戦えというのは、植民地主義の肩をもつ卑劣な言葉でなくて何であろうか。かくてFLNの暴力を容認しようとせぬ非暴力の主張は、事実を隠蔽する言葉となる。[*2]

このようにジャンソン機関の存在は、すでにそれ自体が抑圧者フランスのナショナリズムと暴力に対する痛烈な批判だった。だがまたかれらの加担するFLNがやはり一個のナショナリズムの暴力として、直接性へと顚落する危険、いわば被抑圧者の「虚偽意識」へと顚落する危険をも蔵している以上、また、ジャンソンがけっして「冒険」のジェスチャアを試みたのではなくて、実効ある行動を意図した以上、かれが具体的なインターナショナリズムの実現に期待をよせるのも当然であった。この意味で、かれの孤立やいわゆる「分散主義」は、たんにFLNのみではなくて、じつはそれ以上に、国家利益を何よりも優先させる政府と、組織の温存をはかる左翼政党の下で、身動きもならない状態におちいったフランスの労働階級との連帯の意志表示でもあった。現実的なインターナショナリズムのにない手は、まさにプロレタリアートをおいてない以上、彼がその行動を通して期待をよせるのも、まず第一にフランスのプロレタリアートだった。かれが五七―九年の完全な地下運動ののちに公然と軍隊脱走をすすめ、機関の存在を知らせる方向へと踏み切った五九―六〇年は、いわば運動がその真の「意味」をあきらかにしてゆく転回点である。

たとえば六〇年に彼がその小冊子『われらの戦争』のなかで、執拗に呼びかけているのは、フランス共産党と労働者に対してであった。

「労働者は未だに人種主義と植民地主義の神話に毒されつづけるのであろうか。彼らに直ちに解

＊2　私はいまこのことを、アルジェリア戦争という限定された局面でまず述べているのであって、たとえば映画『アルジェの戦い』論争で見うけられたように、異なった状況の課題をいきなり日本の変革の具体的な問題に直結させるのは軽率だと考えている。そのようなものは、かたちこそ異なれ、AAナショナリズムと日本の民族独立とを短絡させた連帯論者とおなじ姿勢を示しているということができる。

『アルジェの戦い』にかんしていえば、私が『毎日新聞』に発表した短文〔資料として本稿に掲載――補注〕をおよそ曲解して、もちあげたりくさしたりする評家があったのは、筆者としてちょっとした驚きだった。とりわけ私に不可解なのは、暴力＝テロ、非暴力＝デモ・ストという単純な分類のうえにたって、左翼テロをすすめたり、非暴力を有効だと主張したりする人びとの多かったことである。私はむろん現在の日本においては左翼テロと無縁の人間だが、そのいっぽうでやたらと非暴力をふりまわす人を見ると、たとえばデモやストは暴力だと主張する佐藤政府に、いや、これは非暴力だと懸命に抗弁する「恭々しき左翼」の姿を見る思いがする。私にはゼネ・ストをどうして暴力と呼んでならないのか見当がつかないが、しかしそれはたいした問題ではない。問題はゼネ・ストをはじめとする組織された闘いの有効性はだれしもわかっていても、そこへいたる道筋はだれにも見えていないということにある。むろん「非暴力」というおまじないひとつでそれが実現できるものでは毛頭ない。しかもそのあいだに、日本の基地はヴェトナム戦争遂行に「きわめて有効」と判断されることになる。このことへの痛切な反省をともなわないかぎり、いっさいの議論は不毛だろう。われわれは、いまだに暗く長い手探りを続けているのである。

毒剤をあたえるべきは、左翼の役割だ。そしてとくに共産党の役目だ」

またこのころジャンソンは、同じ目的で、まず当時の共産党政治局員だったカザノヴァと、ついでヴァルデック・ロシェと、毎週会合を持っては全力をあげてFLN全面支持にふみきることを説得している。

その論理の一端をつぎに紹介しよう。引用は、やはり小冊子『われらの戦争』の一節である。

「これら強力な組織（注・党と組合）は、非合法化をおそれていた。しかし私は反対に、非合法化の危険はなかったし、また彼らのおそれは、フランスの政治状況の二重に誤った分析に由来していたと考える」

その二重に誤った分析とは何か。

「第一。おそらく真実を下まわる数字であろうが、組合員の少なくとも一〇人にひとりが、フランスとアルジェリアの労働者の連帯のために闘う準備があったと仮定しよう。かれらに反対するかわりに、かれらを援助するならば、組合指導者たちも後にはひけぬ方法に訴えることができたろう。フランス側のポジティブな態度はアルジェリア人労働者に信頼を与えたろう。また逆にアルジェリア人労働者の信頼は、フランス側の態度を一般化する助けとなっただろう。数ヵ月で勝利は得られたのだ。

第二。ド・ゴール体制は、共産党や総同盟を非合法化するには労働階級（の支持）を必要としている。この点で、第五共和国はファシズムへの道を準備するものとはいえ、現在の第五共和国とファシズムを混同するのはあやまりである。だが、われわれが行動を延期すればするほど、われわれはファシズム体制下で行動する危険を増すことになる」

ここにはかなり性急な結論があり、いまとなっては見込みちがいも多々みうけられる。「数ヵ月で」にはいくぶんプロパガンダのにおいがあり、また「一〇人にひとり」云々は、人によっては一笑にふされる数字だろう（もっとも、私はこれがあり得ぬ数字だとは思わないが）[*3]。いずれにしても、事態はそ

＊3　いっそう孤独で極端な「脱走」という手段に訴えた者でさえ、一九五九年一ヵ年で、政府の発表によっても一〇〇〇人をかぞえる。ジャンソンによれば、戦争の全期間を通じてその数は三〇〇〇人にのぼり、それはもう少しで軍隊内に深刻な事態をひきおこしかねないものだったというが、五九年の数字からみてこれはうなずけるものであり、またアルジェリア駐留仏軍の数が六〇万人（兵役期間は二七ヵ月）だったところから、かなりの割合いで脱走兵がいたことになるであろう。これは青年層の強い不満を示すものである。またそこから考えて、より安全で集団的行動の可能な条件では、この数字は非常に高いものとなることが予想される。

のようには進まなかった。共産党は動かなかった。ジャンソンによれば、カザノヴァはまだしも柔軟だったが、「ヴァルデック・ロシェとはまるで壁にむかって話しているようなものだった」。もとよりひとりの行動的哲学者によって動かされるほど、大政党の幹部はあまくない。かわりにトレーズの罵声が、ジャンソンと、またかれを公然と支持したサルトルに浴びせられた。わずかにこの呼びかけに応じたのは、全学連UNEFと先にふれた「若いレジスタンス」、それに二〇〇人余の知識人にすぎなかったのである。

この時期は、ちょうど映画『アルジェの戦い』のラスト・シーン、アルジェの民衆の暴動の時期にあたっている。正確にいえば、六〇年一二月九日から一三日までのあいだ、ド・ゴールがアルジェリア各地を訪問したさいに、各地でFLN支持の激しい民衆のデモに迎えられた時期である。ド・ゴールの演説を読んでみると、彼の政策が、このアルジェリア訪問以後急速に変化したことが明らかに見てとれる。これはまたいっぽうではフランス国内で、ジャンソンらの訴えがすこしずつ世論に迎えられた時期（一二一人宣言など）、他方では、アルジェを根拠地とするOAS（極右の秘密軍事組織）の動きが不穏になった時期である。ド・ゴールは急がねばならない。その点でかれは左翼よりもはるかに鋭敏だった。六一年二月には、早くもFLNとの交渉が再開され、ド・ゴールは譲歩に譲歩を強いられながらも交渉を継続していった。かれの腹はすでに交渉による停戦に決定していたらしく、それまでかれの強硬な主張だったアルジェリアの「親仏第三勢力」育成やサハラの領土権、要するに古風なフランスの栄光を、つぎつぎと放棄してゆくのである。フランスの政党や労組がようやく大幅に立ちあがったのは、すでに大勢がまったく交渉へと傾いた六一年後半のことにすぎない。それはなるほど停戦を早めるのに効果はあったろうけれども、すでにレールは完全にしかれてもいたのである。

3

すでに述べたように、インターナショナリズムはジャンソンの行動の「意味」だった。しかし皮肉にも、それはナショナリストFLNの支持を行動で示すことと、おそすぎたフランス左翼の覚醒をうながすことにとどまって、その他の点ではすべて無力だったように思われる。そしていま、フランスとアルジェリアの「戦後」は、かれの行動的インターナショナリズムが意図していたかに見えるものとは別のところで、展開しているように思われる。

この奇妙な「戦後」は、悲惨な「停戦」によって始まった。六二年の停戦は妥協の産物だといわれている。何をおいても百万以上の人的損害を受けたアルジェリア民衆の苦しみに終止符を打つ必要があったし、OASのテロリズムは深刻の度を深めていた。FLNの指導者たちの多くは国外に逃れ、または投獄されていた。解放軍は分断されて、軍事的勝利の見込みはまったくなく、散発的に少人数のゲリラが出没する状態だった。当時、アルジェリアのフランス軍に参加していたある男は、伝えられるところのFLNの組織や、その管理行政機構（各地に組織されて解放軍を支えていたといわれる）は、フランス軍が机上でつくりだした架空の存在ではなかったか、とまで極論している。その実相を知ることは不可能であろうが、しかし、FLNがズタズタに引き裂かれながら、人民の支持をバックにド・ゴールの譲歩を強いることによって、その代償にみずからも政治的解決を受けいれたということは、疑問の余地がない。チュニジアのある新聞の論説員は、これを「悲しい平和」と評したが、フランスの左翼も、国際世論も、結局は頼むに足りなかった以上、この解決は不可避だった。それはたしかにアルジェリア人民の強制した平和ではあるけれども、輝やかしい勝利というにはあまりに悲惨なものであり、むしろこの平和が救ったのは二つのナショナリズムではないかと思われる。

あるフランス人は、当時のアルジェリア現地での停戦の模様をこんなふうに物語った。

「何千という群衆が、FLNの指令で広場に集っていた。私はその辺をグルグルまわってみた。いったいこれが喜びというものだろうか。私はフランス解放当時のことをよく記憶している。あのときの群衆は、本当に欣喜雀躍していた。さあ、これから始まるんだ、という希望にあふれていた。ところがアルジェリア解放のときの群衆の表情は、喜びとはまるで遠いものだった。かれらの身内のだれかが、確実に殺されているからにちがいない」

これを言うのが一フランス人だというところに、私は大きな抵抗を感ずるが、もしこれが事実だったとしても、私には不思議でない。それはたとえば「各地で解放を喜ぶ住民の集りが催されているが、規律はきわめて厳正で、いささかも欧州系住民にたいするおごりの気分は見られない」という当時の描写（『日本北アフリカ協会報』第二六号）に裏側から対応するものかもしれないからである。

いっぽうフランスではどうだったろうか。

「ゆうべ新聞売りのまわりに人びとが群がっていた。寒さで人だかりは間もなく散ったが、かれらが新聞の大見出しに目をくれる時間はあった。かれらにはそれだけで十分だった。ある男が大声でしゃべっていた。『アルジェリアとは、これで済んだ。さて今度はどことやる番だ？　フランスはねえ、一五〇年このかた戦争のしつづけなんだから』。人びとはそいつの言葉にとりあうでもなく、かといって反撥する様子もなく聞いていた。みなの脳裡には、いくつかの強烈で、しかももやもやした奇妙な思いがあった。それに、とりわけその男は言ったのだ。『これで済んだ』と。人びとは、そのことしか心に留めようとしなかった。これで済んだ。アルジェリアとは、これで済んだのだ」

停戦の翌日にこう書いたのはサルトルである。むろんかれは、これで済まないからこそそう記したのであったけれども、この警告はまさに「これで済んだ」という声のなかにかすれて消えてしまったように見える。事実、ＯＡＳの危険はあっという間に遠のいたし、引揚処理も思いのほかに順調だった。もともと戦争中もフランス国民はたいして苦しみはしなかったのだし、現在パリを歩いてみても、その記憶をとどめているものはもはや何もない。なるほど「強烈で、しかももやもやした奇妙な思い」にいまだにとりつかれている世代、戦争世代があることもまた事実だが、いっさいの憎しみは戦争の翌日に忘れさられて、アルジェリアとの関係もいまは「良好」以上であり、そのアルジェリアからは多数の労働者が、フランスへパリへと流れこんでくる。ジャンソン機関のメンバーはちりぢりになり、そのインターナショナリズムなどは過ぎ去った一篇の冒険譚ではないかとさえ思われる。

サルトルはまたこう書いている。

「われわれの自由や保証、デモクラシーや正義は、すべて燃えつきた。何も残ってぃはしない。浪費されたわれわれの財産を見つけ出すには、戦闘を停止するだけでは不十分だ。われわれもまた別の土壌の上に立って、ゼロから再出発せねばならないのではないか。だがアルジェリア人は、己れの革命的エネルギーを保ちつづけた。どこにわれわれの革命的エネルギーがあるだろう？」

しかし事態は、アルジェリアにおいても芳しいものではなかったように見える。事実、私の会った数人のアルジェリア人が申しあわせたように口にしたのは、「ス・ネ・パ・サ（これではない、これが本当のものではない）」という言葉であった。

革命と社会主義とは独立アルジェリアの旗印だった。FLN系のアルジェリア人はアルジェリア戦争のことを好んで「革命」と呼んでいたし、ひとりの労働総同盟の役員はすでに一九六〇年に、「明日のアルジェリアは社会主義のアルジェリアになるだろう」と、述べている（『レ・タン・モデルヌ』

同年一〇－一一月号)。しかしながら圧倒的に農業人口の多いこの国の社会主義の看板ともいうべき一種の集団農場(自立経営組織)については、いたるところで早くも失敗が指摘されており、資金の不足、農具の不備、外側からの官僚主義による生産阻害、長期にわたる給料遅配、そのための農作物かっぱらいや多量の物資の闇に流れたことなども報ぜられている(『週刊ル・モンド』六六年六月二三－二九日号)。

そのうえ、いわゆるカードル(幹部)が決定的に不足している——これは植民地時代のフランスの対原住民政策が、いまなお深く残している爪あとだ。しかも大部分のカードルは、外国で教育を受けた人びとであり、したがって、たとえ裕福でなくとも恵まれた階層の子弟だった。そこで国全体が、この少人数の人たちの肩に重い仕事を押しつけ、他方で厖大な失業者をかかえて喘ぐことになる。このことはまた、ベン・ベラ逮捕によっても、カードルが変わらなかった事情を説明するものであろうし、また知的技術者の固定化は、そこに重大な危険をはらむことにもなるだろう。

これについてフランツ・ファノンが、後進国の民族ブルジョワジーや「官僚ブルジョワジー」の危険を西欧ブルジョワジーの戯画として、きびしい警告を発していることを思いだそう。しかもそのブルジョワジーが、英雄的な過去を持つひとりの指導者を隠れみのにし、その指導者は独立後数年たっても、民衆を具体的な建設に招き寄せることができぬままに、解放の「偉大な歴史」のうえにいすわって、党を、民衆と指導層とをへだてる衝立とする危険があると予測していることを想起しよう。ベン・ベラ時代に採択されたFLN憲章(一九六四年)は、都市および農村のブルジョワジーや、国家機構内に成長しつつある特徴的官僚の危険を強く指摘していた。だからといってベン・ベラが、これに有効に対処しえたかどうかは疑わしい。むしろ私には、「悲しい平和」から独立直後のＦＬＮ内紛（大衆とまったく無縁な）を経てベン・ベラにいたる過程が、まさにファノンの警告したものをそのまま実現したのではないかとさえ思われる。これはベン・ベラその人の思想とは無縁のところに成立したのかもしれず、またかれはあまりに早く来すぎた社会主義者であったのかもしれない。それについては正確な検討を要するが、かれの時代に党が（ベン・ベラの大衆的人気にもかかわらず）勤労者の党といえぬものであったことは、いくつかの資料や証言をとおして推測することができる。たとえばジェラール・シャリアンは、ベン・ベラ時代に書かれたその『アルジェリアは社会主義か』（マスペロ社刊）のなかで、「アルジェリアには一つの党があるが、その党員は都市ならびに農村の勤労者の出ではなく、彼らを代表するものでもない」とすでに記しているのである。

これは民族主義政党の持つ一つの隘路であると私は思う。もう一度ファノンを思い出すならば（なぜならかれは後進国の革命と建設の困難をじつに鋭く見ぬいていたからだが）、ファノンは民族主義政党の持つ危険をもすでに警告していた。民族主義政党は独立のかけ声によって民衆を糾合し、すべてを未来に託すだろう。が、未来の建設にかんしては、具体的なプログラムを持ちえまい。経済のある部分を国有化するではあろうが、それは大衆に奉仕することにはならぬだろう――。この警告はおそらくいまのアルジェリアにそのままあてはまる。ただ、私の再会した友人たちの多くが、この困難と苦境を認めつつ、それから脱出する方途を真剣に模索していたことはつけくわえておきたい。

私がアルジェとパリの短い滞在を通じて考えていたものは、詮じつめればこれら「悲しい平和」につづくふたつの戦後の姿であった。別なふうに言うならば、インターナショナリズムをみごとに圧殺したあとにくる平和というものを、日々に人は呼吸しているように思われた。インターナショナリズムの不可能性のなかで闘わざるをえなかったFLNのナショナリズムは、その点では不幸な星のもとに生まれたと言えるし、また同じ状況のなかでインターナショナルであろうとしたジャンソンはまさしく不可能な状況に歯向かったことになるだろう。

現代は、実効あるインターナショナリズムの可能性がほとんど完全に絶たれた時代である。コミンテルンは大戦を阻止しえなかったし、またその観点から第二次大戦後の世界におけるもっとも衝撃的な事件は何かといえば、インターナショナリズムの蹉跌に仕上げをほどこしたハンガリア事件と中ソ分裂であるだろう。それとともに、AA諸国のナショナリズムが、新たな連帯の可能性とその限界をになって登場しているというのが現状である。アルジェリア戦争に現れた、たとえばフランス左翼のナショナリスティックな態度や、最後までアルジェリア臨時政府を承認しようとしなかったソ連などは、インターナショナリズムのつまづきと新たなナショナリズムを前にした混乱を、じつに素直に表現している。竹内実が「観念」のインターナショナリズムを説くのも(『日本人にとっての中国像』)そのような世界への一認識であろう。しかし「観念」は実効あるインターナショナリズムを執拗に追い求める行動に支えられてはじめて成立するものであろう。その点でジャンソンの行動は、たとえアルジェリア戦争にはたしたその役割が補足的なものであろうとも、またこれを一篇の冒険譚と見なしたり、民族独立運動への具体的寄与のみによってはかろうとしたりする者が多かろうとも、じつはインターナショナリズムの不可能性を身をもって証しつつ、同時にその具体的な追求が不可避であることを示した行動として、第二次大戦後のインターナショナリズムの悲運とその可能性を検討する者に、一度は想起されねばならぬものと思われる。

資料

映画『アルジェの戦い』をみて

『毎日新聞』一九六七年二月二一日付夕刊

「アルジェの戦い」と呼ばれるのは、百万のアルジェリア人が殺害されたといわれる独立戦争（一九五四－六二）の過程でも、最も悲惨なものの一つにかぞえられる戦闘である。それは民族解放戦線FLNの指令によるゼネストとテロとに始まり、そのストを打ち破り地下組織を根絶すべく送りこまれたマシュウ麾下のフランス降下隊による残虐行為が、カスバ全域をシラミつぶしに吹き荒れた数ヵ月である。カスバの根拠地を一掃されたFLN地下組織の人びとは、あるいは農村や山岳地帯に、あるいはチュニジアやモロッコへと散りぢりにのがれたが、これ以後フランス側の強制収容所や拷問がアルジェリア全土に広がったという点でも、FLNがまた態勢を立て直し、テロから非合法の行政組織、大衆の示威、外交までを含めた多角的な闘いを展開して、ついに独立をかちとるに至ったという点でも、解放戦争の重要な一転機をなすものであった。

この一局面にひたすら焦点をあてた『アルジェの戦い』は、ひと口にいえば民衆の暴力を描いた映画である。いや、描くというのはすでに不正確であって、むしろ民衆の暴力に触発され、それによって作り出された作品というべきだ。プロデューサー兼出演者たるヤセフ・サーディが、カスバ地下組織の指導者だったということはそのような映画の性格を裏書きする。出演者は二、三を除いてみな素人といわれるが、この人たちは七年半の戦いに深く印づけられたアルジェリアの民衆であろう。

今さら言うまでもないことだが、民衆の暴力は抑圧者、為政者の暴力によって作られる。抑圧が植民地支配や降下隊の拷問といったような顕在的な形をとるにせよ、また巧妙かつ陰微な形態をとるにせよ、事情は変わらない。アルジェリア革命の生んだ最大のイデオローグたるフランツ・ファノンは、被抑圧者は抑圧者の暴力を徐々に肉化し、こうして絶えざる暴力的緊張の状態におかれること、その暴力は初め被抑圧者同士のあいだにあらわれて、同胞が互いに殺しあう惨劇となるが、やがては抑圧者に向かって一気に爆発するものであることを、大著『地に呪われたる者』のなかで語っている。

アルジェリア戦争は、コロン（入植者）とフランス軍とが暴力をふるえばふるうほど、それが圧迫されたアラブ・ベルベール人の内部に沈潜し、逆にコロンやフランス軍を打ち倒す暴力となってはね返ってくることを端的に示した戦争である。この意味で、暴力を媒介とするアルジェリア民衆の苦い連帯を育成したのは、まさにフランスであるというべきだ。

『アルジェの戦い』の主題もそこにある。ここでは、女子供にいたるまでが冷静かつ的確に、占領者に向けてその暴力を行使する。兵隊にピストルをうちこむ少年、カフェやカジノや飛行機に時限爆弾を仕掛ける女たち、あるいはアラブ人特有の白いベールの下から、そっとテロリストの手に武器をすべりこませる婦人たち――。彼らはテロ以外の手段を持たないのである。これら抑圧された人びとの最後に訴える手段は、それが暴力である以上、必然的に挫折を含み、人間否定をはらんでいる。しかしこの手段をただ人間性の名において非難する者は、逆に抑圧暴力の共犯たることを否応なく受け入れる者となるだろう。

映画の圧巻は「アルジェの戦い」から三年後の民衆暴動である。どこから湧き出たかと思われる人、人、人の波が、無気味な奇声を発しながら素手でフランス軍の銃の前に身をさらす光景は、うっ積した怒りと絶望の証言であると同時に、ようやく優位を信じた者の歓喜の表現でもある。私はこれを美化したくはないが、犬ころのような死と引きかえにカスバの民衆がその肉体において表現するものは、どうしようもない圧倒的な力を持っている。アルジェリア独立の歴史を作ったのはこの民衆であって、けっしてド・ゴールではないのだ。

むろん暴力は、カスバの独占物ではない。アジア・アフリカのすなわち第三世界の飢えた民衆が、共通に保持している絶望の武器である。その最もゆがめられた最も陰惨なあらわれは、インドネシアに荒れ狂った反革命のテロだろう。ドイツの詩人エンツェンスベルガーは、追いつめられた暴力によって自己を証言する第三世界を前にして、われわれはもはや「主役」ではなく、無力な「観客」にすぎないと語った。だが果たして「観客」だろうか。昨日の「アルジェの戦い」は、今日ベトナムに飛火した。そこには暴力によって日々に民衆の暴力を育成し、それを鍛えている者がある。その暴力教室に協力する政府を持つわれわれは、実は「観客」ではなくて「共犯者」にすぎないだろう。

私は映画『アルジェの戦い』を悠々と鑑賞する気にはとうていなれなかった。これは昨日の歴史の一こまを再現している。とすれば今日の歴史を作るのはだれなのか。また今日、共犯を拒否する可能性を、われわれはどこに求めたらよいのか。

ナショナリズムと脱走

1　脱走兵と「暴徒」

私が最近一年間を過したパリには、かなりの数のアメリカ脱走兵や徴兵忌避者が住んでいた。その人びとと私が最初に出会ったのは、昨年のいわゆる「五月革命」のさいであり、当時彼らは学生・労働者の占拠するサンシエ分校の一室を活動の拠点としていたのであった。表看板であるソルボンヌ大学が、専ら外部向けの象徴的機能しか持っていなかったのに対して、このサンシエ分校は実質的に造反派の参謀本部であり、その具体的な活動の場であって、ここには各種行動委員会はもとより、大規模な救護班や兵糧係なども組織されていたのである。

当時パリにはほぼ八〇人くらいのアメリカの徴兵忌避者・脱走兵がいると見られていた。彼らはドイツ・オランダ・スペイン・イギリスから、そして直接アメリカからも、さまざまな経路でパリやストックホルムにやって来るのだが、その多くはまったく孤立してひっそりと暮しているようであり、このサンシエ分校に拠るグループは、そのうちの約三〇人を把握していたにすぎない。また造反派とともに毎日を送っていたとはいえ、彼らのうちに筋金入りの革命家や反戦運動家を求めても、その数は決して多いとは言えなかった。軍務を拒否するという行為を除けば、彼らは思想的に共通した部分も乏しく、理論的な武装も不充分であるうえに、資金面でも追いつめられ、言葉も通じない土地で個々に生活の資を求めていたのであるから、その反戦運動はもともときわめて困難な星の下に生まれたと言ってよい。もとよりフランス政府による圧迫も作用してはいたが、そこにはさらに一般的に、政治亡命者誰しもの多少とも引受けねばならぬ状況があると思われた。すなわち脱走・徴兵忌避・政治亡命という行為は、逮捕・投獄の危険の大きさはもとよりだが、他方で脱出後の生活に重くのしかかるものでもあるのだった。また彼らの逃れゆくその先の「国家」なり団体なりが、彼らを闘いのうちに積極的に組入れてゆく可能性もまた、特殊な場合を除けば、きわめて乏しいと言わねばならなかった。こうして彼らは、生活の上でも闘いにおいても、しばしば孤立を余儀なくされていたのである。

その上、脱走ないしは徴兵忌避という言葉には、しばしば責任を回避し、身の安全をはかるというニュアンスがしみついている。たとえ国外に逃れた者の生活がどんなに孤独で苦しいものであろうとも、他の兵士のようにヴェトナムで死線をさまようよりは、楽で好ましいものではないか？　アメリカの多くの青年は、自ら望んだわけでもないのにヴェトナムに送られ、生命を失い、あるいは傷ついてゆく。それは第二次世界大戦中の多くの日本人の青年が、深い疑惑にさいなまれながら、あるいは徹底的なニヒリズム（天皇信仰）に心を冒されながら、それでもなお死地に赴いたのと比較されはしないか？　たとえ自国の戦争を肯定することはできなくとも、しかもなおこのように民族の運命を己れの肉体に受けとめることこそ、人のとるべき態度ではないか？　自分だけがそれから身を引離すのは、卑劣な行為ではないのか？　こういった疑問は、とくに日本においては根強く残っていると思われる。これについてかつて和泉あきは、丸谷才一の『笹まくら』を評した一文の中で、こう書いた。

「だが、それにしても、一体この国で徴兵忌避者が、真に英雄として扱われた時代などあったであろうか（……）。戦争中は言わずもがな、戦後においてさえ、それは何がなし一身の安穏のみをはかった、卑怯とは言わないまでも男の風上におけないような弱虫の人間として、暗黙の指弾に耐えなければならなかったのではないか」

〔『わだつみのこえ』三六号〕

和泉あきはこのことを承認しているわけではない。だが、この指摘は明らかに的を射ていると思われる。現に四月三〇日（六九年）付『朝日新聞』は、十五年戦争末期にブーゲンビル島で「敵前逃亡」したために「死刑」に処せられたといわれる一兵士の遺族が、戦後二十余年を「肩身の狭さ」に泣きつづけていること、その「汚名」の晴れる日を待っていることを、伝えているではないか。これを書いた記者にとって、「敵前逃亡」は明らかに屈辱的なレッテルとうつっているのだ。そうだとすれば、現在のアメリカ兵脱走にはどれほどの意味があるだろう？　またその脱走を援助することは、もしそれが限られた何人かの者に小市民的幸福を保証するものにすぎないとしたら、これをどのように位置づけ、どのように評価することができるのであろうか？　さらにまた脱走およびその援助は、いかなる思想的根拠に基づくべきものであるのか？　以下に私がいくぶん明らかにしたいと望むのは、これらの点である。

さて、一九六七年一一月、べ平連「有志」による最初の脱走援助のニュースをきいたとき、私はつづいて起こる脱走兵を支援すべく、直ちに「イントレピッド四人」の会の設立に参加し、短期間ではあったがその世話人の一人となることを引受けた。現在、金嬉老（キムヒロ）公判対策委員会の仕事に忙殺されている私は、再び「イントレピッド四人」の会の世話役に戻り得ないでいるのだが、しかし物理的可能性の許す限り、今後も私はこの運動を支持してゆくだろうし、場合によっては脱走兵に宿泊所を提供することも厭いはしないだろう。このように私が脱走を支持する第一の理由は、脱走とその援助の持つ「暴力」性にある。なぜなら脱走およびその援助という非暴力の行動は、まさしく抵抗の「暴力」を内に含んでいるからだ。私はそのことを『現代の眼』（一九六八年一月号所収「民主主義のなかの暴力」［本書第Ⅰ部］）と、『社会新報』（一九六八年一月一日号）とに書いた。今、少し長いが、後者の前半部分を引用しておきたい（なおこの一文の標題は、「〝有志〟と〝暴徒〟と亡命」である）。

「イントレピッド号の四人の米兵脱走にかんするべ平連『有志』の記者会見が行なわれたのは一一月一三日、いわゆる第二次羽田事件の翌日であった。そのさらに前日に、老エスペランチスト由比忠之進氏が、首相官邸前で身を焼くというはげしい抗議を遂行されたことは周知のとおりである。これらは、とり返しのつかぬ『死』という事実までをも含みながら、侵略戦争への加担を深めてゆく『平和国家』日本の政府にハッキリ対抗しようと試みた点で共通しており、決して切り離すことのできぬものだと私は思う。

羽田に赴いた学生たち――政府・マスコミ・御用知識人のいわゆる『暴徒』たち――は、佐藤首相の訪ヴェト・訪米阻止という私たち共通の願いを政府に〝強制〟しようとして、機動隊にメッタ打ちにされた。由比氏の焼身も自己の生命を絶つという最も極端な行動に訴えて、平和の意志を政府に〝強制〟しようと試みたものだった。もしかりに学生たちの行動を『暴力』と呼ぶならば、ガソリンという『武器』で政府に平和の意志を〝強制〟しようとした由比氏の行為は、それを上まわる『暴力』と言うべきだろう。しかし本来反体制の運動や政治行動は、最小限のところ、権力に対して人民の意志を強制するための有効な方法を組織することにあったのではないか。とすればこれら一連のショッキングな事件は、このような権力への抵抗の手段――権力側は必ずこれを『暴力』と呼ぶ――が、今やひとにぎりの少数者によって模索され、になわれていること、またそれが孤立し、あるいは街頭の示威行動に終れば必ず無効のものとなり、国家権力による真の暴力のエスカレーションの前に敗退することを示しているのではなかろうか。

ところがべ平連『有志』の行動は、街頭以外にも権力に抵抗する直接行動の手段があることを私たちに教えてくれた。多数の人の共感を呼んだ脱走とその援助を通して、四人の米兵とべ平連の有志は彼らの意志を見事に二つの国家権力に押しつけ、否応なしに事実を受入れさせ、ヴェトナム戦争全体から見れば小さくはあるが明確な反戦の目的に立つ一つの行動に両国政府を屈服させたのである。このことは、四人と『有志』の真意が何であれ、〃事実として〃私たちの前にある。言いかえれば侵略戦争への抗議と国家権力への抵抗という点において、手段とその結果（成否）こそ異なれ、『有志』と『暴徒』と由比氏とはピタリと一致しており、それがまぎれもなく事の本質なのである」

ここに前半部を引用した文章は、社会党機関紙の求めに応じて書いたものであるけれども、しかし今なお私はこの一文を否定する理由を何ら持ちあわせていない。だがまた私はこのとき初めて脱走の問題にぶつかり、それを考えはじめたわけではなかった。むしろそれまで数年のあいだ、とくに自分の専攻分野であるフランスでの経験をめぐって、この問題はたえず私の心にかかっていたのである。だから今、現在のアメリカ兵脱走にかんする自分の考えを明らかにしていくうえで、私は大いそぎでフランスでの脱走の歴史的意味を見ておきたいと思う。ここで問題は、フランスにおける平和主義ないし反戦運動の、二つの面にかかわっているように思われる。

2　フランスにおけるナショナリズムと反戦運動

二つの面、と私は書いた。その第一の面は革新ナショナリズムであり、平和主義に現われた愛国心である。それは遡ればジャン・ジョレスに、そして第二インターに、さらにはひょっとするとマルクス主義そのもののうちに含まれている国家間戦争の考え方にまで、ゆきつくものであるかもしれない(たとえばマルクス「トルコの宣言」、エンゲルス「神聖戦争」など)。しかしこのことについて勉強不足の私は、今はこれを現代史の問題のみに限定して考察したいと思う。

アニー・クリーゲルによれば、平和のためについにその生命を奪われることになったジョレスは、その反面、国防の必要性をいささかも疑うことのない愛国者でもあった(『フランス共産主義の起源』)。そして周知のように、これは第一次世界大戦勃発当時の社会主義者(とりわけフランスの社会主義者)の大多数が示した態度でもある。一九一四年八月、フランスの社会党員は全員一致して戦争予算に賛成し、言論集会の自由の制限を承認した。自由の共和国フランスが、軍国主義・帝国主義のドイツに対抗して、人類と文明のために戦うのだとされたのである。後にロマン・ロランと共に平和主義の象徴的存在となったアンリ・バルビュスも、「戦争と戦う」べく、四一歳の病軀をひっさげて軍に志願している。ドイツを破るために、身を以てブルジョワ国家を守ろうというわけだ。そして第一次大戦当時に明確に描き出されたこの愛国と平和のきずなこそ、今世紀のフランスを貫く一本の太いたて糸となったのである。

われわれはこのようなナショナリズムの開花を、人民戦線とレジスタンスのうちに見ることができる。人民戦線の集会には、公然と三色旗が姿を現わし、国歌が斉唱された。一九三六年六月二六日、モーリス・トレーズは、マルセイエーズの作者ルージェ・ド・リール百年祭に当って、次のように演説している。

「マルセイエーズこそ、最も清純な栄光に輝くフランス人民の精華であり、これこそは、自由と世界平和の大業へのこの人民の深い愛着そのものである」

〔『人民の子』〕

この言葉は、レジスタンスを、その中核となった共産党を、さらにはフランスの戦後を、明らかに予言している。マルセイエーズは、かくて抵抗と解放の歌となった。たとえば余りにも有名なアラゴンの愛国詩は、こううたっている。

なぜなら自由の一語が白熱の坩堝(るつぼ)の七月を
すべての者の唇に置く時が熟しているから
おお　口ぐちに伝わるマルセイエーズの巨大な合唱
今度こそ何ものもこの歌を止めることはできぬだろうから

〔「暦の詩」橋本一明訳『断腸詩集』による〕

アラゴンが、このように抵抗のマルセイエーズをたたえたのは、フランス解放後のことである。つまり第二次世界大戦後のフランスは（とりわけアラゴンの属する共産党は）、国歌と三色旗によってその戦後史を開始したのであった（今なおフランス共産党の集会には三色旗が飾られている）。そして第二次大戦後のフランスによって二〇年近くも継続された植民地戦争が、まさしくマルセイエーズと三色旗の下に遂行されたことを考えるとき、われわれはヴェトナム・アルジェリアの両戦争によって暴露されたフランス共産党のぶざまな姿の由来するところを、はっきりと知ることができるように思う。レーニンを引きながら「共産党兵士は、反動的な戦争にも出征してゆくべきだ」というトレーズの言葉（一九五九年）もまた、これと無縁ではないだろう。そればかりではない。最も勇敢な反戦の行動さえもが、「昨日の歌」（アラゴン）から自由ではなかった。その典型的な例をわれわれは、フランスによるヴェトナム戦争に反対し、軍の内部で反戦ビラを配布した故に逮捕され、五年の禁固重労働と階級剝奪の判決を下された一水兵アンリ・マルタンにおいて見ることができる。

アンリ・マルタンは愛国的レジスタンスの嫡出子であった。一九四三年、彼は一六歳ですでに抵抗運動の連絡係をつとめ、翌年には国内義勇軍に加わって戦っている。やがてフランスが解放されると、彼は志願兵として海軍に入隊する。一九四五年六月、彼は五年の志願兵役にサインし、優秀な成績で機関兵試験に合格し、すすんでインドシナで日本の敗残兵と戦うことを選択することとなる。ところで今さら説明するまでもなくインドシナ現地での体験は、彼の期待を裏切るものであった。ここからマルタンの反戦行動がはじまるのである。

注目すべきは、このマルタンの二度の従軍が、いずれも志願という形で果されたことだろう。だが、第一回目の従軍は、ナチと戦う国家なき祖国の軍隊の内部で行なわれた。それは誓約書もなく、もとより契約もなく、しかも峻厳な軍規の支配する集団、どこか秘密結社めいた組織であった。それに反して第二回目の従軍は、まさしく国家による圧制を具現する植民地軍隊内で行なわれた。しかもその何れもが、彼にとってはフランスの名において行なわれたものであった。マルタンがこの矛盾を意識しなかったとは言えない。だが、彼は志願によって祖国フランスを選びなおしたのであり、選択自体についてはついに疑うことがなかったように思われる。サルトルが『アンリ・マルタン事件』（日本訳『反戦の原理』弘文堂）に引用している彼の書簡には、ほとんど自明のことのように「フランス」という語がたえずくり返されているからだ。彼はヴェトナムのダナンで、アメリカ・イギリス・ソ連・中国・ベトミンの旗は家々に掲げられていても、フランスの国旗はそこに見られぬことを歎いている。また一九四七年三月一一日付の手紙は言う。

「フランスの利害がどこに存するかを知るためには、裏切り者共の動きを見ているだけで充分です。ドイツ野郎に身を売った連中と同じように、日本人に身を売った連中が、戦争を続けるように要求しているのです。この裏切り者共に耳を貸さないことこそフランスの利益なのです」

彼がツーロン海軍工廠でまいたビラの一つには、「収賄者、贈賄者、汚職者にたいし、フランスの水兵は『名誉と祖国』という言葉で以て応じるであろう」と記され、「共産党」と署名されていた。また、法廷での証言で、彼はこう語っている。

「海軍の軍紀と士気を傷つけたと私を非難する人びとにたいして、私は答えます。そんなことはありません。海軍軍人に平和の側に投票し、そのために闘うように要請することによって、私は、われわれが金で雇われた兵隊ではなく、共和国の（共和派の）海軍軍人であることをくり返し述べているのです……」

こういう引用は、なお限りなくつづけることが可能である。要するに、あれほどに宣伝され、「反戦の原理」を提起した英雄として伝えられているアンリ・マルタンの行為は、なるほど非常な勇気と誠実さを示すものではあるが、しかし彼はフランスの真髄を裏切る悪しき政府に対抗して、自由の国フランスを、理念としての善き国家を、対置させているのであって、このフランスもその歴史も、そしてむろん祖国の軍隊も、ただの一度たりとも否定されてはいないのである。彼はどこまでも「名誉と祖国」に賭けているのであり、彼にとってはしたがって、国家への反逆は考えられぬ行為であった。

マルタンの反戦運動は、このように、対独抵抗のナショナリズムと一直線につながっていた。彼はかつてドイツに対して擁護した祖国を、今は自分と民衆を欺いた「裏切り者」に対して擁護したのである。しかし祖国は果して擁護するに値するものなのか。マルタンが守ろうとした祖国とは、実はかつてヴェトナムやアルジェリアを植民地とした当のフランスである。自由の共和国フランスの「自由」、世界に誇るフランスの文化、西欧のヒューマニズムとは、ほかならぬ奴隷制度と植民地主義を基盤にするものであった。だからこそ、植民地の独立が価値の全面的な逆転であるならば、それは過去・現在のフランスを、根本から問いただすものと考えねばなるまい。そうだとすれば、マルタンのようなレジスタンスの世代ではなくて、ひたすら第二次大戦後の植民地戦争のなかで育った世代にとっては、もはやフランスへの誇りを保ちつづけることは不可能となる。ましてやフランスの軍隊——この弾圧と不正の集団——には、もはや何の魅力もなくなるであろう。

フランス現代史に反戦運動の第二の局面が大きく登場したのは、このような文脈においてであった。つまり青年たちは、その祖国と、祖国の軍隊とから身を引離すべく、脱走という行動に訴えたのである。それが戦後フランスの第二の植民地戦争（アルジェリア）から生まれ、少くも過去半世紀にわたる「革新」ナショナリズムの否認という歴史的役割をになうこととなったのは、まことに当然と言わねばならない。

この脱走の口火を切り、しかもそれを極限にまで押しすすめたのは、アルジェリア戦争初期の脱走兵マイヨ准尉であった。このアルジェリア共産党に属するフランス人は、一九五六年四月四日、当時所属していたフランスの軍隊から、武器を満載したトラックを運転して脱走。二ヵ月後、同じくアルジェリア共産党のメンバーであった一フランス人ならびに二人のアルジェリア人と共に逮捕され、たちまち虐殺されたのであった。もっとも処刑者は、これがマイヨであることも知らずに、ただFLN（アルジェリア民族解放戦線）協力者として処刑したのであって、彼の名前はあとからやっと確認されたにすぎないのである。

　マイヨの行動は、初めはまったく孤立した個人のものだった。また彼は共産党員であったが、共産党の文献には私の知る限り、彼の脱走についてほとんどふれられていないようである。しかし、大衆行動にも政党にも、もはや一片の期待もかけられなくなった一九五六年という時点で、彼の選択した行動は、徴兵を待つ青年たちのあいだに大きなショックをひきおこさずにはいなかった。それだけではない。マイヨの持去った武器は、明らかに民族解放軍に渡され、祖国フランスの兵士に向けられたのであった。すなわち彼の行動は、ただ単に抑圧軍隊からの離脱ではなくて、離脱がまさに反逆によって完成するということを、言いかえれば脱走から闘いへの参加へという軌跡を、身を以て描き出したということができる。彼が、二人のアルジェリア人とともに逮捕された状況は、脱走いらい二ヵ月にわたる彼の闘いが、祖国に反逆し、「敵」の側に立つことによって、熾烈につづけられたことを物語っているだろう。彼はその闘いへの参加を通して、ナショナルなものを否定的に露呈してみせたのである。

　マイヨの行動は、最初は大きな衝撃と同時に、当惑を以て受けとられたのであった。しかし、資本主義国同士の戦争と植民地戦争とは、その意味するところがまったく異なっており、たとえ前者において脱走が離脱につながり得るとしても、後者においてはしばしばこれが「敵」への加担や「祖国」

への反逆につながり、ひと口に言ってここに闘いの可能性が秘められていることは明らかである。青年たちは、少くともマイヨの選択によって、このことをはっきりと突きつけられた。そして彼の死からほぼ一年ほどたったときには、すでにフランス国内にも、FLN援助組織や脱走兵援助組織が発足し、その機能を開始していたのであった（この間の事情については、拙著『アンガージュマンの思想』晶文社刊に収録の論文「アルジェとパリのきずな」［本書第III部］などを参照していただきたい）。

アルジェリア戦争後半の三〜四年間は、この脱走が激増した期間であった。その数はひと口に三〇〇〇人と言われている。だがおそらく脱走の可能性を秘めた者は、この何倍か、何十倍かに上ったことだろう。だからと言って、脱走兵のすべてが反戦の英雄などであるはずはなく、彼らをつき動かした動機もまたさまざまであったにちがいない。その多くの者は、ただわが身の安全をはかったのかも知れない。なかには脱走後に途方にくれたり、またひょっとすると後悔したりする者も、少なかったとは言えないだろう。にもかかわらず、ここにはいくつかの注目すべき点が認められる。

その第一は、これが、大熊信行のいわゆる国家の兵役義務・忠誠義務に対する、明白な違反だという点にある。脱走の主観的動機がどのようなものであれ、この行動の客観的に意味するのはそのことである。たとえ小市民的生活や、外国での無為徒食を選ぼうとも、殺人と死の危険を強制する国家への忠誠が、もはや大規模な形で棄てて顧みられなかったという点で、これは画期的な事件であった。これら脱走兵の多くは、国家への忠誠義務に、明らかに自己の人権を対置している。もとより基本的人権などというものは、近代国家の成立基盤であり、その意味ではブルジョワ国家の暴力を正当化するものであるはずだが、しかしまた国家は逆にそのことによって、たえず国家利益と背馳する人権思想をも作り出しているのであって、ここにブルジョワ・イデオロギーが常にはらんでいる矛盾がある。アルジェリア戦争における脱走とは、まさしくこの近代国家の矛盾から生み出された鬼子にほかならない。

第二に、そのような国家への裏切りが、ただ単に人目をさけた個人のひそかな行動として行なわれただけでなく、なるほど脱走支援組織こそ厳格に非合法ではあったが、その宣伝は半ば公然となされたことが指摘されねばならぬ（この点で、日本のJATEC、ベ平連、「イントレピッド四人」の会の関係と、一脈通じるものがある）。たとえば奇妙なタイトルの非合法タイプ印刷小冊子『……のための真実』は、かなり大量にばらまかれ、少くとも一六号までは継続して、脱走や反戦行動、アルジェリアの実情などの情報を提供していた。「若いレジスタンス」その他の組織は、デモのなかにも出没し、『レ・タン・モデルヌ』は脱走運動のリーダーの文章を掲載し、作家ジョルジュ・アルノーは『フランス・ソワール』という大衆紙を利用して組織の現状を伝え、二百余人の著名な知識人は脱走支持の態度を明らかにした。これら国家の要請する兵役義務・忠誠義務への挑戦が、ほとんど公然と行なわれたことの意義はきわめて大きいと言わねばならない。

第三に、このような行動によって、フランス人であることの意味が、少くとも脱走者およびその援助者の一部で、深く問われたことが挙げられる。なるほど脱走者とその援助者は、しばしば自分たちの行動が「フランスのため」のものであると言い、ある者はこれを「愛国的」な行動だとさえ言っている。だが、ここには多分に戦術的配慮があり、彼らの（少くとも）一部は現実に民族解放戦線に武器や資金を送っていたのであって、口では何と言おうとも、その行動は明らかにフランス国家への反逆であり、マイヨの行動を引きつぐものであった。この場合脱走とはもはや単なる人権の主張ではなくて、積極的な闘争への参加であり、アルジェリア人という他者の目を通して己れの属する国家と自分自身の存在基盤を俎上にのせるものであった。またそれは反植民地主義闘争を通して、実は革新ナショナリズムの欺瞞性をも鋭くあばき出すものであった。現在フランスに新たな息吹きを送りこんでいる新左翼の一部が、このアルジェリア戦争下にたたかわれたラディカルな反戦運動への共感から生まれたのは、深い意味がある。それはフランスにおける新しいインターナショナリズムの誕生を準備するものであると言わねばならない。五月革命において三色旗を火にくべたのも、まさしくこれら新左翼の一部であった。

3　「脱走」は脱走だけで完結するか——私と脱走兵・朝鮮人問題

以上に大いそぎで述べてきたように、フランスでの反戦運動における脱走とその援助は、根強いナショナリズムの伝統に、異議を申し立てるものとして成立した。それでは現在のヴェトナム戦争にたいするアメリカ兵脱走と、それへのわれわれの援助とは、どのように位置づけられるであろうか。

伝えられるところによれば、アメリカ軍隊における脱走兵の数は、アルジェリア戦争当時のフランスをさらに上まわるものといわれる。たとえば三月一〇日付『フランス・ソワール』は、六八年一年間で、一〇〇〇人につき二九人の脱走兵があったと報じ、また四月二二日付『毎日新聞』は、年間二〇万八〇〇〇人という驚くべき脱走の数字を挙げている。この数値が正確なものであるか否かはさておき(おそらく無許可で一定期間以上軍隊を離れ、後に帰隊した者も、ここには含まれていよう)、厖大な数の青年が軍務を拒否しているのは疑いようのないところであり、それは明らかにアメリカ軍の士気に重大な影響をおよぼす行動と言わねばならない。脱走は今やその高い数字によって、きわめて有効な反戦と抵抗の手段となったのである。

しかし私には実のところ、このようなミリタリー・オペレーションとしての脱走援助が、いささか自分と縁遠いものに思われる。私にはとうていそのような戦略家になれないという思いがある。むしろ脱走援助とは、まず第一に遙かなるヴェトナム戦争を一気に身近に引寄せ、それをわれらのヴェトナム戦争たらしめる行為である。次に欺瞞の平和憲法がどんなにわれわれの意識を冒しているかを確認する行動であり、そのことによって己れを国家に対置させるための選択である。じっさい平和憲法の示している「軍備なき国家」=「半国家」は、このことによってさらりと国家意識を解消するようなものでは断じてない。この「半国家」はそれでもなお見事に国家たり得ているばかりか、この平和憲法に発するナショナリズム不在と呼ばれるものも、実は不在の外観の下に、巧妙かつ執拗にナショナリズムを温存し、国家への忠誠義務を片時も放棄させはしなかったように思われる。私がさきに引用した「敵前逃亡」の「汚名」を語る新聞記事は、今日脱走がこれだけ語られているときに、象徴的に、日本国家の健在ぶりを、その重い軛を、示している。われわれはアメリカ兵の脱走を通して、実はこの日本国家への反逆の意志をたしかめているのではないか。

しかし国家への反逆は、決して自由なる個人の脱走によって完結することはないのだ。それはわれわれが否応なしに、運命的に、一つの国籍を与えられ、どんなに形式的にではあれ自分たちの選んだ政府によって、否応なしに責任を負わされているからである。そのことを離れた自由な個としての人間などというものは、単なる抽象であり、幻想にすぎない。小田実はしばしば「加害－被害のメカニズム」にふれ、これを脱走によって断ち切るアメリカ人の行為を称揚しているが、しかし脱走兵が脱走によってこのメカニズムから離脱し、ヴェトナム戦争の責任を免れ得たと思うなら、それは甚だ虫のよい考えである。現代の脱走は、脱走だけで完結するものではなく、そのような行動を強いる祖国と、その祖国を作り上げてきた己れの姿とを、たえず顕在化し、たえずこれに否定の意志を対置させるという行動に接続されるべきものだ。単なる脱走によってメカニズムの外に逃れたと思う者は、基地の存在に目をおおって「平和」を楽しむ日本人と基本的には大差ないものであろう。なぜなら国家はただ単に外部からわれわれに「加害－被害」の立場を強いるだけではなくて、われわれの内部にくいこんでわれわれを作り上げてもいるからだ。言いかえれば、脱走とその支援を通じてあばき出すべきものは、私の内に否応なしにくいこんでいるナショナルなものの姿である。そしてわれわれ日本人に、その事実を痛烈に知らしめるのは、朝鮮人の存在であろう。そのことを、私は、前記「〝有志〟と〝暴徒〟と亡命」で、次のように書いた。

「ところで四人の脱走は、このような暗い現状を暴露しただけではなくて、私たちにいくつかの具体的な行動目標のあることを示した点でも意義があった。その第一は、日本に亡命権（反戦兵士を含めた政治亡命者の庇護）を確立するという、純粋に合法的な闘いである。（中略）第二は今後に予想される脱走兵の積極的援助である。（中略）

だがそれだけではない。実を言えばその裏には脱走者が決してアメリカ人だけでないという、もう一つの陰惨な事実がひそんでいる。現に大村収容所には一昨年八月にヴェトナム行きを拒否して日本亡命を願い出た韓国人金東希（キムトンヒ）が、亡命を却下されて、銃殺刑（あるいは重刑）の待つ韓国に強制送還されようとしているではないか。ここでは問題はいっそう複雑だ。第一に彼は向う側の手にある。第二に朝鮮人である。そして私たちは歴史的にも現在も、朝鮮をふみ台にして成長してきた民族の一員だ。たとえ個人として意識的に朝鮮人を差別した経験がなくとも、日本人である限り私たちは差別の共犯者であったし、今なお共犯者でありつづけている。このことが、個人をこえた、いわば無名のものであるが各人のものでもある集団的無意識の差別として私たちのなかに食い込んでおり（私は自分がそのような意味での差別意識を持たないと断言する勇気はとうていない）、だからアメリカ兵脱走は問題になっても金東希はかえりみられないことになる。つまり金東希問題において私たちは、韓国に進出しヴェトナム侵略戦争に加担する『国家』に抵抗すると同時に、私たちの内なる『国家』にも抵抗せねばならないのである。しかも亡命権の確立は、アメリカ兵同様に、いやそれ以上に、現に戦々兢々として不安な毎日を送っている無数の韓国人密入国者、無数の金東希との連帯のための、ほんの第一歩なのである。
すでに『反戦兵士金東希の亡命を助ける会』に加わっていた私が、本紙一二月一七日号に紹介された『〈イントレピッド四人〉の会』の世話人の一人となることを承諾したのは、このような目標に近づくためにいくぶんかの力を尽したいという願いに発していた」

「連帯」の可能性などと書いたのは、考えれば甘い発想だった。が、いずれにしても、私にとって、外部から一定の立場を自分に強いる国家との闘いは、自己の内部に食いこんで自分を形作る国家との闘いであり、この二つは切っても切り離せぬものだ。つまり国家への抵抗とは、常に同時に自己への否定の意志によって示されるのであり、そこに私の脱走支援と反戦の原点がある。また私の朝鮮問題の核もそこにある。

金東希は、私あての手紙で日本に永くとどまりたいという意志をはっきりと表明した十数日後、一種の妥協によって朝鮮民主主義人民共和国に送られた。最近もたとえばヴェトナム行を拒否して日本に亡命した韓国海兵隊技術将校金賢成（キムヒョンソン）が、強制送還を命ぜられて、入国者収容所で焼身自殺を遂げるという悲劇が起こっている。また先にふれた通り、現在私は金嬉老公判に関係しているのだが、敢て彼を裁こうとする国家権力に対して、裁かれるべきは在日朝鮮人を作り出した日本国家であり、われわれであることを明確にするのは、平和憲法下の日本のナショナリズムの醜悪な仮面をはぎとることでもある。その思想的根拠が脱走兵の支援と深くからんでいるばかりか、その基盤をなすべきものでもあることは、以上によって明らかだろうと思う。

IV 二つのファノン論

＊初出

黒い〈開化民〉と暴力――フランツ・ファノンについて

『展望』1968年3月号

橋をわがものにする思想

『フランツ・ファノン集』（みすず書房、1968）

黒い〈開化民〉と暴力――フランツ・ファノンについて

1

フランツ・ファノン――第三世界に底知れぬ影響力をもつこの暴力の理論家の存在を私が知ったのは、今から七年余り前、当時独立前のアルジェリア臨時政府代表として日本に滞在していたベンハビレス氏から、ファノンの第二作『アルジェリア革命第五年』を贈られたのがきっかけであった。一読して私はその小著に共感したけれども、それはまだ共感という以上のものではなかったし、ファノンその人についても当時は何一つ知るところがなかったのである。私が彼に強い関心を抱くためには、翌年出版されたその主著『地に呪われたる者』を待たねばならなかった。またこの黒い知識人の特異な生涯と早すぎた死[*1]について知ったのも、ほぼその頃のことだった。

とはいえ『地に呪われたる者』の主張を私が一挙に理解し消化したと言っては嘘になる。私は当初この書物を、共感と同時にある種の抵抗やためらいなしに読み通すことは不可能だったし、また二度まで紹介を書いたあとでも、[*2] ファノンと結着をつけることはとうていできなかった。ファノンは折り折り私の思考に立ち現れて、その荒々しい声――だが汚辱を知った声――を響かせ、私はその声を反芻し、しばしばその前に立ちすくむのであった。今一度ファノンについて書かねばならぬと思いはじめたのはそのような過程を通してであるが、それはまた私の仕事の上から言うと、いわゆる第三世界、すなわちアジア、アフリカ、ラテン・アメリカ世界（ここにアメリカ黒人の世界も加えねばならない）の問題を、どう受け止めるかという課題にかかわるものであった。なぜならファノンとはひと口に言えば、ひたすら第三世界のイデオローグとして自らを鍛えに鍛えた人間であり、私の覚える共感もたじろぎもこのファノンの実存から発するものにほかならないからである。

第三世界は今や動乱の中心である。その動乱が私たちの日々の生活に深く滲透し、構造的にこれをまきこんでいることは、何ぴとも否定することができぬ筈である。だが、これが私たちに深くかかわればかかわるほど、また私たちが第三世界のニュースを日常的なものとしてそれに慣れ親しめば親しむほど、逆に第三世界を語ることは絶望的に困難な仕事となる。大江健三郎はアメリカの黒人について語ったその「不可視的人間と多様性」（『世界』六七年一〇月号）のなかで、「日本人にとって黒人とは何であるのか」という一朝鮮人の問いを困惑をこめて伝えており、テッド・ジョーホークの「〈黒人暴動〉記事のシアワセな読者たち」（『潮流ジャーナル』六七年八月二〇日号）という文章は、黒人暴動にかんするマス・コミの報道、解釈に対して、「生々しい血の匂いが感じられるということ以外に、いったいこの問題が、日本人に、本質的にどれほどのかかわり合いがあるというのだろうか」と疑問を発しているが、この二つの問いが私たちにとって同じ一つのことを指しているのは明らかだ。

　じっさいこれまで書かれた第三世界にかんする多くの論文や意見は、このような主体喪失者の筆に成るものだった。そうでなければ、これを安直に日本の問題に同化するか、ないしはこれを日本に無縁なものとして切り捨てるかの二つの態度に収斂されるものであった。そこからたとえば一方では、「一九六〇年はアジア・アフリカの年」といった言葉がスムーズに日本の非植民地化に通じるものとしてもてはやされ、他方では竹内好が正確に指摘しているように（「二つのアジア史観」）、歴史を「ゼロ化」して「プロバビリティを原理」とする梅棹忠夫の生態史観にとびついて強引にこれを「歴史化」するところの、新版脱亜論が生れたのである。私にはむろんそのいずれもが認めがたい。第三世界と日本（あるいは第三世界の内なる日本）の関係は、これらの所説に単純化される体のものとはおよ

＊1　ファノンは白血病で、一九六一年にアメリカの病院で死んだ。三六歳である。なお現在までに発表されているファノンの著書は、刊行順に『黒い皮膚・白い仮面』（一九五二）、『アルジェリア革命第五年』（一九六〇）、『地に呪われたる者』（一九六一）、そして死後出版の評論集『アフリカ革命のために』（一九六四）の四冊である。以下の文中、この四冊以外の標題はすべて『アフリカ革命のために』に収録された論文名を示す。

＊2　『BOOKS』一九六二年五月号、及び岩波講座「現代」第一〇巻『現代の芸術』（一九六四）に所収の「アジア・アフリカにおける文化の問題」。この後者は、初めは堀田善衛が執筆する予定であったところ、非常に特殊な事情から、岩波書店と堀田善衛の懇望で、急に私が第一章の一部と第三章の全体を担当することとなり、堀田との共同執筆という形で発表されたものである。

そ異って、はるかに密接であり、またある意味ではるかに敵対的である。私はそれを不充分ながら別なところで何度か述べてきたので（たとえば「私のＡＡ感覚」『朝日ジャーナル』一九六五年七月二〇日号）今はくり返さないが、いずれにしてもこのような単純化がまかり通るところにこそ私たちにとっての第三世界の深刻さがあると考えないわけにはゆかない。

以上のことは、第三世界のイデオローグとしてのファノンとその暴力論にもそのままかかわってくる。ファノンの名は、日本においてもしばしば引合いに出されるものであり、とりわけ彼がその思索の核とした〈暴力〉の理論家として聞こえている——また事実、ファノンを第三世界のイデオローグたらしめた重要なひとつの因子は、その暴力論にあると思われる——。だが羽田闘争をめぐる反対で典型的に示された通り、〈暴力〉という言葉は誤解を招き易いものだ。とりわけ暴力と非暴力にかんする図式的な見解が、まさしく第三世界と日本にかんする図式的見解に相応じて跋扈しているこの国においては、甚だ誤解を招き易いものだろう。そこから状況をまるで無視して、一方では第三世界のテロリズムを直輸入した左翼テロの礼讃が生れ、他方では第三世界に荒れ狂う物理的暴力を語ることがそのまま日本への物理的暴力直輸入であると即断してこれをヒステリックに非難する人たちが、非暴力主義をア・プリオリな価値として（ないしはお題目として）となえはじめ、その唄声が政府やマス・コミの〈暴力〉非難の合唱と奇妙に調和することとなるのである。したがってファノンを暴力の理論家とすることに誤りはないとしても、でき上った暴力論・革命論のみに頼るのは無用な誤解を招くことになろう。むしろ私は一旦ファノンを一個の対象として、あまり知られていないその生涯を手探りで再構成しつつ、なぜ彼が暴力論によってしか自己の主張を発し得なかったかをその内面からたずねることに、本稿の主題をおきたい。そのためには、一旦は第三世界のイデオローグたるファノンを離れて、その出生へ、彼の幼少期・青年期の舞台であるマルチニック島へとかえらねばならぬ。

2

地図をひろげてみると、北米フロリダ半島から南米ベネズエラを隔てるカリブ海上に、キューバ、ハイチ、ジャマイカなどのいわゆるアンティル諸島（西インド諸島）が細く長く連なっている。その南端に近く、ほとんど虫眼鏡で見なければ識別できぬほどの小さな島が、詩人エメ・セゼールを生んだマルチニック島である。フランツ・ファノンは一九二五年、この島の中心フォール・ド・フランスで生れた黒人である。

ファノンにおいては、一切が黒い皮膚から出発する。彼は終生その皮膚の色を忘れはしなかったろうとさえ思われる。だが彼は決して黒人一般の名において語りはじめたわけではない。むしろ彼はまずマルチニック島生れの黒人という特殊性の名において口を開くのである。その特殊性とは、ひと口に言えば黒人社会の〈開化民〉（évolué）、つまり文明度の高い人間ということに尽されよう。

「アンティル諸島の者は、アフリカの黒人よりも〈開化民〉である。つまりより白人に近いのだ」

〔『黒い皮膚・白い仮面』〕

この感情は幼少期からファノンのなかに決定的に植えつけられ、彼のうちに肉化したものであった。少年ファノンの母親は、わが子にフランスのロマンスをうたってきかせる。そこでは一切ニグロが登場することはない。少年が騒がしい物音をたてると、叱責の言葉がとんでくる──「ニグロみたいなことをしてはいけない」と。少年は子供向きの映画を見にゆく。それはターザンかミッキーである。少年は絵本を見る。それは白人の子供たちのために書かれた絵本である。これらにおいて悪は常にニグロないしはインディアンの姿で示されている。彼は屈辱を覚えるだろうか。決して覚えはしないのである。なぜなら彼はターザンに、つまりは白人の英雄に、己れを同化するからだ。彼は白人の子供と同様に、「意地悪なニグロに食べられそうになる」勇敢な探険家・冒険家となることを夢見るのである。

このような事情は、現在アメリカの黒人運動を指導するカーマイケルのうちにもはっきりと現れている。彼もまたターザンとの同化の時期があったことを告白しているのだ（『世界』六七年一〇月号、『朝日ジャーナル』同八月二〇日号）。しかしアメリカ黒人とマルチニック黒人との決定的なちがいは、前者が物心つくと同時に白人優位の世界に投出されるのに対して、後者はほとんど常に黒人たちの間に育ち、白人社会に接する機会がほとんど与えられていないということに由来する。少数の白人がいるにはいるが、「人種問題は経済的差別によっておおい隠されている」(「アンティル人とアフリカ人」)。ファノンによれば、黒人労働者は混血労働者とともに黒人の資本家と対立するけれども、決して黒人と白人が対立するのではない。彼らを支配するのは白人に対する劣等感ではなくて、アフリカ黒人に対するいわれなき優等感である。ニグロはアフリカにいる黒人の謂であって、決してアンティル諸島に住んではいないことにされる。ファノンはこれをユングにならって「集団的無意識」と名づけ、その根源に白人文化の強制 (imposition culturelle) を認めてこう書いている。

「アンティルの黒人は、この文化的強制の奴隷である。嘗て彼らは白人によって奴隷にされた。今は自らを奴隷化する」

〔『黒い皮膚・白い仮面』〕

自らを奴隷化する——これは右の文脈において、むろん強制を自ら受け入れること、ニグロたることの否認、を指している。アンティル諸島の黒人は、アフリカの黒人を蔑視していた。セネガルの黒人は「野蛮なやつら」とひと口に片づけられ、それと同視されることは屈辱だった。そして実はこのニグロ蔑視によってこそ、彼らは完全に自己を否認しているのである。私は嘗てファノンにならってこれを「同化の時期」と名づけ、「それは多分、ある種の植民地における同化要求と期を同じくするものであろう」と書いたが (「アジア・アフリカにおける文化の問題」)、今にして思えばこの言葉は不正確でないにしても不用意であり、ファノンの陥った自己疎外の深さを充分に見抜いてはいなかったように思われる。ファノンの処女作『黒い皮膚・白い仮面』は、その標題が示す通り、黒人による黒人の否認を内面からあばき出した書物であるが、その自己否認は決して単純な西欧文化の摂取でもなければ、悪＝黒からの逃避でもなく、もともと己れを白人と錯覚するまでに白人文化に印づけられ、力づくで犯された西インド諸島の黒人——つまり〈開化民〉——の、ありのままの姿である。彼らは自分を白人化するのではない。生れおちたときから、白人だったのである。

しかしこれはニセの白人である。なぜなら彼らの皮膚は黒いからだ。彼らもそれを知らないではない。そこでこの皮膚を意識せぬために、言いかえれば「集団的無意識」をいっそう完璧なものとするために、彼らはますます白人となることを夢見るのだ。そして皮膚の色をどうしようもない以上、彼らが期待するのは文化であり、その真髄である言語を通しての白人化である。『黒い皮膚・白い仮面』が「黒人と言語」なる一章を冒頭においている意味もここにあるだろう。だからファノンが「語るとは絶対的に他者のために存在することだ」と断言するとき、言語とは対他存在だと言切ったサルトル（『存在と無』、「往きと復り」）を思わせるこの表現は、決して抽象的な存在論の次元にとどまるものではなく、「言語を所有するとは、その言語によって表現され包含された世界を所有することだ」、「語るとは、ひとつの文化を引受け、ひとつの文明の重みに堪えることである」という意味に解されねばなるまい。アンティルの黒人、これらニセの白人たちは、この白人化＝他者化の冒険をとことんまで押し進める——たとえば自分が白人でありフランス語をしゃべる以上、フランス人と同じｒの音を響かせねばならない、といったことにまで――。だがまた、彼らは自分たちの文化的白さがニセであることをどこかで知ってもいるのである。言いかえれば、アンティル人の「集団的無意識」とは決して白人のものではなく、ニグロ意識のひとつの相にすぎないのだ。ルカーチは「階級意識」にかんして、これを「自分の社会的、歴史的な経済状態についての階級的に規定される無意識」(『歴史と階級意識』)だと語ったが、ファノンの言う「集団的無意識」とは、まさにマルチニックの黒人の「人種意識」だと想定することが許されよう。

この無意識すなわち文化的強制を意識化するには、ただひとつの道しかない。自己の黒さを見つめることである。その黒さとは、白人の蔑視やいたわりをきっかけとして、ニグロに突きつけられることもあるだろう。たとえば「きみはフランス語が上手だね」という言葉は、むろんニセの白人にとっては屈辱であり、自分がニグロであることを否も応もなく意識させるものである。ところでファノンが「アンティル人とアフリカ人」という一文のなかで、黒さの自覚の三つの契機として挙げるのは、(一)エメ・セゼールの到着、(二)フランスの敗戦と大量のフランス水兵のマルチニック滞在、(三)自由フランス、である。これは西インド諸島の黒人の自覚の過程として語られたものだが、私にはむしろファノン自身の自覚の過程だと思われる。これを今ここに詳しく述べる余裕はないが、ただこのなかでセゼールの「帰郷」が、おそらく少年ファノンにとって決定的体験だったろうことは指摘しておきたい。

リリアン・ケストロート[*3]によると、フランス語圏に属する黒人作家のなかで、セゼールの果した役割、なかんずく長詩『帰郷ノート』の発表と、それに続く雑誌『トロピック』刊行の意義は、たとえようもなく大きかったように思われる。前者が『ヴォロンテ』誌上に発表されたのは一九三九年、ファノン一四歳のときであり、後者はその二年後に発刊されて、第二次大戦中二ヵ年半にわたって、マルチニックに、黒人意識を肯定するための最初の錨を投じたのであった。ファノンが十代の中頃の最も不安定な一時期に、このセゼールの呼びかけに深く突きうごかされたことは疑いの余地がない。「まずセゼールの到着があった」と彼は言う。

「はじめて一人の中学教師が、つまり明らかに尊敬すべき人物が、アンティルの社会に向かって〈ニグロであるのは美しくすぐれたこと〉だと単純に語るのを人は目にするだろう。むろんこれはスキャンダルになった」

［「アンティル人とアフリカ人」］

ところでセゼールはその『帰郷ノート』のなかで、「毅然とした忍耐で不透明な沈滞を穿つ」ネグリチュード、「大地の赤熱した肉」や「大空の燃え上る肉」のなかにつき入ってゆくネグリチュードをうたった。しかしセゼールが「帰郷」したのは、たくましい黒人の自覚（すなわちネグリチュード）と反抗の土地ではなくて、「自己を否認しようとする不安な欲望のごとくに彎曲した群島」、すなわちアンティル諸島であった。だからこそ彼は、「〈裏切り〉の頑強な鴉よ」、「わが真正の虚偽のかずかず」と呼びかけたのである。そして私の考えでは、ファノンはここから一気にニグロの誇りを得たのではなく、アンティル人としての〈裏切り〉を、すなわち〈開化民〉であることの汚辱を、どうしようもない自責とともにまず思い知らされたのである。[*4] つまり自分がニセの白人であり、白人にとって単なる〈他者〉にすぎぬばかりか、またニセのニグロでもあり、自己を自己ならざるもの、一個の〈他者〉と化していたことを突きつけられたのである。したがって〈裏切り〉は二重であり、それに応じて二重の〈他者化〉が、一気にめくるめくばかりの速さで実現する。それはファノンに、彼の幼少期が、彼を含めたアンティル諸島の黒い白人たちの大がかりな自己欺瞞を体現していたことを明るみに出した。白人であることにより黒人を裏切り、黒人にとっての〈他者〉となったこの〈開化民〉は、その皮膚の黒さによって白人の〈他者〉でありつづけたことを、復帰した一人の〈開化民〉の筆によって思い知らされたのであった。

この事情は、私に多くの〈開化民〉のなかから、とりわけルムンバと李珍宇の二人を思いおこさせる。彼らの目ざした解決はそれぞれ異っていた。ルムンバは〈非暴力〉に、李は〈想像〉に活路を求めた。ファノンはやがて〈暴力〉の提唱者となって、SNCCのカーマイケルにその直接的な影響をとどめることになるだろう。しかしこの一見した相違のもとに、彼らに共通の否定性を認めるのは困

＊3　『フランス語圏の黒人作家たち』(ブリュッセル自由大学刊、一九六三年)。

＊4　これにかんしてファノンが、〈文化的強制〉を最初に自覚したのは一四歳のときであったと言い、その事情を詳細に説明しているのは注目される(『黒い皮膚・白い仮面』第六章)。

難なことではない。ルムンバの〈非暴力〉にしても、それが決してア・プリオリな原則や彼の性格に基づくものではなくて、「自分の力の明晰な認識」に、言いかえれば白人の暴力とカサヴブ的なコンゴ部族主義の暴力の対立と野合に拮抗し、これを二つながら否定すべく、一九六〇年のコンゴにおいて選びとられた一政治家の厳密に状況づけられた決意であったことは、サルトルの見事なルムンバ論が示すとおりである（『シチュアシオンV』）。それがルムンバの成功と挫折を作るものであったことも、私たちは知っている。

ファノンの場合、当然のことながら、その否定は二重の他者と化した自己の復権を求める方角へと向かう。だがこの否定をなすに当ってすら〈開化民〉の特徴は拭いがたくあらわれ、それは自己の特殊性よりもまず普遍性に目を向けるところに発揮される。この点で、ファノンが理性という迂路を通ったのちにはじめてネグリチュードに到達したことは、以後の彼の歩みを規定するものとしてはっきりふまえておかねばならない。おそらく精神科医の職を選んだことも、のちにアルジェリアの解放運動に参加したことも、これとまったく無縁ではあるまいが、ファノンはこの理性による解決についてこう書いている。

「私は自己のうちに短刀の刃の生れるのを感じた。私は自己を護ろうと決意した。すぐれた戦術家として、私は世界を理性化し、白人が誤まっていることを示したいと考えた」

〔『黒い皮膚・白い仮面』〕

言葉をかえれば、ニグロも人間である、ということだ。この当り前の事実を、当り前だと言う資格がわれわれに与えられているかどうか。なるほど「学者たちは、長いためらいの後に、ニグロが人間であることを認めていた」。「観念的には、みな一致していた。すなわちニグロとは人間である」。しかし差別は陰に陽に存在しつづけ、科学はそれに何らかの根拠を与えようと躍起になる。異った人種の間での結婚のもたらす肉体的知的水準の低下の可能性が、ないと証明されたわけではない、と一人の学者は優生学会において微妙な発表をする（『黒い皮膚・白い仮面』）。つまりニグロとは結婚するなというわけだ。アフリカ人の大脳皮質の特殊性を結論する学者もあらわれる（『地に呪われたる者』）。私はかつてクレッチュマーの『天才の心理学』を読んで、内村祐之が「世界的」というこの高名な学者が拭いがたく人種主義をその論理のうちにひそめていることに怒りを禁じ得なかったが、ファノンの挙げる数多くの事例を見ると、このバカげた態度がかなり広汎に広がっていることにあらためて一驚しないわけにゆかない。そこにたとえばニグロの歴史的野蛮さ、非人間的本質、たとえば人食いの風習などが〈科学的〉に利用され、つけ加えられる。そしてファノンはこう結論する、「このような学問、これは一つの恥辱である！」と。かくて理性とは白人のものであり、西欧のものであることを、ファノンは今一度否認された自己の種族の名において、再び確認せねばならない。理性の名による復権はすでに望み得ぬものだ。「おそすぎた。一切は予見され、発見され、証明され、利用（開発）されている」（『黒い皮膚・白い仮面』）。

今やファノンは、世界の「理性化」に賭けた一切の希望を失って、黒い皮膚へとたち戻る。サンゴールのいわゆる「すぐれて生命的な要素」へ、つまりリズムへ、ニグロ文化へとその目を向ける。白人の理性に対して、非理性的なものを全面的に対置させ、防衛から攻撃へと転じるのである。

「私は非合理性にわが身を投じて行った」
「私は非合理的なものによって築かれている。非合理的なもののうちに足をとられて進んでゆく。非合理的なものに首までつかって」

〔『黒い皮膚・白い仮面』〕

サルトルがネグリチュードについて「〈生命〉に対する性的な感応であるかぎりにおいて〈自然〉全体と融合する」（「黒いオルフェ」）と語った言葉は、ファノンの言うリズム、非合理性にそのまま適用されよう。ファノンの言葉を引くならば、

「私は世界に合体する！　私は世界そのものだ！（中略）白人は世界を隷属させる。世界と白人の間には所有関係が確立する。だが私流のやり方にしか順応しない価値がある。白人ならびにその圏族には失われた〈ある世界〉を、私は魔術師として白人の手から盗みとるのだ」

〔『黒い皮膚・白い仮面』〕

魔術とはネグリチュードの世界であって、ここに引いた言葉はこれをファノンのネグリチュード宣言と名づけることが可能だろう。ファノンがその一時期に（おそらくは十代の終りから二十代の初めに）、ネグリチュードを全面的に受入れようとつとめたことは確実である。だがここでもはっきりふまえておかねばならないのは、このネグリチュードの讃歌が、彼においてはやはり〈開化民〉の恥辱、つまりひとつの否定性に発するということだ。それは白人文化の否定というよりは、白人化した自己、あの文化的強制と無意識とに浸透されるがままになっていたファノン自身の否定であり、敢て言うなら自己を力づくで解放する暴力的な一手段であった。だからこそ、彼は他の一切に目をおおって、ひたすらネグリチュードに傾斜し、それを盲目的に生きることを必要としていたのである。まただからこそ、彼はひとまず「絶対的にネグリチュードのうちに自己を失うことが必要だった」。「いずれにしても私は知らぬことが必要だった。この闘い、この再降下は、完結した姿を帯びなければならなかった」（『黒い皮膚・白い仮面』）。

　必要だった――この言葉にファノンは自ら傍点を付している。ということは、これを書き記した一九五二年に、彼がすでにネグリチュードを越えていることを意味している。というか、たえず自己を否定するこの不安定性こそ実はネグリチュードそのものである――ちょうどリズムがたえず生れては束の間に消え去ってゆくように――。ネグリチュードという表現が、セネガルの詩人たちとともに、西インド諸島の黒人詩人たち、すなわち〈開化民〉によってになわれた理由もそこに求められよう。

彼らは決して全面的に黒人であることのない種族、すなわちたえず自己を否認することによってしか自己を認め得ぬ種族に属しているからだ。またそれゆえにファノンのとるペンの下からは、リズム、自然、世界との合体、聖なる行為、魔術、絶対といった表現がつぎつぎと生れはするが、そこに直ちに反省意識が顔を出して彼はこうも書かずにはいられなくなる。「リズムを、〈母なる大地〉との友情を、集団と宇宙とのこの神秘的肉体的な結婚を、警戒する必要があった」。「私はたちまち希望を棄てねばならなかった。（中略）私の独自性は腕づくでもぎとられてしまったのだ」（『黒い皮膚・白い仮面』）。

一旦は全面的絶対的に肯定する「必要」を感じた黒人としての誇りを、ファノンは再び脱ぎすてねばならない。それを決定的にうながしたのはおそらくサルトルの「黒いオルフェ」という一文である。この間の事情について私はすでに「アジア・アフリカにおける文化の問題」で簡単にふれたので重複はさけたいが、その一文を執筆したとき私は愚かにも上記ケストロートにならって、サルトルがネグリチュードを弁証法的進行の「弱拍」と呼び、「自らを破壊する」ために存在すると定義したのに対して、ファノンがはげしい批判を提出しているものと思いこんでいた（ジャンソンが『黒い皮膚』初版に寄せた序文にもそのような趣旨の記述が見える）。なるほどファノンはサルトルを、ニグロの源泉を涸らしたと非難し、黒人の熱狂を破壊したときめつけ、以前にもまさって激烈に「おれはニグロだ、おれはニグロだ」と叫びをあげる。だがたとえば次の一節は、批判といった安易な言葉では言いつくせぬもの、それからはるかに隔たったものだろう。

「太平洋戦争で不具になった者が、私の兄にこう言った。

〈君の肌の色は我慢するんだね。おれが腕の残った部分で我慢するように。おれたちは二人とも事故の犠牲者さ。〉

だが私は自己の全存在で、この不具になった自分を認めることを拒否する。私は自分が世界と同じく広大な一つの魂だと感ずる。最も底の深い川と同様に、まさしく底深い一つの魂だ。私の胸は、無限に広がる力を持っている……。私はこの世へのささげ物だ。しかるに不具者の謙譲さを持てというのか……。昨日、世界に目を開きながら、私は大空が一面に顚仆するのを見た。私は身を起こそうとした。が、内臓を摘出された沈黙が、翼もなえて、私の方に逆流してきた。〈虚無〉と〈無限〉に馬のりになって、無責任に、私は涙を流しはじめた」

〔『黒い皮膚・白い仮面』〕

これは決してサルトルを批判しながら黒い皮膚にしがみつく一黒人の姿ではない。そうではなくて、第一の白人文化の否定につづく第二の黒人で*ある*ことの否定を、すさまじい力でやりとげようとするドラマであり、二重の他者化が要求する二重の否定をひと息に受入れようと試みて傷手を受けた者の訴えである。あるいは一人の〈開化民〉が、〈開化民〉たることの自覚から一旦は黒人としての全的な自己肯定に身を委ねたのちに、そこから再びむりやりに身を引剝してゆく記録であり、二重の疎外にさらされた〈開化民〉が、その疎外ゆえに最も原本的な態度に近づくべく格闘する姿だと言ってもよい。〈開化民〉とは西欧文化とニグロたることとの葛藤を生きる者のことであって、もともと暴力的なのは〈開化民〉を二つに引裂くこの葛藤である。ファノンはこの〈開化民〉の特殊性をとことんまで生きぬこうと決意をかためる。だからこそ彼の生涯は、西欧文化とニグロたることとのすさまじい暴力的な葛藤を徹底的に内面化する軌跡であると定義することが許されよう。ファノンはこのように内面化された暴力を媒介にして、アルジェリア革命へ、彼のいわゆる〈全的人間〉へとその道をたどったのである。

3

私はようやくにしてファノンの暴力論にたどりついたわけだが、しかしすでに指摘したように、この暴力という言葉は甚だ誤解を招き易いものである。とりわけ、真に暴力そのものの機構である権力側から組織的に流される〈暴力〉非難、それに相応ずる〈民主主義者〉たち、さらには肉体的物理的暴力のみを絶対的且つ即自的価値と見なす人びとまでを含めて、〈暴力〉という言葉は収奪されて甚だ不幸な星を経過していると言わねばならない。[*5] だが暴力の導師ジョルジュ・ソレルでさえ、権力（フォルス）に対してプロレタリアートの行使する暴力（ヴィオランス）を決してテロリズムとしてではなく、また単なる肉体の激突としてのみでもなく、何よりもまず階級闘争の顕在化としてとらえたことは、その『暴力論』をひもとけば明らかである。とすれば、ファノンの場合はどうであったか。

彼がその主著『地に呪われたる者』のなかに展開する暴力論（第一章）は、まず植民地を暴力的構造としてとらえるところにはじまる。植民地とは、兵営と駐在所によって二つにたち切られた世界、白人の暴力的支配が歴史的にも現在においても貫徹している世界であって、そのコロンによる暴力こそが原住民の対抗暴力を作り出すものであるとともに、原住民はこの作られた暴力によって植民地の解放すなわち自らの解放をなしとげるというのが、ごく単純化して言えば彼の主張である。すなわち「非植民地化は常に暴力的な現象である」。

だがまた彼はその一方で、非暴力主義を貫いたルムンバの死に動顛し、心をこめてその死を悼み、その企図を失敗に導いた二つの原因に苦い反省を味わったことを記している（「ルムンバの死」）。また植民地独立闘争においてコロンや官憲を抱きこむねばり強い働きかけの重要性を指摘したのも、やはりファノンであった（『アルジェリア革命第五年』）。いずれにおいてもファノンの文章は、単純な物理的暴力の絶対視とはほど遠い。このような〈非暴力〉を内にひそめながら、にもかかわらず虐げられた植民地の人間が飢えに追いつめられた揚句に訴える反対暴力への積極的な加担を通して、その彼方に建設の基礎的なプランと西欧ヒューマニズムとは異った新たなヒューマニズムを荒々しく素描した

＊5　言葉の収奪については、『現代詩手帖』六七年一一月号の黒田喜夫と長田弘の対談参照。また現代の日本の〈暴力〉にかんする考察については、甚だ不充分ではあるけれども、拙稿「民主主義のなかの暴力」（『現代の眼』六八年一月号［本書第Ⅰ部］）を参照されたい。

点にこそ、第三世界のイデオローグたるファノンの真骨頂が求められる。そのような彼の理論を形成するきっかけとなったのは言うまでもなくアルジェリア革命であり、民族解放戦線（ＦＬＮ）との出あいであるが、その出あいを形作ったものは彼の場合、決して自分自身の飢えではなかった。じっさい彼個人はフランス人を妻に持ち、他のマルチニック人同様にフランス国籍を持ち、フランスで学び、フランス政府から植民地アルジェリアの病院に派遣され、精神科医として充分社会的にも認められる地位を持っていた。つまり白い救済は彼を待ち受けていたと考えて間違いない。にもかかわらず彼が一九五六年に、三年らいその職にあったブリダ（アルジェリア）の精神病院を離れて解放戦線に身を投じたのは、〈開化民〉の特殊性を作り出す暴力的な条件を内面化した『黒い皮膚』いらいの彼の生涯の結論だったのであり、ここでもまた私には、ファノンが〈開化民〉として最も原本的な態度を選んだように思われてならない。その原本的な態度とは第一に精神科医ファノンとして、第二にインターナショナルな知識人ファノンとして、第三に、民衆に絶対的に寄りそい、民衆を代弁し、民衆のための理論を構築するイデオローグとしてあらわれる。

精神科医――。医学は西欧がファノンに与えた第一の貴重な贈物である。彼は精神医学によって、自己を含めて植民地の葛藤にさいなまれる人びとの問題のありかを探るとともに、ある意味では医師の職を放擲したのちも精神科医であることを止めなかった。一九五六年、彼はＦＬＮに参加するに当って、当時のアルジェリア総督ラコストに書き送っている。

「〈狂気〉は人がその自由を失う方法のひとつです。私はこの交叉点[*6]に身をおいて、この国の住民の錯乱がいかに広く深いものであるかを測定して慄然たるものがあると申し上げることができます。

もし精神医学というものが、人間が自己の環境の異邦人でなくなることを可能にしようと試みる医学的技術であるならば、自己の土地において不断の錯乱に陥っているアラブ人は、絶対的な人格崩壊の状態に生棲していることを、私は断言しなければなりません」

『アフリカ革命のために』

私は精神医学に何の知識も持たないが、ここに述べられた言葉、及びファノンの挙げる症例とそれに与えた解釈とを見ると、少なくとも彼がこの西欧から受けたものをいかに用い、いかにしてそこから解放戦線へと身を投じて行ったか、その軌跡を辿ることは可能だと思う。たとえば最も単純なものとして、『黒い皮膚』に引用されているあるニグロ患者の夢は次のようなものだ——彼は何かが待ち受けているという思いで、長時間ヘトヘトになって歩いてゆく、柵をこえ、壁をこえる、ついにあるガランとしたホールに到達する、そこにドアがあり物音がきこえる、彼は漸く決意して第二の部屋に

＊6　ここに言う交叉点とは、植民地主義者の欺瞞、卑劣、人間蔑視によって、アルジェリア現地人が精神の自由を失うところ、自由と〈狂気〉の二つの軸の交叉するところかと思われる。

入る、と、そこにいるのは白人ばかりであり、彼は自分も白人になっていることに気づく――。ファノンはこの夢の例から、劣等コンプレックスに発する無意識の欲望を、つまり白人になりたいという欲望を認める。精神科医としてのファノンは、この無意識を意識化すべく、つまりこの無意識の欲望から患者を解放すべくつとめるだろう。と同時に、それはまさしくその欲望を執拗に目ざめさせるところの社会――一種族の優位の前提に立つ社会構造――を変革すべく具体的な行動を選択させるという形においてしか、意識化できぬものである。したがって精神科医ファノンは、ここで一人の個人と、その個人を狂気におとし入れる社会との、二つの局面を同時に扱うことになるだろう。これは最も単純な一例であるが、ファノンがその四冊の著書のなかに引いている無数の症例は、基本的には必ず多かれ少なかれこのような全体的構造にかかわってくる。むろん一人一人の患者はすべて特殊的であるが、その特殊性こそまさしく全体的構造を生き、それを照らし出すものなのである。しかもそれはニグロにおいて認められるばかりではなく、ニグロへの嫌悪や恐怖から発して精神の平衡を失った白人のうちにも、逆の形をとって現われるのだ――たとえばニグロへの性的嫌悪のまじった恐怖にしみつかれている白人の女――。さらにブリダの精神病院において、彼が医師として接するのも、まずこの植民地という暴力的構造によって精神をズタズタに引裂かれたアラブ人たちであり、やがて解放闘争が勃発すると、ＦＬＮのメンバーという嫌疑で拷問を受けたアラブ人たちが、つぎつぎと送りこまれることになる。だがそればかりではなく、彼らを拷問した警察官もまた病院を訪れるのであって、『地に呪われたる者』にはそのような症例も少なからず紹介されているのである――たとえば夜も被疑者のあげる苦痛の叫びにおびやかされている二八歳の警察官――。

ファノンはその医学的実践から、これら個々の患者の特殊性が指し示す植民地の社会構造とその状況の全体をしっかりと把握して行った。それはまた同時に、後に述べるごとく、ファノン自身をその全体的状況のうちに把握する行為でもあった。ここには専門化・特殊化した臨床医の実践が、そのまま実践主体と、働きかける対象（この対象という語が不適当であるなら、治療を受ける患者）とを、いずれも全体的に把握する道筋がつけられている。しかも臨床医はあくまでも冷静且つ客観的であることが要求される。だからファノンは、黒人であると白人であるとを問わず、またアラブ人であると西欧人であるとを問わず、これら両側の患者たちにひとしく治療を試みた。医者は平等であり、たとえ拷問者であろうとも、その診療を拒否することはおそらく許されまい。その点で――心情的にはともかく――医者としてのファノンが患者のうちに差別を設けたとは思われない。ファノンの身につけた西欧医学は、少なくともこのことについて普遍主義の原則を固く守るのがたて前だと思われる。たとえそれがニセの普遍主義、ニセのインターナショナリズムに発するものであろうとも、〈開化民〉のうちに現れるこの契機は無視できないものだ。それはちょうど福音書の平等主義が、たとえ植民地侵略のひとつの口実を提供し、ひとつの有効な道具となろうとも、同時に植民地という差別社会の撤廃にも通じ得る側面を持つのと同様である。ファノンが『黒い皮膚・白い仮面』において、抽象的ではあれともかく普遍的人間像を垣間見ることができ、「人は〈黒人〉である権利を持たない」、「〈黒人〉は存在しない、〈白人〉が存在しないように」と書き得た理由もそこにあるだろうと私は思う。

　このような普遍主義・インターナショナリズムは、絶対に即自的なネグリチュードや、過去の民族伝統への拝跪からは生れないものだ。言いかえれば、原住民のなかでは〈開化民〉のみが自己を普遍的階級と見なすことができるのだ。おそらくファノンがその晩年に故国マルチニックにおいてではなく、遠いアルジェリアの革命運動に参加し、黒い皮膚をアラブ人たちの間にささげることとなった最初のきっかけも、ここにあったのであろう。しかしこの普遍主義は、〈開化民〉のものである以上、普遍的であろうとすればその与えられた普遍主義に決して自足することはできず、つまり西欧流の侮辱のヒューマニズムに堕することを常に否定しつづけねばならない。ファノンが単なる精神科医の立場に甘んじ得なかった理由もそこにある。

　彼は精神科医の立場に甘んずることができなかった。それは第一に、彼の医者としての結論が、植民地体制の根絶をきっぱりと指し示していたからであろう。また第二に、その根絶の方法があまりにも明らかだったからだろう。すなわち抑圧された者のみが、抑圧機構を変えることができるのだ。が第三に（そしてこれが最も重要だが）、植民地の医者がその身分においてすでに合理的秩序——つまり西欧——への所属を示しており、ファノンが接触を望むアラブ人の秩序への所属を示すものでないという事情も作用していたことだろう。それというのも植民地原住民は、西欧医学に対して本能的に不信感を持っているからだ。原住民がしばしば白人医師の指示する診療期日をすっぽかし、その治療法に従わないのも、実はこの不信感に根ざしている。[*7] ファノンはこのことを、その黒い皮膚においてはっきりとつかんでいたと私は思う。しかもことは白人医師のみにかかわるわけではない。原住民医師もまた同様だ。彼らは原住民中の最高のエリートであり、原住民のあいだに滑りこんだ敵の警察官であり、植民地主義への協力者のごとくに見えてくる。医者という職を選んだこと、あるいは選び得たこと自体が、すでにうさん臭いのだ。たとえ医者が他の原住民に——またその解放に——手をさしのべようとしても、彼はしばしば自ら手をさしのべる人たちに冷やかに背を向けられるという悲劇を味わうことになる。これこそ〈開化民〉の嘗める手痛い仕打ちであろうし、ここでもまたファノンは〈開化民〉の汚辱を経験することとなるだろう。原住民——とりわけ解放戦士たち——の全面的に信ずる医者とは、まさに自分たちとともに闘う医師、自分たちに奉仕する医師なのである。

ファノンはこれを見誤らなかった。つまり彼はその職業的実践において、植民地の社会構造を全体的に把握すると同時に、彼自身の醜悪な姿をもとらえたのであって、だからこそ彼はフランス政府によって任命された病院を離れ、ラコストに辞表を送りつけ、おそらくは医者という職に訣別して、民衆の——とりわけアルジェリアの圧倒的人口を占める農民の——特殊性へ、西欧否定へ、暴力へと自己を賭けたのである。この点でファノンとルムンバにはふかい類縁関係があり、現象的に彼らの一方を暴力、他方を非暴力と見なしてこれを対立させるのは、まことに皮相の見解と言わねばならない。だがまた嘗てネグリチュードに自己を見失おうと試みて、その試み自体を直ちに否定し去ったように、精神科医の職を放棄したとはいえファノンは決してそのために新たな特殊性のなかに自己を見失うこ

＊7　『アルジェリア革命第五年』第四章「医学と植民地主義」を参照。

とはなかった。むしろ彼はいっそう精神科医であるためにその職を離れたと言ってもよいのである。これについてボーヴォワールがその回想録に伝えている彼の言葉は甚だ示唆的である。すなわち「政治的指導者は、すべて同時に精神科医であるべきだ」(『或る戦後』)。

この言葉には、彼がやはり自己を精神科医として認めようとする自負が仄見えている。そこに彼の革命論、とくに暴力論の特徴があるだろう。彼は決して暴力を、すでに述べたような政治的位相のみにおいて、いわばひたすら有効性の面のみにおいて扱うのではない。むしろまず暴力を、自己の環境の〈異邦人〉である原住民が、環境に対処すべく自身のうちに見出すひとつのエネルギーであり、ひとつの反応であると考えるのだ。原住民は、植民地という暴力的環境の持つ攻撃性を、己れの筋肉のあいだに沈澱させる。このように内面化された暴力は、まず植民地特有の犯罪性として、同胞が闘いあう空転する暴力として、あるいは部族抗争として発露するだろう。ファノンはこれらを決して軽視しなかった。むしろこれをいわば原住民が自己の人格を守るべく見出したのっぴきならぬ手段とさえ見たのである。信仰や迷信さえもがそうであって、それは現在において、逆に攻撃性を抑制する手段である。つまり迷信にとらえられ所有されて、疲弊しつくすまで(たとえば暁方まで)踊り狂うことによって、暴力はいわば排泄され、原住民の肉体を離れてゆく。してみれば、秘儀とは植民地暴力の滲透の証しであるとともに、その拡散であるとも言えはしまいか。ファノンはこれら否定の暴力の意味するものを、はっきり見定めていたと思う。

だがそれにしても、どうしてファノンはこれほどまでに暴力に執着するのか。言うまでもない。まず第一に植民地――たとえばアルジェリア――においては、暴力のみが唯一の解放の手段であり、その意味で人間的であるからだ。アルジェリア解放戦争が、百数十年にわたる闘い（農民のゲリラ、「北アフリカの星」にはじまる一九三〇年代以後の各種の運動）を土台にして、FLNの武装蜂起によって開始されたことは、疑いようのないところである。しかし注目すべきは、ここにおいても彼が絶対に民族独立という政治目標達成のための有効性のみに目を奪われてはいないことであり、暴力をただ単に「目には目を」式の物理的報復と考えてはいないことだろう。なるほど彼は暴力を、まず民族独立に至るまでの過程において認め、「原住民は暴力のなかで、暴力によって、自己を解放する」と言う。しかしまた形式上の独立達成は、彼にとってほんの一段階にすぎぬようにも思われる。彼が目ざすのは、そして『地に呪われたる者』の結論となるのは、「ヨーロッパのため、われわれ自身のため、そして人類のため」に、「新しい思想」「新しい人間」つまりは「全的人間」をうちたてることなのだ。そのためにこそ書かれた『地に呪われたる者』の、その冒頭にすえられているのが暴力論であり、その暴力を真にになない得るのは、おそらくアルジェリア革命とともにキューバ革命の影響をも受けて、植民地の最も恵まれぬ階級である農民だとされる。ファノンの引いている『マタイ伝』の「あとなる者は先になるべし」は、単に原住民とコロンの関係にのみ当てはまるのではなく、原住民のなかで真に全体化の契機となり得るものが何であるかを表現する言葉でもあるだろう。暴力はこのとき、全体化・普遍化に不可欠なものとなる。すなわちファノンの普遍主義は、飢えに発する解放の暴力への加担を通じてはじめて真の普遍化への道に位置づけられることになるのであり、またこの暴力は既成の価値にしがみつく者に対して、否応なしに価値の顛倒を受入れさせるものとなるのである。以上が見落してはならぬ第一の点だろう。

だが第二の点がある。私はすでに、彼が〈開化民〉として自己のうちにとりこんだ植民地の暴力的葛藤が、彼を暴力論に向かわせたことを指摘した。言いかえれば、暴力は、彼が内面化した否定の一契機を示すものだったということである。再びボーヴォワールを引くならば、

「彼は、暴力に対する自己の嫌悪を、彼の知識人としての境遇に由来すると考えた。彼が知識人を非難して書いたもののすべては、彼自身に向かって書いたことでもあったのだ」「〈何より僕は職業的革命家になりたくない〉と、彼は不安の色を見せながら私たちに言った」

〔『或る戦後』〕

ここで暴力は、まず知識人＝〈開化民〉の自己否定としてあらわれる。だがまた、「職業的革命家になりたくない」とは、知識人たらんとする意志に外なるまい。その意味でファノンは、知識人を即自的自然的状態として受入れるのではなく、それを否定することによってたえず知識人と<u>な</u>っ<u>て</u>ゆく知識人であった。これがファノンの選択であり、また自己を解放する手段でもあったのである。別な風に言うならば、ファノンは原住民の大衆（とくに最も恵まれぬ農民）の暴力という特殊性に加担することによって、〈開化民〉＝知識人の普遍主義を見失うどころか、逆にそのニセの普遍主義を新たな

生命のなかに奪還することによって自己を知識人たらしめたのであって、この意味で第一と第二の点は彼において表裏一体をなすものであった。

さて、このように自己を否定することによって大衆を見出す知識人は、言うまでもなく、あるがままの状態を認めてその特権を維持しようとする政治家、ナショナリスト、インテリたちと、根本的に相容れぬものであり、彼らは激しい対立を示さぬわけにはゆかない。そこからファノンのナショナリズム政党、民族ブルジョワジーなどにかんする痛烈な批判が生じる。もっとも彼はこのようなものを一概に否定し去るのではなく、一定の歴史的段階におけるそのポジティヴな役割はこれをはっきりと認めていた。たとえば民族主義政党のばらまく言説は、政治的社会的なプログラムを欠くとはいえ、原住民大衆の要求に一つの形態、一つの枠を、ファノンのいわゆる「最小要求」を与えることは事実であり、また地方主義・分散主義の形で植民地主義に奉仕するものへの防波堤となることも確実だというのである。植民地における民族ブルジョワジーにも、西欧化したインテリにも、都市労働者（これはアルジェリアのような植民地において、相対的に恵まれた階級に属する）にも、似たような性格が現れる。いずれも真の解放闘争が開始される以前の段階において、少なくとも民族独立の気運を高めるために、無視できぬ働きを行なうというのがファノンの考えであり、これはアルジェリア革命の過程にもそのまま当てはまるものである。

だが一旦解放の戦いが勃発すれば（すなわち内面化された原住民の暴力がコロンに向かって爆発すれば）、これらのエリートたちは忽ちその限界を明らかにする。ましてや独立達成後ともなると、彼らの正体はいっそう明確になる。彼ら、たとえば民族ブルジョワジーは、完全に西欧ブルジョワジーのカリカチュアであることを暴露される。実質的内容も持たぬ国内政策、空疎な国外向け大演説、自己保全をはかるための隠れみのとして利用する単一政党とカリスマ的指導者——以上がその最も特徴的な姿となる。民族統一の美名の下に具体的政策は怠られ、過去の非植民地化の事業のみがいつまでも語りぐさにされ、その結果ナショナリズムは絶えず再生産されて、たとえば黒いアフリカと白いアフリカの対立を助長するものとさえなる。またそれらの結果として有機的な党はいつか不在となり、党員は官僚と化するか、あるいは〈市民〉という無意味なタイトルに追いやられ、かくて形骸化した党は大衆と指導者をへだてる衝立にすぎなくなる。このようなファノンの言葉は、彼の死後なお第三世界の独立諸国の現状に、手きびしい批判の矢を放ちつづけていると言わねばならない。

ファノンは〈開化民〉たる自己に向けた否定の矛先と、その否定によって新たに獲得した普遍主義・インターナショナリズムへの信頼とで以て、これら植民地ブルジョワジー、インテリ、民族主義政党に、全身を挙げて闘いを挑んだ。彼は、民族ブルジョワジーは人種主義に陥り、もはや何の役にも立たない、と言い、党は人民の手にある道具となるべきだ、と断言した。暴力とは、原住民大衆が、自分たちの解放は力によってしかなされないことを直観することだと宣言した。だが〈開化民〉ファノンはいったい何の資格において、民衆の暴力を語るのであろうか。何の資格においてでもない。というか、これもまたまさに〈開化民〉として、それも自己を否認する開化民としての資格においてである。原住民大衆は物言わず、また彼らは半家畜化された労働力としてそれ自体が植民地主義の不可欠な一要素に化している以上、口を開いて原住民の飢えを語り、彼らのおかれた状態を明らかにし、彼らに全面的に加担してその暴力を宣言し、つまり彼らの矛盾と彼らの実践的な真実を言いあてるのは、植民地の葛藤を己れの内部にしみこませながら、植民地主義を拒否しつつその葛藤を日々に生きつづけている〈開化民〉、つまり知識人でしかあり得まい。西欧の侮蔑の普遍主義を唯一の文化とし、且つその侮蔑の対象となることを自覚する〈開化民〉は、自己を全面的にまた暴力的に拒否する限りにおいて、またその否定性を大衆の解放運動に奉仕させる限りにおいて（これは大衆への追随とはまったく異るものだ）、「全体化」の唯一のにない手である原住民大衆の反省意識となり、彼らの暴力の代弁者になり、原住民大衆のために真実を言う者となる。ファノンが、セゼールのいわゆる「魂の創造」の意味において、大衆の「政治化」、「知性化」を語り、つまりは一切が大衆の肩にかかっていることを理解させる必要を説き得るのも、そこに理由がある。

ファノンのラディカリズムは、したがって、サルトルが定義を下した意味においての〈知識人〉[*8]のラディカリズムをそのまま表現する。この点においてもファノンは、植民地という差別社会の生んだ怪物である〈開化民〉の特権を十二分に活用して、西欧の最もすぐれた思想のひとつを第三世界の革命に見事にとりこんだと考えられる。あるいはむしろサルトルの方こそが、ファノンとの出会いによってその〈知識人〉論を企て得たとも考えられよう。

＊8　サルトル『知識人の擁護』（人文書院、一九六七年）所収の滞日第二講演（「知識人の役割」）参照。

　ファノンの作り出したものは、彼の死場所となったアルジェリア革命のなかでも充分に受入れられはしなかった。ひとつには、解放に至るまでのインターナショナリズムの嘗めた悲運[*9]が、ファノンの可能性を封じたということがあるだろう。彼の黒い皮膚が、ここでもまた何かの原因になっただろうことも、充分に想定される。だがまたこの孤立は、組織内部に闘いの場を求めた知識人が、ほとんど必然的な運命として覚悟せねばならぬものでもあるだろう。知識人が孤立をおそれぬことによって真に民衆とともにあり、民衆への影響力をも確保しうる状況が存在する。ファノンがアルジェリア革命の内部で生きたのは、そのような状況だった。じっさいファノンのように徹底して普遍化・全体化・インターナショナリズムに賭けた人間が、彼の批判してやまぬ民族主義政党であるＦＬＮに飛びこんでゆき、そのスポークスマンとすら見なされたことは、このうえもない皮肉であると同時に、まさしくファノンの孤立と彼の思想の有効性とを一気に確保するものであったと私は考える。じじつこの〈開化民〉のもたらしたものが、すでにブラック・パワーの運動に大幅にとり入れられていることは、ラテン・アメリカ人民連帯機構第一回大会におけるカーマイケルの演説（『現代の眼』六七年一一月号に訳載）のうちにもはっきり読みとることができよう。少なくとも、アメリカ大陸の傍らに生まれ、ヨーロッパを経過してアフリカに渡ったのちに、今再びアメリカ大陸へと飛火した〈開化民〉の思想が、そう易々と消滅するものでないことは、早くも明らかになりつつある。それはあくまでも第三世界の思想であるから、そこから安直に「第二・第三のファノンを」と呼ばわることは、私はさし控えたい。だが以上の検討をへたのちに、私たちはぎりぎりのところ、ファノンの生涯が、西欧ブルジョワジーの築きあげた巨大な文化に滲透されながらそれをとらえ返してゆく知識人のあり方を、単刀直入に問うていることだけは認めないわけにはゆかぬだろう。

結論しよう。フランツ・ファノンは、〈開化民〉＝知識人たることを否定して民衆の暴力に全面的に奉仕し、それによって、自然的状態においては植民地主義の事実上の協力者にすぎなかった民衆を、飢えを自覚する民衆、あの〈地に呪われたる者〉、つまり革命の担い手たらしめようと試み、同時に自らに知識人の可能性を切り開いた人物である。このようなファノンが、その否定性と、死への一途な疾走とによって私に想起させるのは、もうひとりの自己を否定した知識人、あのニザンの生涯である。久野収はそのニザンについてこう書いた。

「戦争防止の志に破れて、出獄したあと、どこからか風の便りでニザンの戦死を耳にしたとき、そのときほどニザンの立派さにうたれ、じぶんの腑甲斐なさを恥じたときはなかった。ニザンが私の一番真近かにきたのは、彼の戦死の報を耳にしたときであった」

［ニザン著『番犬たち』月報］

ファノンは、しばしば第三世界のレーニンになぞらえられるが、彼はレーニンというよりは、むし

＊9　本書第Ⅲ部「アルジェとパリのきずな」参照。

ろ第三世界のニザンである。今、ニザンの放つ声に恥じ入る私たちは、同時に、いやそれ以上に、ファノンの声に耳を傾けねばなるまい。私にとってこの第三世界のイデオローグがほとばしらせている暴力に基礎をおく解放宣言は、単に情勢論や戦術論というよりも、彼がその生涯をかけて――インターナショナリストである彼が民族主義政党たるFLNに身を投じてまで――、知識人たることの困難さと偉大さを立証しようとしたひとつの成果であり、知識人の可能性へのかすかな道筋だと思われる。だからこそ私たちがファノンの荒々しい声に答える唯一の方法は、マルチニックやアルジェリア以上に複雑陰微な日本の現実のなかから、知識人を否定しつつ各自の実践を通じて知識人の可能性をたえ間なく問いつづけることを措いて他にあり得ないであろう。

橋をわがものにする思想

1

フランツ・ファノンについて、その著書以外に私の知るところは決して多くない。ファノン自身も、『黒い皮膚・白い仮面』のなかの若干の記述を除くなら、ほとんど自己の体験を直接に語るということをしなかったし、その余裕もありはしなかった。またあらためて言うまでもなく、ファノンの真価はその著書において余すところなく伝えられている筈であって、私が読者にお願いするのも、漸く完成した私たちの拙い訳を通して、われわれ自身と世界の変革のために、ファノンの思想を隅々まで吸収していただくことでしかない。なぜなら他のいかなる書物にもまさって、ファノンの著書は世界の変革のために書かれたものであり、またそのためにこそ読まれるべきであるからだ。ファノンの荒々しい声は、言葉の文字どおりの意味において闘いの武器であり、また読者に闘いをこそ求めているからだ。もしファノンという男を一言で定義するなら、彼はこの戦闘への誘いを、その行動という行動、活字という活字から発散させながら、それと引きかえに自己の生命を縮めた人物である、と言うことが許されよう。まただからこそ、彼は第三世界の革命の、したがって世界革命の、最尖端に屹立するイデオローグたり得たのであった。

以上のことを前提とした上で、このような激烈な叫びを発したファノンとはそもそも何者か、彼はどのような道を経てこの叫びに到達したのか、それは現代革命のなかにどのような位置を占め、またわれわれ日本人とどうかかわっているのか——これらの問題について考えることは決して無駄でないばかりか、それはわれわれ自身の実践のために不可欠の作業であると言うべきだ。ファノンはまさに戦闘への誘いを発しているが、それにいくぶんなりともこたえるためにはファノンを心情的にたたえるだけでは不充分だ。ファノンの根源にあるのは何か、何が彼を作り出したのか、その思想はわれわれにどのような関係があるのか。こういった問いに、われわれは全力を挙げてまず回答を試みなければならない。以下に私が解説にかえていくぶん近づいてみたいと思うのはこの課題であるが、しかしむろん私はこの解説で結着がつくなどと考えているわけではない。ファノンの投げた問題は、一見直截明快に見えて、実はきわめて深く未来社会のイメージを切開いており、だからわれわれは絶えず新たな価値をそこに見出し、彼の課題を絶えずわれわれのうちにとり返さねばならないのである。われわれは死せるファノンを自己のものにせねばならない。そのためにこの一文がいくぶんかの役を果して棄てられてゆくものとなるならば、私の意図はそれで尽されたと言ってよい。

2

さて以下の記述の便宜のために、まずごくかいつまんでファノンの生涯の軌跡を紹介しておきたい。

ファノンは一九二五年、西インド諸島のフランス領マルチニック島に生まれた黒人である。第二次大戦には自ら志願してフランス軍に参加して戦った。戦後リヨンで精神医学を専攻。一九五二年に、処女作『黒い皮膚・白い仮面』(*Peau Noire, Masques Blancs*, 1952, Ed. du Seuil) を刊行。また同年すでに「いわゆる〈北アフリカ症候群〉」という文章を、『エスプリ』誌二月号に発表しているのが注目される。やがて白人女性と結婚。一九五三年一一月には、アルジェリアのブリダ・ジョアンヴィルにある病院に職を得て赴任。一年後、アルジェリア革命（一九五四－六二年）が勃発すると、これに強く心を動かされてひそかにFLN（民族解放戦線）の闘士たちを援助し、一九五六年には当時アルジェリア駐在相であったラコストに辞表を叩きつけて職を離れ、国外に脱出、全面的にFLNに投じ、その指導的知識人の一人として活動する。その闘争の間隙を縫って、『アルジェリア革命第五年』(*L'An V de la Révolution Algérienne*, 1960, Maspero) と『地に呪われたる者』(*Les Damnés de la Terre*, 1961, Maspero) を執筆。しかし病魔に冒されて、アルジェリア独立の日も待たず、一九六一年一二月六日に三六歳の若さで死去。死後、彼が各誌に発表した文章を集めた『アフリカ革命に向けて』(*Pour la Révolution Africaine*, 1964, Maspero) が刊行されている。

右に記したごく簡略なスケッチからだけでも、マルチニック島の出身、黒い皮膚、白い妻、フランス留学、アラブ・ベルベル族にたちまじっての独立運動という足どりが、決して滑らかなものでなかったことは当然想像されるであろう。事実、ファノンの内面に並々でないドラマが演ぜられていたことは間違いなく、私は暴力の提唱者・暴力の理論家として一般に知られるファノンを形成するためにこのドラマが果した決定的な役割を、絶対に無視してはならぬと考える。処女作『黒い皮膚・白い仮面』が、革命家ファノンの理解にとっても不可欠と思われる所以はそこにある。

ファノンにおいてはすべてがその黒い肌から出発している。彼は終生その肌の色を忘れなかったにちがいない。事実シモーヌ・ド・ボーヴォワールがその回想録（『或る戦後』）で語るところによれば、ファノンがＦＬＮに投じたのちにその白い妻とともにギニアに赴いたとき、黒いギニア人たちは彼の妻の前で一切重要な話をすることを拒んだという。またアルジェリアの臨時政府代表のためにギニア政府が歓迎の会を催したときに、ファノンを除く白いアルジェリア代表たちは、乳房を出して踊るギニアの女たちに軽侮の視線を注いだという。ファノンが同じ代表団のなかにあって、ギニア女性に注がれた傍らの者の侮蔑の眼差しを、己れの皮膚に感じなかったと考えるのは困難だ。なるほど彼はその後の著作のなかで、直接この経験を伝えはしなかった。が、彼が民族意識について語る言葉のなかには、これに類似した無数の体験が、苦渋とともにこめられている筈である。たとえば次のような一節だ。

「アフリカの一部の地域には、黒人にかんして苦情を述べたてる温情主義(パテルナリスム)が、また黒人は論理や科学をうけつけぬという西欧文化に由来する卑猥な思想が、むきだしのまま君臨している。ときには黒人少数派が、半奴隷状態に閉じこめられていることさえ認められ、このことは、黒いアフリカ諸国が白いアフリカ諸国に対して抱いているあのような慎重さ、つまりは不信の念を、正当化するものである。黒いアフリカの一市民が白いアフリカの大都市を散歩していて、子供たちから『ニグロ』呼ばわりされたり、役人たちからニグロ・フランス語(片言のフランス語)で話しかけられたりするのも、稀なことではない」

［『地に呪われたる者』第三章］

ファノンは黒人だった。すべてはそこからはじまっている。だが、彼は決して、虐げられ辱しめられた「ニグロ」として、その生を開始したわけではない。なるほど彼の祖先は、一七世紀中葉以来、セネガル、ギニア、アンゴラなどから送りこまれた黒人奴隷の一人であったろう。原住カリブ族を絶滅し、その血と怨嗟の叫びによって「花咲ける島」マルチニックを覆いつくしたフランス人たちは、ある日フランツ・ファノンの遠い祖先を無理矢理に引き立てて、この島に拉致したのであった。しかしマルチニックにおいて奴隷制度は一応一九世紀にうち切られ、この若い奴隷の末裔は、もはや奴隷制度をその記憶の片隅にもとどめてはいなかったのである。事実ファノンはこう語っている。

「マルチニックにおいて、執拗な人種差別の立場を認めることは稀である。人種問題は経済的差別によって覆いかくされている」

「黒人労働者は、混血労働者の側に立って、黒人ブルジョワに対立するだろう」

〔「アンティル人とアフリカ人」『アフリカ革命に向けて』所収〕

ファノンは自己を黒人と見なすのではなくて、アフリカの黒人よりも「開化」（évolué）した、白人に近づいた者として自らを見なしていた。ニグロとはセネガルにいる黒人であって、決してマルチニックにいる筈はない——このことをファノンは幼少期から徹底して叩きこまれる。そこに『黒い皮膚・白い仮面』という標題の意味があることは疑いなく、またその第六章は、ターザンや白人冒険家の物語によって養われたファノンがいかに白い仮面をつけ、いかに白人となってゆくか、いかにセネガル人へのいわれなき優越感を獲得してゆくかを、明晰に物語っている。マルチニック生まれの黒人とは、己れを白人と錯覚するまでに白い「文化的強制」を蒙った人間、いわば力づくで白人文化に犯された人間であり、「集団的無意識」による自己否認を通じて白人化の冒険をとことんまで遂行する者の謂である。

しかしこれはニセの白人である。なぜならまさしく彼らの皮膚が黒いからだ。彼らも内々それを知らぬではない。だがそれが明らかになるのは、真の白人世界すなわちヨーロッパに住むヨーロッパ人との接触を通してである。「本国」のヨーロッパ人はこの「開化民」たちが白人であるどころか、一介のニグロにすぎぬことを露骨に示すのだ。それもすべてが彼らの身を覆うこの黒い皮膚のためであるとすれば、彼らは自己の皮膚を激しく憎悪せずにはいられない。しかしこの憎悪とは何だろう。彼らは嘗て白人に強姦され、その文化を強制され、己れを白人と見なすまでの自己欺瞞を余儀なくされた。いま彼らにその皮膚を意識させ、それを悪と同視させ、つまりはこれを憎悪の対象たらしめるのは、またしても白人であり、常に白人である。嘗て彼らは白人の文化・白人の言葉によって、自己を自己ならざる者、つまりは他者にさせられた。いま彼らは真の白人世界に接することにより、白人にとっての憎むべき他者に変貌する。ニグロは白人の目を通して自らを眺め、恥じ入り、己れを断罪し、これに憎悪を抱くのだ。

以上がマルチニック島の黒人——とりわけその数パーセントにすぎぬファノンのごときエリート——の根源的なドラマであり、ここですべてが他者の次元で進行することは容易に見てとれる。白人となることによって黒人を裏切り、黒人にとっての他者となった彼らは、その皮膚によって白人からも他者と見なされつづけているのであり、しかもそれらすべては彼らの手の届かぬところで、他人の手中で行なわれるのだ。彼らは引裂かれ、二重に疎外され、アイデンティティを失った存在だ。しかもそのすべての起源にあるのは西欧である。したがってファノンは生涯にわたり、その黒い皮膚をひっさげて西欧と格闘することになるだろう。

さてファノンは、西欧の「文化的強制」を初めて自覚したのが一四歳のときだったと証言している。それはまた、彼に深い影響を与えた同じマルチニック島出の詩人エメ・セゼール作『帰郷ノート』の相当部分が、『ヴォロンテ』誌上に発表された年でもあった。当時セゼールはまだパリのエコール・ノルマル・シュペリウールに学ぶ学生だったが、やがて本当に帰郷し、ニセの白人たることから完全に脱皮した一黒人として、ファノンら「〈裏切り〉の頑強な鴉」たちを叱咤することになる。ファノンにとって、自分と同じくエリート中のエリートであるセゼールが「文化的強制」を逆にとらえ返す姿を目撃したことは、甚だ幸運でもあり、また決定的なことでもあった。だが彼自身の自覚の過程は決して直線的なものではなかったであろう。とりわけ私が別のところで指摘したように、「文化的強制」を否定しようとするファノンのあらゆる試みに、必ず当の「文化的強制」が、すなわち黒い白人の特徴が滑りこみ、それが彼の解決をくすねとって行ったことは、是非とも指摘しておかねばならない。その悲劇的な例は、大戦中にファノンがフランス軍隊――マルチニック黒人の疎外の元兇たるフランスの軍隊（！）――に、自ら志願して参加したことだろう。このとき彼はまだ二〇歳にもなっていない。

　のちにファノンは一九五五年二月の『エスプリ』誌に発表した「アンティル人とアフリカ人」なる一文中で、第二次大戦、とくにフランスの敗戦と大量のフランス水兵のマルチニック島滞在が、黒人の自覚をうながす重要な契機だったと述べている。それ以前のマルチニックでは、すでに述べたように人種差別は隠蔽され、マルチニック黒人は「準本国人」であった。しかしフランスの敗戦はこの状態を一気に変化させた（これについてはファノン以外にも、たとえばジルベール・グラチアンという人物の証言がある）。降伏して西インド諸島に封鎖されたフランス艦隊から、マルチニック島の中心地フォール・ド・フランスだけでも、ゆき場を失った一万人近い水兵が吐き出され、しかも彼らは四年間にわたり何の仕事もなく、ひたすらその人種主義者の本性を発揮して黒人の激しい反感を呼んだのであった。[*1]それだけではない。彼らはド・ゴールらの「自由フランス」によって、武器もとらずに降伏した「裏切者」と非難される連中である。したがって彼らに対する黒人の反応が、白人－黒人という対立とともに、いやそれ以上に、裏切り－愛国という地平で行なわれたことを理解するのは困難でない。真のフランス人とは人種主義者でない、しかるにこの水兵たちは人種主義者であり、それもまた当然だ、なぜなら彼らは国を売った者であり、ドイツ人と等しいのだから――こう語るファノンのなかには、「本国」を守るべく、また白人に対抗して白人文化を守るべく、ドイツ人ないしはニセのフランス人と必死に闘う黒人の姿が見られよう。そして志願－従軍という若いファノンの不可解な行動も、私にはこのような白い黒人の反応をそのまま映し出しているように思われてならない。ファノンが『地に呪われたる者』第四章に引いているケイタ・フォデバの詩に読みとった重要な一つの意味もまた、過去の己れの体験に対する苦い反省ではあるまいか。

従軍という行動は、ファノンのうちに滲透したフランス文明の根強さを物語るが、しかし彼が提示

＊1　戦前・戦中のマルチニック島の住民数は、統計の不備から正確に数字を上げることができないが、二〇万に達してはいなかったようである、そのうちヨーロッパ人は、ファノンによれば約二〇〇〇人であるというが、他方混血の数の多いのも一特徴だったように思われる。いずれにしても、フォール・ド・フランスだけで一万人の水兵というのは、きわめて異常な事態だったにちがいない。

する他のあらゆる解決もまた白い黒人の刻印を捺されていた。たとえば彼は「世界を理性化し、白人が誤っていることを示したい」と言う。ところが理性とはまさしく白人のもの、つまりは人種主義者のものであり、理性による解決など到底望み得ぬことは明らかだ。理性を通して偏見と差別をなくそうとしても、理性こそその偏見と差別を生み出した当のものに他ならないのであるから。他方彼がネグリチュードに全面的に傾倒し、それを盲目的に生きようとするときに、これまた「開化民」独特の態度であることは容易に理解することができるだろう。それというのもファノンは黒人であって黒人でなく、彼の根源的体験とはこの二重の疎外に他ならなかったからだ。白人に救いを求めて得られなかったファノンは、今は一気に黒い皮膚に救済を求めるべく、盲目的にそこにとびこんだのであった。つまりはネグリチュードのなかに絶対に自己を失い、他の一切を「知らぬことが必要だった」。その意味では、ネグリチュードそのものが、サンゴール、セゼールなど、西欧化した黒人を旗手としたものであることに注目する必要がある。ネグリチュードとは「開化民」の選択だ。だからこそファノンはのちに『地に呪われたる者』のなかで、これを「苦悩の、不快の時期」と呼び、己れの種族の文化的復権を通じて民衆のもとに復帰する原住民知識人は「異邦人のごとくにふるまっている」と断言しているのであって、この言葉を記したファノンは明らかに、過去の己れのネグリチュードへの投入が結局は「異邦人」のものでしかなかったことを思い返していたにちがいない。

3

従軍、理性化、ネグリチュード――どちらを向いても黒い白人は絶えず自己のうちなる西欧につき当り、解決はことごとく封じられていた。ファノンは西欧を幼少時からとらえていたけれども、「とらえるとはとらえられること」であり、実はすべてを譲渡しつくし、その魂までも売り渡していたのであった。出口を失ったこの黒人には、今や意識的に西欧そのもののなかにふみこみ、敵にとらえられることによって敵の武器を奪う以外に方法は残されていない。この武器を与えるのは、第一にサルトル、第二に精神医学であるだろう。そしてこれを自己の武器たらしめることを教えるのは、詩人セゼールであるだろう。その意味で、セゼールの位置は決定的であり、彼はファノンとともにマルチニックの生んだ本格的な思想ゲリラと言うべきである。

サルトル－ファノンの出会いは、まずサルトルの『ユダヤ人問題』によって、だが何よりも「黒いオルフェ」という一文を介して行なわれたと思われる。『ニグロ・マダガスカル詞華選集』に付せられたこの序文は、一九四八年に発表されたものであって、これをファノンがどのように受けとったかは『黒い皮膚・白い仮面』の重要な主題の一つであるが、ここで見誤ってならぬのは、サルトルに対するさまざまな批判にもかかわらず、また当時ひたすらネグリチュードに没入していたファノンが「ニグロの源泉を涸らす」サルトルの一文に深い傷手を負い悲鳴をあげているにもかかわらず、全身でそれを受けとめようとしていることだろう。この点にかんし、嘗て私は『黒い皮膚』第五章の終節を引きながら次のように書いた。

「これは、決してサルトルを批判しながら黒い皮膚にしがみつく一黒人の姿ではない。そうではなくて、第一の白人文化の否定につづく第二の黒人であることの否定を、すさまじい力でやりとげようとするドラマであり、二重の他者化が要求する二重の否定を一息に受入れようと試みて傷手を受けた者の訴えである。あるいは一人の〈開化民〉が、〈開化民〉たることの自覚から一旦は黒人としての全的な自己肯定に身を委ねたのちに、そこから再びむりやりに身を引剝してゆく記録であり、二重の疎外にさらされた〈開化民〉が、その疎外ゆえに最も原本的な態度に近づくべく格闘する姿だと言ってもよい」

実際ファノンが『黒い皮膚・白い仮面』の結論で、「私は黒人である権利を持たない」と語るのは、「黒いオルフェ」を完全に消化してその先に越え出た者の声だと言うことができるであろう。

ファノンの内面の問題としては、今も私はこの文章につけ加えるものを何も持っていない。が、ファノン－サルトルの出会いは今にして思えば歴史的な意味を含んでおり、第三世界と西欧の葛藤を最も豊かに示すものだと考えられる。事実ファノンがサルトルに見たのは決してネグリチュードを語る白人のみではなく、またサルトルがネグリチュードに見たのは決して黒い世界だけではない。それというのもサルトルにこの文章を書かせた契機こそ、西欧に「とらえられた」セゼールだったからだ。サルトルにとってセゼールは、西欧の生んだシュールレアリスムを第三世界に接木した人物であり、彼は逆にセゼールによってシュールレアリスムの革命的な意味にはじめて目を開かれたのであった。実際シュールレアリスムとは、それがいかにヨーロッパ的な産物であり、ヨーロッパの発する悪臭に染まったものであろうとも、根本においては支配階級の道具である言語への挑戦を通して一つの「革命」をのぞんだ運動であって、言葉によって伝統的な西欧に訣別しようと試みるきっぱりとした政治的選択だった。それが「自動筆記」の意味であり、この根本にある選択を欠いた自動筆記やシュールレアリスムは、ただの茶番でしかない。だからこそブルトンは、東方と革命への夢――それはまだ夢でしかなかったが――を、次のような言葉で語るのだ。

「東方よ、勝者東方よ、象徴的価値しか与えられていない東方よ、私を勝手に処分してくれ。怒りの東方よ、真珠の東方よ！（……）来るべき〈革命〉のうちに、お前の方法を認めることを許してくれ」

［「現実稀少論」一九二四年］

ファノン同様フランス語しか書けずまた解せず、白人文化に骨までしゃぶられたエメ・セゼールは、このような西欧内部から発せられた西欧否認を媒介としてそのアイデンティティを回復していった。

だからこそ彼は「自己を否認しようとする不安な欲望のごとくに彎曲した群島」であるアンティル諸島に覚醒の檄をとばし得たのであり、自動筆記を自己の武器たらしめ得たのである。サルトルが垣間見たのはまさに歴史のこの局面だった。一方ファノンはそのサルトルをさらに越えて、やがては革命的な実践のなかに進み出るだろう。そしてサルトルはさらにまたファノンを媒介として、第三世界の革命主体の前にぶざまに身を横たえている客体としての西欧を否認してゆくだろうし、それは西欲の本格的な変革のために避けて通ることのできぬ一段階を形作るだろう。こうして西欧を否認する西欧と、数世紀にわたって西欧に否認されたニグロとの邂逅は、ブルトン↓セゼール↓サルトル↓ファノンを介して、単なる詩表現から世界革命へと昇華してゆくのであり、その観点から見るならば、セゼールの『帰郷ノート』にブルトンが、またファノンの『地に呪われたる者』にサルトルが、それぞれ序文を寄せていることの意味は大きいと言わねばならない。

さて、ファノンが西欧から盗み出した第二の武器とは、既述のように精神医学であった。第二次大戦後、いつのころからか彼が没頭した精神医学は、革命家ファノンの形成に欠くことのできぬものだった。のちに彼はラコストあての辞職の手紙に書くだろう、「もし精神医学というものが、人間が自己の環境の異邦人でなくなることを可能にしようと試みる医学的技術であるならば……」と。しかしこのときすでにファノンは、患者を秩序に適合させるのは問題にならぬこと、現状においてニグロが（また植民地原住民が）環境の異邦人たるを脱する道はあり得ぬことを知りぬいていた。なぜならファノンが錯乱の患者に見たものは、個々人の特殊性にもかかわらず、常に彼らを狂気にひきこんでゆくところの全体的構造であり、社会構造そのものであったからだ。しかも彼は決して「正常」な医師として患者に接したわけではない。ファノンは言う。

「科学的客観性は私に禁じられたものであった。というのも、疎外された者、神経症患者は、私の兄弟であり、姉妹であり、父であったからだ」

つまりファノンが患者の狂気を通してのぞきこんでいるのは、彼自身の狂気だ。また彼が「精神分析学者として、私は患者の無意識を意識化すべく力をかさねばならぬ」と語るとき、彼は同時に自己の「無意識」を意識化すべくつとめているのだ。しかも一切のニグロの狂気（あるいは植民地原住民、ないしは「本国」の少数民族の狂気）が、その全体的構造を照らし出すものであるならば、意識化とは、この構造の変革に進み出ることでしかないだろう。そしてこのとき再び先導に立つのはセゼールである。『黒い皮膚』と『地に呪われたる者』の双方に熱狂的に引かれているセゼールの「反逆者」の放つ暴力的イメージが、そのことを物語っている。セゼールとファノン――この二人の黒人エリートは、いずれも飢えに発したものではないが、飢え同様に堪えられぬ白い暴力を毛孔の一つ一つから肉体にしみ通らせつつ、それに全身の黒い怒りを対置させ、またそれを「暴力」のなかに解き放ってゆく人間である。前者は破壊的であるとともに建設的でもある詩の暴力に、後者は社会構造を変革するための暴力に。『黒い皮膚・白い仮面』は、したがって、ファノンの狂気と不可能性の記録であるとともにに、その意識化の過程であり、以後の行動と一〇年後に書かれる暴力論・革命論との基盤を形作るものであった。それはファノンを革命の王道へと誘う導きの糸であった。

4

だが、ファノンの革命理論は、故国マルチニック島ではなくて、北アフリカとの出会いによって初めて可能となったのである。それは彼の主体的実存的世界が、客観的情勢とふれあう瞬間であった。おそらく彼が北アフリカを最初に知ったのは、第二次大戦に従軍したときであろう。そのときの体験は、わずかに『地に呪われたる者』第五章に付けられた「民族解放戦争における北アフリカ人の犯罪衝動性」の一節でうかがい知ることができるばかりである。また一九五二年二月号の『エスプリ』誌に「いわゆる〈北アフリカ症候群〉」を書いたときも、ファノンの立場はまだ明確でない。なるほど彼はこのなかで、フランスに住むアフリカ人の症候が、決して天性の体質から発したものではなく、その根源がフランスの人種差別にあることを言切っており、その主張は一貫して以後の行動につづいてゆくが、この一文で彼が「われわれ」と言っているのはフランス人ならびにファノンなのだ。つまり彼はまだ「準本国人」としてふるまっていると言ってもいい。その彼が真に北アフリカ人の立場に立つためには、アルジェリア革命を待たねばならなかった。

さて、『黒い皮膚』出版の翌年にファノンが赴任したアルジェリアのブリダ・ジョアンヴィルは、

『黒い皮膚』の意味を具体化する舞台となった土地である。折しも勃発したアルジェリア革命が、ファノンの勤務する病院にも襲いかかってきたからだ。植民地戦争はその固有の病人を作り出すものであり、拷問を受けて肉体と精神をボロボロに破壊された原住民が、また拷問を行なうことによって自己を廃人と化したフランス人が、ブリダの病院には頻々と送りこまれてきたのであった。ファノンはその治療に専念した。だがフランス人を治療するとは、彼らが職務を放棄せぬ以上、心安らかに拷問する術を授けることに他ならず、また原住民を治すとは、植民地社会に同化させ、つまりはこれを承認することにすぎない。その上これは不可能事だ。すべての原住民は、「絶対的人格崩壊」の状態に生きていたからである。他方ファノンはFLNの闘士たちを自宅や病院にかくまい、組織の拡大に力をかし、ひそかに拷問に堪える方法さえ編み出さねばならなかった。ファノンはこの矛盾に苦しみつづけたのちに、ついに医師の職を辞してFLNに投じ、国外に逃れ、かくて亡命と地下運動のうちにその新たな闘争の日々を開始する。このとき彼は三一歳である。

ブリダを逃れたファノンはフランスに潜入し、フランシス・ジャンソンの家にかくまわれる。ついでチュニスに赴き、そこに本拠をかまえていたFLN指導部に会い、さらにアルジェリア臨時政府成立後はガーナ大使をつとめたのをはじめ、アフリカ各地の会議に臨時政府を代表して出席することになる。とりわけファノンの行動のなかで無視できぬものはFLN機関紙『エル・ムジャヒド』の編集にたずさわったことであって、この黒い知識人はたちまちにして戦うアルジェリアの情報・言論活動の中心的な存在となった。

これは一見奇妙な事態である。奴隷の末裔である一黒人が、生地を遠く離れ、しかもことによると自分の祖先をフランス人に売りとばしたかもしれぬアラブ・ベルベール人にまじって、マルチニックならぬ他の民族や祖国を語り、「FLN以上にFLN」とまで評されたのであるから。だがこれをいぶかる必要は何もない。第一にこれは彼の闘いであり、彼自身の解放だったのだ。われわれはすでに白い黒人ファノンが、己れの存在を徹底的に否認しようと悪戦苦闘するさまを見た。また彼の努力の一切が、二重の疎外の意識化と、それを越えることとに集中されていたのも知っている。この否定と超克の矛先を、知識人ファノンは絶えずわが身につきつけていた。暴力的に、と言ってもいい。そしてこのように自己に対するきびしく熱い否認と解放の欲求が、己れの存在を作り出したフランス帝国主義への激烈な怒りを培うとともに、すべてを可能にする植民地人民の戦いの現場へと彼を否応なしに引き寄せるのだ。なぜならこれら「地に呪われたる者」たちこそ、社会構造の変革主体であり、ファノン自身の解放も一にそこにかかっているからである。この点にかんして私はたとえば次のような彼の言葉に注目したい。

「しかり、原住民詩人の第一の義務は、自己の創造の主題・民衆を明確に決定することである。自己の疎外を意識せぬかぎり、決然と前進することはできない」

「いわゆる闘争の時期が来ると、それまで民衆のなかに埋没し、民衆とともに自己を失おうと試みていた原住民（知識人）は、今や逆に民衆をゆり動かそうとする。民衆の惰眠に特典を与えるのではなく、自ら民衆の覚醒者になり変るのだ」

ここには明らかにファノン自身の姿がある。

第二。ファノンは民族主義政党であるＦＬＮに投じたとはいえ、彼自身は断じて民族主義者ではなかった。なるほどのちに彼はその著書で、しばしば「民族（ナシオン）」を語るだろう。また彼のいう「ナシオン」は甚だ多義的であって、ときには「国民」、ときには「国家」と訳せる場合もあるだろう。だがその根底において彼は「民族（ナシオン）」を「民衆」「人民」と同視しているのであって、それが「民族（ナシオン）」とも表現されるのは、一方では部族主義という実体が、他方では一気にアラブ・ニグロといった抽象に至る道が、いずれも民族を越えるどころか、必然的に過去に逆行する運命であったからだ（それは『地に呪われたる者』第四章に、文化の問題として詳述されている）。つまり彼の参加した闘争の局面においては、民族＝人民こそが闘いの主体だったからであり、それは今日なおヴェトナムを中心として継続しているのだ。くり返して言えば、彼は民族主義とは程遠い。むしろ彼は民族主義に対して、「民衆全体がその胸にふかく秘めた願望の整然たる結晶」としての、また「民衆動員の生み出す最も具体的成果」としての、民族意識を対置させる。そしてこれは直ちに「政治的社会的意識」に、「人民による人民のための統治、恵まれぬ者のための恵まれぬ者による統治」に、つまり真正の社会主義につながり、且つまたインターナショナリズムに直結している。すなわち、

「民族主義ならぬ民族意識は、われわれにインターナショナルなひろがりを与える唯一のものだ」

さて、ファノンにおいて、この民族的段階とインターナショナリズムはどのような関係におかれていたであろうか。そう考えると、ここに彼のパン・アフリカニズムが浮かび上って来る。彼はアルジェリア民族の解放を、現実的なアフリカ大陸の解放としてとらえていたのであって、そのことを『エル・ムジャヒド』の論文のなかでくり返し明確に述べているのだ。アルジェリアとはこの大陸解放という目標のための「主導地域」である、いや一つ一つの解放された地域が、大陸解放のための案内人であり、激励であり、未来への期待であるべきだ、と彼は主張しているのである。一九六〇年、ファノンは次のようにそのノートのなかに記している。

「アルジェリアをアフリカ（中南部）各地にもたらしたのちに、全アフリカとともに、アフリカのものなるアルジェリアへ、北方へ、大陸都市アルジェへとさかのぼること」
「アフリカ統一はひとつの原理であり、そこから発して、戦争と喪の行列を伴うブルジョワ的・愛国的・民族的局面を経ることなく、アフリカ合衆国の実現を考えることができるのだ」

これは、ファノンがマリからアルジェリア南部国境を通過して国内ゲリラに武器を搬入する計画を提案し（モロッコ、チュニジアとの国境は、仏軍によって厳重に警戒されていた）、そのためにサハラに基地を設けるための視察に派遣された、その困難な旅行中のノートの一節である。ファノンはこのときアルジェリアを通して、単にアフリカ大陸だけではなく、世界革命をはるかにのぞんでいたであろう。

ファノンが、パン・アフリカニズムの急先鋒であったもう一人の「開化民」ルムンバの死を心から悼んだのもそのためである。とりわけファノンはアフリカ諸国がコンゴの国連軍に自国軍隊を送ったことを、歯がみをして口惜しがっている。ルムンバを挫折させたのは国連軍の介入だ、アフリカ諸国は国連軍にではなく、直接ルムンバの許に軍隊を送るべきだった、これをしなかったのは道徳的・歴史的敗北であり、屈辱である、それはわれわれの屈辱だ。ファノンはその「ルムンバの死――われわれに他の行動はあり得たか」という一文で、このように語ったが、これは彼のパン・アフリカニズムからすれば当然の言葉であるだろう。その文章は次のように結ばれている。

「もしわれわれがギゼンガを支持すると決めたなら、それを決然と貫かねばならない。それというのも何ぴとも、次のルムンバの名は知らぬからだ。アフリカには、ある数の人びとに代表される一種の傾向がある。帝国主義にとっては、この危険な傾向こそ問題だ。このことをわれわれは絶対に忘れまい。コンゴにおいて賭けられているのは、われわれみなの運命なのだ」

まさしく帝国主義者には、この傾向こそ問題だった。FLNの内部にあってそれに黒い息吹きを吹込み、FLN指導部の民族主義を乗りこえた地点で民衆をゆり動かし、社会主義革命をアフリカ全土に広げようとするこの男は、彼らにとって怖るべき存在であり、ルムンバ同様に抹殺さるべき存在となった。ファノンはしたがって、常に身辺の警戒を余儀なくされた。もとよりこれは当時のFLN活動家の共通の配慮だった。そのころパリにいた私は、彼らの生活の一部をよく知っているが、そこには絶えずむき出しの暴力と緻密な計算が同居していた。資料や身分証明書の隠匿、アジトの開拓に、彼らが細心の神経を使っていたことは言うまでもない。だがファノンの場合はその生命が風前の灯であった。一九五九年秋、彼の同乗するジープは、アルジェリアとモロッコの国境で地雷にはねとばされ、彼は脊椎の負傷を含めて一二の複雑骨折を受けている。これはあるいは偶然の被害だったかもしれない。だが、ある日ローマ空港に彼が降り立ったとき、偶然とはいえぬ事故が起こった。彼の乗るべき車が、突然に爆破されたのである。彼の友人は、これを、当時カメルーンのムミエをはじめとして、片っ端から左翼指導者を狙いうちにしていた暗殺団「赤い手」の仕業としている。このときも爆発がいくぶん早すぎて彼は無事だったが、代りに道で戯れていた二人のイタリア人の子供が犠牲になった。またあるときは、彼のベッドに自動機関銃が乱射された――ところがその日に限ってどういう勘が働いたのか、たまたま彼は部屋を変えていたので、弾丸は無人のベッドを射ぬいたのであった。ファノンは狙われていた。しかもその一方で、彼の肉体は内部から白血病によって冒されていた。彼は自分の生命が長くないことを知っていたのである。知るとはこの場合、全力を挙げて事実を直視しつつ、残されたわずかな期間に、己れの実存を精魂傾けて生きることだ。知るとは絶えず意識化し且つ実践することだ。『アルジェリア革命第五年』が、とりわけ『地に呪われたる者』が書かれたのは、そのような時期だった。そしてファノンはみるみる瘦せ細っていった。しかも、またそれ故に、彼は先を急がねばならなかった。闘いの客観的条件と彼の主体的条件は、一刻も早くこれらの書物を世に出すことを求めていたからであり、彼の実存そのものが日々に歴史を作っていたからだ。むろん、これはファノンならずとも、あらゆる生者が身に負うている条件である。だがそれにしても、私は死を前にして、これほど激しく歴史を生きた者は少ないと思う。ファノンにとって、死とは、残された生をいかに生きるかということだった。彼には事実、生のみが問題だった。一九六一年春、ローマでサルトル、ボーヴォワールと邂逅した彼は、暁方近く長時間の議論にヘトヘトになったサルトルの身を気づかって、もう寝んではどうかと提案するボーヴォワールに、断乎として言い放っている、「おれは生をけちけちする奴が嫌いだ」と。また彼が親しいギュイヤーヌの医師にこう語ったのもそのころである。「おれは一四キロも瘦せたよ。それで、あと三、四年しかないことが分ったんだ。大いそぎで、できるだけ多くのことを言ったり、実行したりしなければならなかった。（……）おれは『地に呪われたる者』を書上げたところだが、本当はもっと別なものを書きたかったんだ」。

三、四年というのはまだ余りに楽観的にすぎる言葉であった。疾患はソヴィエトでの治療で一時小康を保つかに見えたが、やがて確実に進行していった。彼が治療のためにアメリカに渡ったのは一九六一年一一月であったが、それからひと月後の一二月六日には、三六年の生命はもう終っていたのである。その死は病死であった。だが彼が生命を縮めたのはまさしく闘いのためだったし、それは植民地主義――なかんずくフランス帝国主義――のために、彼にも歴史にも不可欠なものとされた闘いだった。その意味で彼はフランス帝国主義によって惨殺されたと言ってもよい。フランスはアルジェリアの社会主義化とアフリカの統一を妨げるために、多くの革命家を冷やかにほうむった。ファノンはその最大の者の一人である。もとより彼が生きつづけ得たにしても、アルジェリアの社会主義化は、またアフリカ合衆国の構想は、難事中の難事であったろう。が、彼の死は、その希望に大きな打撃を与え、帝国主義者をほくそ笑ましたにちがいない。私はいま、自分にここ数年のあいだ絶えず荒々しい声を響かせ、私を叱咤してきたファノンにかんするこの文章を、その死に最大の責任を負っている町パリで書きつづけながら、「ますます猥褻化してゆくナルシシスム」のこの町に、その「世界に冠たる」文化の擁護者たちに、大多数が意識的無意識的な人種主義者である道ゆく人たちに、腹の底から憎悪がこみ上げてくるのを抑えることができない。彼らが鼻先にぶら下げている大文字の「文化」こそ、植民地主義の成立基盤であり、ファノンの生と死を形作ったものだからだ。

　ファノンの死後、その遺体は直ちにチュニスに移された。そして簡単な葬儀ののちに、小人数の解放軍戦士に守られてひそかに国境をこえ、ファノンが最後に選んだ闘いの場所アルジェリアの大地に、遠く砲声のきこえるさなかで埋葬されたと伝えられている。

5

『地に呪われたる者』はこのように、ファノンの闘いに対する最後の執念に支えられて書かれたものだ。そして、たとえ彼が別のものを書きたかったと言おうとも、これが否応なしに彼の生涯の総決算であるのは当然であり、しかもこれは同時に現代世界革命の声ともなったのである。このファノンの主著について言いたいことは多いが、私はそのなかからただ二つの最も重要と思われる点についてのみ述べておきたい。その一つは彼の暴力論の問題点を整理しておくことであり、もう一つはその暴力の根底にある人間論についてである。

　ファノンは植民地原住民の行使する暴力を語った。ファノンと言えば直ちに暴力と結びつけられるほどに、彼が暴力の理論家であることは知られている。しかし暴力は、ただそれだけを抽出するならば、そこに必ず人間否定・他者否定の契機を含む以上、常に挫折をはらんでいると言わねばならない(これにかんして、フランス語のviolenceと日本語の「暴力」のちがいもあるが、今はそれに立入らぬこととする)。にもかかわらずファノンが圧倒的に暴力を語り得たのはなぜか。その特徴をいくつか指摘しておくならば——

　一、根本にあるのは、植民地的秩序こそ暴力そのものだという観点である。この意味においてのファノンの暴力は、資本主義社会の暴力論を描いたジョルジュ・ソレルのいわゆる権力(フォルス)(force)に対応する。むろん権力機構の行使する暴力は、その本質において資本主義社会も植民地も変りない。だがファノンはこれを「フォルス」と表現する気にもなれないのだ。それというのも、資本主義社会においては、権力と被搾取者のあいだに、法、選挙、議会、民主主義、「公正中立」な朝日・毎日・読売新聞、教育などが入りこみ、資本主義体制という巨大な暴力の隠蔽に躍起となっているのに対して、植民地においては暴力が肉体的に、また加工されぬ形で、むき出しのまま示されているからだ。要するに、ファノンの暴力論の根源にあるのは、植民地的秩序という名の暴力である。これは自明のことだが、はっきり確認しておかねばならない。

二、植民地原住民は、この第一の暴力を内面に蓄え沈殿させる。それはまず同胞への攻撃となって現われ、また神話・魔術の世界となって発散される。これはまだ革命の暴力とは程遠い。それればかりか、或る場合にはまるで正反対の役割すら果すものかもしれない。だが、このように原住民の暴力ないしはそれに代るものが、植民地主義の暴力によって作られたものであることを正確に見抜いたのは、ファノンの慧眼であり、それを彼は己れが内面化した暴力を通して見出したのであった。原住民の暴力は植民地主義によって作り出されたものだ。そしてこれは独立後も、植民地主義の残滓が一掃されぬ限りつづくであろう。私に言わせれば、インドネシアに荒れ狂った白色テロの嵐もまた、ファノンのいわゆる暴力の一形態である。

三、しかしこれはまた第一の暴力をうち破るために、植民地においては不可欠のものともなる。そのうえ、原住民が暴力に全身を犯されている以上、ファノンはそれを美化する余裕もなければ、暴力か非暴力かといった議論に費す時間もない。被抑圧者の行使する暴力は目の前にある。またそれが革命の起動力となり得ることは、『地に呪われたる者』を書いた当時、キューバでまたアルジェリアで実証されつつあった。現在のヴェトナム人民の闘争も明らかにそうであって、いかなる非暴力主義者といえどもこれを暴力でないと言いくるめることはできない。そうだとすれば、原住民の暴力が全体的過程のなかの一要因として根源的な暴力をうち破る「用具」となり得るときに、それが威力を発揮することを主張すれば足りる。ファノンが行なったのはそのことであった。その点では、彼が批判的に引いているエンゲルスもまた、異なった意見を持っているわけではない。エンゲルスは有名な一節で述べている。

「だが、暴力は歴史上でもう一つ別な役割、革命的な役割を演ずるということ、マルクスの言葉でいえば、それは新しい社会をはらんでいるすべての古い社会にとって助産婦であること、それは社会運動が自己を貫徹し、そして硬直し死滅した政治形態をうちくだくための道具であること——これについてはデューリング氏は一言も語らない」〔『反デューリング論』栗田訳〕

四、だがそれを語るためには、暴力がいつどこでどのような形で爆発するかを明らかにすることが必要だ。ここでファノンが、植民地の農民に、この「最もおくれた者」の存在に注目していることは、周知のとおりである。だがそれと同時にファノンは、都市に住むインテリ分子、あるいは下部から指導層に参加した革命分子と、農民との出会いを強調しており、その過程を克明に記述している（第二章）。農民は植民地の革命主体であり、一方都市分子は、都市を逃れて人民（農民）の学校に身を置くことにより初めて生かされるところの起爆剤である。また一旦農村に勃発した革命の波は、ルンペン・プロレタリアートをつかむことによって都市に滲透する。これはファノンが中国・キューバの経験から、だがなかんずくアルジェリア革命から得た教訓であるが、それが同時に資本主義国の革命主体たる労働階級とその同盟軍の関係に、理論的・実践的な課題を提出していることは言うまでもない。

五、ファノンの暴力は、物質的・精神的な価値の全面的逆転と不即不離である。その意味で、暴力は部分的改良や理性による説得（つまりは現存価値の温存）と真っ向うから対立する。ファノンは植民地の現状をいささかでもとどめる限り、文化も人間性もあり得ぬことを確信しているのであって、言いかえれば価値逆転の暴力とは、暴力によって暴力の廃絶された世界を、即ち人間の全的解放を、志向するものだ。「原住民は暴力を通じて、自己を解放する。この実践（プラクシス）が行為者に真理を照らし出す。なぜならそれは手段と目的をさし示すからだ」という記述は、その意味に解することができるであろう。

したがってファノンが暴力を、すぐれて有効な方法であるばかりか、のっぴきならぬ道、つまり「絶対的実践」として、あるいは全体化の契機としてとらえていたことは、明らかに見てとれる。だが、ファノンの根本的な主張をただ暴力論のみに限定するのは誤りだ。と言うか、暴力論を軸とした『地に呪われたる者』に、実はその根底を一貫して、新しい人間の創造という一本の太い線が描き出されていることを見失ってはならない。その点で、私が『地に呪われたる者』を読み返すたびに、常に感動を新たにせずにはいられない一節がある。

「ひとつの橋の建設がもしそこに働く人びとの意識を豊かにしないならば、橋は建設されぬがよい。市民は従前どおり、泳ぐか渡し船に乗るかして、川を渡っていればよい。橋は、空から降って湧くものであってはならない、社会の全景(パノラマ)にデウス・エクス・マキーナ(救いの神)によって押しつけられるものであってはならない。そうではなくて、市民の筋肉と頭脳とから生まれるべきものだ。(……)市民は橋をわがものにせねばならない。このときはじめて、いっさいが可能となるのである」

ファノンはこれを革命後の建設の問題として挙げているが、原住民が自己の暴力を通じて解放をかちとるのも、またファノンが「説明」を重視するのも、「知性化」「政治化」を強調し、あるいはセゼールにしたがって「魂を作り出す」と述べるのも、さらには「自然発生性」の限界を百も承知しながら、にもかかわらずその偉大さを力をこめて描き上げ、「自然発生性」なしには何ごともはじまらぬことを言い得たのも、すべてはこの一点に凝縮している。ファノンの思想とは、ひと口に言うなら橋をわがものにする思想である。民衆の一人一人が、橋を獲得してゆく思想である。この直接的な真正の民主主義を、彼は、各自が「民族全体を意識」することだとも説明しているが、ここに彼のいわゆる「全的人間」の中心課題があることは疑いを容れる余地がない。これはもちろん消費社会にひたり切った西欧やアメリカには見出せぬものだ。またいわゆる「民主集中」などという言葉の実体とも程遠い。さもなければ、資本主義社会の革命ははるかに現実の問題となっていたことだろう。さらにまた、このような新たな人間の創造という使命をになって登場した筈の社会主義社会が、決してその使命に忠実でないことは明確になった。おそらくこれら社会主義国を含めて、今後は権力への抵抗者の一部から、新たな人間と新たな社会主義に向かっての長い努力が開始されることだろう。ファノンが生命を捧げたアルジェリア革命も、「橋をわがものにする」どころか、それとは逆の方向に進み出ていると思われる。皮肉なことに、アルジェリア人が今なおしばしば「民族の英雄」に祀り上げているファノンの著書は、独立後のアルジェリアにとって最も手きびしい批判の矢を放っているのだ。

それではファノンの企画は挫折したのか。なるほど彼は一つの闘いに勝利を収め、いま一つの闘いに敗北した。だがその勝利も敗北も、すべては彼の死後に決定したことだった。そして今はまたファノンの新たな勝利が、アフリカ大陸を越えて準備されつつある。私はこれについて語らねばならない。

6

なるほどファノンは一つの闘いに敗北した。独立アルジェリアの社会主義化とアフリカ統一というファノンの目標は、実現からは程遠いものだった。だが他方でファノンの死後、世界情勢の急速な変化に伴って、彼の企図は形を変えて広がっている。アフリカ大陸は、アラブ世界や形式的に独立を達成した諸国の停滞にもかかわらず、決してこのまま現状を固定するとは思われない。が、問題はアフリカ大陸だけではない。今やラテン・アメリカが完全に日程に上っているからであり、それはファノンの提唱を、大陸的な規模において移しかえたものだと言ってもよいだろう。キューバの指導者は、そのおそろしい経済的な困難や指導層の薄さにもかかわらず、ファノンのいわゆる「全的人間」の創造に、すなわち「橋をわがものとする」方向に、超人的な努力を払っていると考えられるが、そのキューバは社会主義国として先進社会主義国に挑戦するとともに、改良主義を激しく批判しつつ、ラテン・アメリカの「先導地域」の役割を果しつつあると言うことができる。

だがそれだけではない。一九六七年夏、ラテン・アメリカ人民連帯機構第一回会議において、ブラック・パワーの指導者カーマイケルがファノンへの全面的共感を示したことは、きわめて意味深い出来事だった。第一に、このブラック・パワーにおいては黒い皮膚が問題であるからだ。円は一巡して、再びファノンの出発点が浮かび上ってくる。だが、完全に重なるわけではない。ファノンの出発点が「文化的強制」であり、彼がそれを行動に超克して行ったとすれば、ここでは出発点からして行動が、ただ行動のみが課題である。武装したアメリカ黒人にとって、暴力はすでに彼らの手中にあり、日常的な現実となっているのだ。そして第二に、ブラック・パワーを通して、今や第三世界が先進資本主義国のなかに持ちこまれ、白人労働階級の革命的分子と結びあって、資本主義国に革命の種子をまきつつあるからだ。ブラック・パワーはその黒い皮膚によって、白いアメリカへの「同化」を拒否することに自分たちの未来を見出そうとする運動と言えようが、この統合拒否こそが資本主義国における革命の可能性を示す唯一の道であることは言うを俟たない。アメリカのニグロたちはファノンの遺志を継いで、白人革命家たちの道を、その黒い燈火で傲然と照らし出しているのだ。

ラテン・アメリカ、ブラック・パワー、そして言うまでもなくヴェトナム、これは過去と現在への断乎とした「ノン」を実現する行動によって、自らの解放に進み出るとともに、先進資本主義国に解放を呼びかけている。そして本年五、六月のフランスを燃え上らせ、ジュネのいわゆる「反逆するパリのやさしさと優雅さ」を示した「五月革命」の本質が、この「ノン」にこたえて自らの拒否を表現しようとする試みであったことは、周知の通りである。その「五月革命」の中心になった若い労働者・学生の行動は、まさしく西欧社会への否認に支えられ、否認のバリケードを築き、西欧文化の全面的瀆聖に進み出たものであった。そしてファノンの行動と著書から圧倒的に響いてくるものこそ、この否認の五月の根源にある力だろう。[*2] たとえフランスの学生・労働者がファノンを読んではいなくとも、すでにファノンの思想は、現実の局面に生かされて、存分にその力を発揮しはじめているのだ。事実『地に呪われたる者』の結論は、まさしく西欧への訣別と「全的人間」の創造とに捧げられているではないか。ファノンは第三世界の民衆の怨嗟と可能性とに表現を与えたその暴力論・人間論によって、西欧的普遍主義・デモクラシー・人間の原理を戦慄させた。そしてこれこそ第三世界だけではなく、西欧の革命の原動力ともなるものであろう。

考えてみれば奇妙な歴史の弁証法である。白人に近づいた黒人、西欧化した黒人ファノンが、まさに西欧化した自己をきびしく問い、且つ西欧からその武器を盗みとったが故に、第三世界の真実を探りあて、それを通じて第三世界のみならず西欧にまで価値逆転の種子をまいているのだ。ここでもま

＊2　これについては拙稿「否認の革命と革命の否認」［本書第Ⅰ部］を参照されたい。なお、第三世界の心理的影響が重大であるにもかかわらず、フランスにおいては未だにそれが思想化されていないのみならず、歴史意識・責任の意識としても不充分であることは指摘しておく必要がある。「五月革命」は第三世界なしに考えられないが、しかし第三世界を真に西欧否認のなかに生かすまでには到底至っていないのだ。その特徴的な一例を挙げておこう。パリ四区に略称ＢＵＭＩＤＯＭ（海外諸県よりの移民発展のための事務所）といわれる建物がある。マルチニック、グァドゥループ、レユニオンからの黒人労働者のための職業紹介所である。ところで大学占拠から工場占拠へと発展してほぼ二週間ほどたったころ、突然この事務所が黒人によって占拠された。壁には「奴隷貿易反対」と赤で大書され、また抗議行動をすればたちまち三〇人の死者が出るという海外県の現状が訴えられた。むろん制度としておおっぴらに奴隷貿易が認められているわけではないが、フランスに低賃金で職を求めにくる黒人労働者の存在は、過去の奴隷貿易が今なお巧妙な差別を形作っている例証である。私はナイーヴにも黒人によるＢＵＭＩＤＯＭ占領に、大学占拠以上の喜びを味わった。ところがこの占拠は、わずか一日半で機動隊につぶされたのである。敵の反応は実に素早く、それはルノーのフラン工場やプジョーのソショー工場に機動隊の入るよりもはるかに前の出来事だった。私は自分の甘さを悔やみ、なぜ学生のピケを要請しなかったかと地団太をふんだ。ところがのちに知ったところによると、黒人たちは学生の応援を求め、ピケ支援の要請にソルボンヌやサンシエ分校に出かけて訴えていたのだ。しかし学生は動かなかった。やがてはフラン工場にかけつけて機動隊による一名の犠牲者を出す学生たちであるが、黒人の訴えには動かなかったのである。そればかりか、ＢＵＭＩＤＯＭ占拠は私の見た限り、学生のビラにただの一行も語られていないのだ。私の知りあった黒人は、みなこの占拠を語っていたが、白人で自分からこれを語った者に私は会ったことがない。これは私の恥の記録だが、五月革命にとっては殆ど表にあらわれなかった根の深い欠陥である。西欧は、さらに西欧否認を徹底させてこの欠陥を越えてゆかねばならず、その道程はまだ決して坦々たるものではない。

た円は一巡しながら、過去をはるかに越え出ている。それというのも、第三世界に激しくゆすぶられて、今や再び二〇年代の西欧が、新たな意味を持って国際情勢のなかに登場してくるからだ。私はさきに、ブルトン↓セゼール↓サルトル↓ファノンの関係を語ったが、六八年五月のフランスでは、再び二〇年代のシュールレアリスムが、それも芸術運動としてではなくアクチュエルな政治の課題として浮かび上っている。ソルボンヌ大学の壁に記された「想像力は権力を奪う」とは、シュールレアリスムの再生でなくて何であろう。ここには二〇世紀の革命の重要なたて糸が貫かれている。シュールレアリスムはセゼールとファノンを通して、本格的に現代革命のうちに復活しつつあるのだ。日本においても最近シュールレアリスム復活の声が上がり、ブルトン全集も企画されているときくが、それがもし万が一現代の革命を志向しないものであるならば、そのような企画に一顧の価値もなく、シュールの精神をも歪曲するものと言わねばならないだろう。

7

かくて私の考察は、当然のことながら、ファノンと日本の関係にかえらぬわけにはゆかない。私もいずれ近いうちにそこでくたばる運命にあるからだ。それは決して私が黄色い皮膚をしているからではなくて、結局のところ日本語しか書けずまたしゃべれぬからである。私には、いわゆる「ニグロ・フランス語」すら語ることは困難である。「言葉はその国の息吹きなのだ」と李珍宇は語ったが、私にとっても言語こそ民族を定義する第一の要件に思われる。ファノンが『黒い皮膚・白い仮面』を言語の考察からはじめている理由もそこにあるだろう。ファノンはおそらくフランス語しか書けず、またしゃべれなかったのではないか。彼がともに戦ったアルジェリア人のなかにも、フランス語は書けるがアラブ語の書けぬ人間が少なくなかったろう（ときにはアラブ語の読み書きを、パリで学んだ者もいるくらいなのだから）。彼らは抑圧者の言語を媒介にして手をにぎりあっている。しかも彼らのフランス語は完全なフランス語でない。フランス人のフランス語ではない。私はアラブ人が達者に語るフランス語を、二言三言でアラブ人のものだと推定することができるが、おそらくファノンの語る「開化」したマルチニック黒人も同様だろう。「開化民」とはそういう人間だ。何不自由なく言語を駆しながら、決して真に言語をわがものにしてはいない種族、他者の言語を語っている種族だ。その点にかけては、われわれは「開化民」と程遠い。たとえどんなに西欧化されようとも、われわれが日本人でしかあり得ぬのは自明である。

ところが、われわれのあいだにも「開化民」がいる。それはわれわれが「開化」（？）した連中だ。彼らは日本人ではないが、日本語しかしゃべれず、また書けもしない。しかも彼らの日本語は他者のもの、つまりはわれわれのものだ。あたかもファノンがフランス文明を守るべく第二次大戦に自ら志願したように、彼らは日本を守るべく「鬼畜米英」に怒りを燃やした経験すら持っているかもしれぬ。その一人は、終戦時にアラヒトガミの録音放送に涙したことにふれて、最近筆者に次のような言葉を寄せている。

「天皇の玉音を聞いて泣いたのは、私の感情は日本人のそれと変る処がなかった事と、私の性格（一本気）から云って、天皇のために兵隊に行って死ぬんだ、立派な（？）手柄を……と思いこんでいた時でもあります。ですから、戦後も、アメリカ兵を敵視する感情が取れず、名古屋の中村遊かくで、奴らの車がむらがっているのを見て、日本女性をアメ公などにと云ういまいましさから、タイヤの空気を抜いてやる事で、そのうっぷんを晴した事もありました。又、東京の上空で空中戦を見て、日本機が落とされると、じだんだふんでくやしがり、石を拾って空へ投げる程の激しい敵意を表現したのも、私の感情が日本人化していたという事でしょう」（原文のまま）

しゃべっているのはだれか。一人の朝鮮人だ。いや、一人の半日本人だ。その名前は、金岡安広ないしは近藤安広こと金嬉老ないしは権嬉老である。彼はまたつづけて書いている。

「私が『朝鮮人』として、虐げられた事実は私の記憶の中にも多く残って居りますが、それだけに私は、朝鮮人が嫌いだったし、自分を早く日本人にしてしまいたいと思って、無駄な努力を無駄でないように思い込んでしたのです」（原文のまま）

この言葉が、黒い皮膚をにくんだファノンと重なりあっていることは、今さら言うまでもない。こうして金嬉老は多くの半日本人と同様に、「人種的葛藤を特徴づけるところのあの自己自身への憎悪の核」（ファノン）を知った人間、日本文化にとことんまで犯された人間となる。二重の意味で犯されているのだ。第一に、彼が迷惑しごくにも日本人にされてしまったからだ。幼年時代に母親の語る言葉を通して耳に入れた朝鮮語は、僅かに記憶に残っているが、彼の口をついて出る大部分の語は日本語だ。彼はまず日本語によって、日本語を通じての思考によって、日本のあらゆる生活習慣によって、ついには日本名と軍国主義によって犯された——軍国主義とは天皇と日本人の編み出した、世界に冠たる文化でなくして何だろう——。さらには警察の拷問までがつけ加えられた——彼の受けた「柔道」と呼ばれる拷問の形式は、日本文化の最も洗練された一形式である——。彼が死を目前にひかえた寸又峡で、和歌を記し、そらんじた啄木の歌を書き写すのは、悲劇的なまでに日本人の仕草を示してはいないか。もしできることなら彼は完全な日本人になりたかったことだろう。ところがそれは不可能だ。日本人は常に彼を朝鮮人に、それも貧乏で汚ならしく手くせの悪い朝鮮人にと押し返すからである。ここに日本による第二の仕打ちがある。しかし当初、金は少なくともその主体的な意識において、決して朝鮮人だから盗みをはたらいたわけではない。動機は単純だ。つまり少年は飢えていたのだ。彼は清水の町を流れる巴川べりにおかれたお盆の団子や、ダルマ船のへさきに供えられた正月の餅を、こっそり持ち逃げすることからはじめる。やがて店先の菓子に手が出るようになる。ところがそれが朝鮮人の仕業と結びつけられるのだ。彼は朝鮮人だから盗んだことにされる。何をやっても「朝鮮人だから」であり、「朝鮮人のくせに」であり、たかだか「朝鮮人にもかかわらず」である。要するに、朝鮮人は日本人によって客体化された人種であり、その本性とは悪だ。このように日本人との間に引裂かれ、悪に印づけられた存在として、金嬉老は必死の抵抗にもかかわらず、徐々に悪に向かって行ったのであって、その過程を内面に立入って描くには、おそらく一冊の書物が要るだろう。

盗みは殺人の企てだ、とファノンは書いた。事実、金の悪は殺人にまで昇華した。「おれは悪い人間だ」という観念が解体するときに〈革命〉は前進している、とファノンは書いたが、金においてこの観念が解体するきっかけは、寸又峡であるだろう。寸又峡は金にとって権力逆転の契機であり、悪を一気にかなぐりすてる機会だった。ファノンを生んだマルチニック島が、カリブ族や黒人奴隷の怨嗟を呑みこんでいたものならば、「枕木一本に朝鮮人一人」といわれた日本の土地は朝鮮人の怨嗟に満ちている。その四〇年の半生を含めて金の行動が指し示しているのは、彼を、また民族＝民衆を、引裂き、犯し、ボロ屑のように投げすてたまま恬として恥じぬ日本国家の過去・現在に対する、激烈な否定であり、日本の権力と「同化」「統合」という名の差別とを拒否する意志である。事実、ふじみ屋旅館にたてこもった金嬉老に接触するためには、警察の許可だけでは不充分であって、金の許可が必要だったと言われている。すなわちここには、二重権力のほんの一時的でかすかな芽があったと言ってよい。その芽を支えたのは、ライフル銃とダイナマイトによる暴力であり、「奇妙な人質」と呼ばれる同宿人の存在だった。金はこの「人質」を目に見えぬたてにして、幼いときからその肉体にしみ通らせた警察の暴力を、つまり日本国家の暴力を、逆に当の警察に、また国家にと向けたのである。そして金嬉老の行使した暴力こそ、在日朝鮮人のすべてがひそかに心中に抱いている解放の夢を示すものだろう。私はあらゆる在日朝鮮人の内部に、金嬉老と同じく一人の殺人者、一人の激烈な告発者がひそんでおり、彼らはすべて、暴力によって、その状況を開示する可能性を持っていると思う。『絞死刑』の主演者尹隆道が、事件の過程を想像のなかで同時体験し、想像によって犯罪に参加したと言っているのは、このことを示すものだろう。

しかし寸又峡の一旅館とその周辺に限定された金嬉老の権力が、やがてつぶされてゆくであろうことは目に見えていた。たかが一丁のライフル銃と数十本のダイナマイトでは、国家をぶち壊すことは不可能だ。つまりどう解決するにせよ、金嬉老に勝目がないことは明らかだった。たとえ警察がもう少しまし な謝罪をしたところで、そんなものは出まかせであり、事件が過ぎ去ればまた元の警察にかえることは分り切っていた。それでもこのとき日本中に或る動揺が流れ、一見平穏な日本社会にさっと亀裂の走るのが感じられたのは、敗北を約束された暴力を選ばぬ限り己れの不可能性すら証言できぬ在日朝鮮人の条件が、類例のない激しさでさらけ出されたからではないか。「詩人は敗北を勝利に、勝利を敗北にと、無差別に転化する」と書いたのは『絶対的分割』のルネ・シャールだが、この点で金は犠牲者であり且つ勝利者であると私は思う。しかし私は今こう記しながら、言葉の頼りなさ空しさを覚えずにはいられない。どう書いたところで、私の言葉は金の暴力が持つ表現力の足許にも及ばないからだ。

金嬉老の暴力を作り出したのは、日本国家だ。だがまたそれは、われわれだ。われわれはこの日本社会において、特殊な場合を除けば、日本人であるという理由によって差別された経験を持っていない。そのことがすでにわれわれを犯罪者たらしめているのだ。なるほど金嬉老の告発は専ら警察に、すなわち国家権力に向けられた。とはいえわれわれもまた、心ならずもその国家を支える歴史的日本人として、金の告発する当の差別者にほかならない。だからこそわれわれ日本人のすべてが、いつ何時でもいきなりライフル銃をつきつけられ人質にされるための、充分な理由を持っているのだ。私はそのことを小松川事件いらいくり返して考えた。また「金嬉老事件」を知ったときに、真っ先に私は自分をいわゆる「人質」の身に置いて考えようとつとめたし、その立場を今も崩したいとは思わない。要するにわれわれは法に裁かれる犯罪者でないからこそ、法の共犯者となり、金嬉老の暴力を向けられる対象としての犯罪者となるのだ。

われわれはこの告発を避けることはできない。だが誤解を怖れずに敢て言うならば、金嬉老はわれわれを告発することによって、実はわれわれに解放の手をさしのべてもいるのだ。金は日本人を人質にして国家権力と対峙した。つまり、われわれは人質だ。そして人質になるとは不当であり、不幸なことだとわれわれは考える（私は自分が人質になった場合に、そのような印象を持たぬと断言する自信はとてもない）。それはすでにわれわれが、日本人として、国家を己れのうちに無意識にしのびこませている証拠である。ファノンは集団的無意識を語ったが、われわれの集団的無意識は、個人としてまったく差別をした経験もない自分が、ある日突然人質になることの不当さを感じるときに、実は明白に示されているのだ。われわれがまず第一に明らかにしなければならぬのは（つまり「意識化」せねばならぬのは)、この集団的無意識であり、己れの内部にくいこむ国家である。そしてそれを意識化する方法がただ一つしかないことは、ファノンの例でも明らかだ。すなわち金嬉老の告発した国家権力に、彼に拮抗する激しさでわれわれの告発を対置させることだ。私の考える民族の責任という課題も、この長く苦しい闘いによってしかとりようのないものであり、またこの闘いのみがわれわれを差別から解放する端緒だろう。それというのも差別することを受入れるとは、差別されることにほかならないからである。

ファノンの暴力革命論と金嬉老の抵抗の暴力、白き黒人ファノンと半日本人としての金嬉老――私はこれを余りに共通する問題として対置しすぎたかもしれない。なるほどこれらはいずれも特殊な状況のなかから生み出され、発せられたものだ。だがあらゆる特殊性を普遍化への過程としてとらえることができるとするならば、日本の社会においてファノンが生きる可能性は確実にあると言わねばならないし、その可能性の一つを明確に提示したのは日本における第三世界の暴力すなわち金嬉老ではあるまいか。その意味で、われわれにとってファノンの「全的人間」は、金嬉老の孤立した暴力を直視しながら、われわれが自ら試みる変革の模索のなかで、初めて遠い彼方に志向される筈だ。そのためにわれわれもまた橋をわがものにせねばならぬことは、言うまでもないことである。

V 日本のなかの第三世界

＊初出

日本のジュネ——または他者化した民族

『新日本文学』1967 年 2 月号

金嬉老を裁けるか

「中国の会」報告　1969 年 11 月 29 日
『政治暴力と想像力』（現代評論社、1970）収録時に加筆訂正

金嬉老裁判における事実と思想——検察官加藤圭一の論告を批判する

『展望』1972 年 6 月号

日本のジュネ——または他者化した民族

1

『新日本文学』一九六一年七月別冊号に、金達寿が「『小松川事件』の内と外」という文章を書いている。この小松川事件（五八年八月）が「異常な」犯罪としてジャーナリズムをにぎわせ、朝鮮人李珍宇の逮捕、自白、死刑判決、「李少年をたすける会」や「助命を願う会」の結成、そして李の処刑（六二年一一月）と進行したことは、今さら述べるまでもないことだろう。私はこの事件に当初から関心を持ち、李の助命嘆願書にも——かなりの躊躇を抱きながら——複雑な気持ちで署名した。けれどもこの事件の含む思想的な意味に気づいたのは朴壽南編『罪と死と愛と』（三一新書、一九六三年）を読んで以来である。初めてこれを手にしたとき、私は数日間というものまったくこの本にぶちのめされた。この書物に編まれた往復書簡のなかで、李珍宇は女性ジャーナリスト朴壽南に向かって自己の行為を詳細に位置づけ、徹底的な自己把握を行なっている。その結果、この「異常な犯罪者」が、その短い生涯によって日本人を告発し、日本人を踏みにじることもあえて辞さなかった人物であることを、われわれは知り得るようになった。それ以来、この少年（李は犯行当時一八歳、処刑当時二二歳だった）に突きつけられた匕首（あいくち）を受けとめるべく、まずその犯罪と彼の書簡を正確に理解し、この捨石の真の意味を回復することが私にとっては重要な関心の一つとなった。

私はかねがね、日本において民族を問題にする場合に朝鮮を避けて通ることは許されないと考えてきた。またそのような考えに立って、ほぼ五、六年前から、小さなサークルや学生を対象とする講演や、あるいは目立たぬところに発表した文章のなかで、何度か朝鮮をとり上げてきたのであった。私の考えは、当初から基本的に変わっていないが、李珍宇は私の予感したものを、文字通りその生命を賭けてえぐり出した人物のように思われる。したがって、私がこれまでに書いたもののなかにも、何らかの形で李にふれた文章が少なくない。そのなかで、李を中心に扱ったものは、「否定の民族主義」（六四年六月）と、学生の雑誌に寄稿した「悪の選択」という三〇枚ほどの文章とである（六六年一〇月）。後者は、私のつとめている大学で私のゼミの学生たちが「李珍宇の復権」と題して行なったシンポジウムの、討論資料の一端として書かれたが、以下に掲げるのはこの文章を若干ちぢめて再録しながら、そこにかなりの修正と補足を加えたものである。私は同じことを二度書くのを好まないが、この資料はシンポジウム参加者を中心とするごく少数の人たちに配布されたもので、一般の目にはふれぬものであったし、また『罪と死と愛と』に示された李珍宇の徹底した思索と、彼の提出している問題の重要性とを考慮するとき、できれば散佚した彼の書簡を集めてその全貌を再構成することも考えられてよいとさえ思われるので、あえてこの一文をもとにいま一度小松川事件についてふれることとした。

私はいま、民族について語るなら朝鮮から目を避けることはできないと書いたが、さらに言うなら、日本人が朝鮮について考えるときに小松川事件から目を避けてはならないと私は考えている。これは戦後日本の最も衝撃的な思想的事件の一つである。誤解をおそれずに言えば、李は天才的な人物だった。むろんここでいう天才とは、よく言われる彼の知能指数の高さや生得の能力などを指しているのでは毛頭ない。サルトルが「天才とはその生の条件を果てまで生きぬくという不動の意志と一体をなしている」というその意味で、李が自己の条件を徹底的に生きたことを指しているのである。処刑の一ヵ月前に「生はこの瞬間にも全体的なものなのだ」と記した人間の短い一生が、非常に独自な形で（独自であればこそ）その普遍的なものを照らし出した、そのような生の緊張を指しているのである。それを考えるためには、まず李の犯罪の意味を検討してみなければならない。

2

李はいくつかの盗みを行ない、とりわけ二つの殺人を行なった。少なくとも、それを行なったと「自白」している。おまけに新聞社や警察に電話をかけ、証拠物件を送るなどして捜査陣をさんざん愚弄し、逮捕後も犯罪の目的が「わからない」と言うのだった。そこから動機なき犯罪を装う「極悪非道」な犯人という言葉が生まれた。

だが犯罪は、人間のあらゆる行為とひとしく、犯罪者の全人間的な開示である。しかもすべての人間は、その出生、幼少期の体験、その人物のおかれた状況や世界によって規定されるとともに、それらに働きかけて一刻一刻と状況を再編成する自由をも含めた複雑な総体である。とすれば、一つの犯罪の意味を知るには犯罪者のトータルな把握が必要となるだろう。また一個の犯罪者を徹底的にとらえることは、それを通して状況のトータルな把握に通じているだろう。したがって、小松川事件をとらえるためには、実は李の短い生涯を綿密に再構成する必要があるわけだが、私には現在そのための資料が欠如している。ただこの事件の全体を通じて、その底に在日朝鮮人問題が介在していることは疑いの余地がない。

李珍宇は、日雇人夫の父と半聾唖者の母との間に、亀戸の貧しい朝鮮人部落で生まれた朝鮮人であった。これは本人の意志と無縁の、一つの運命である。しかもわれわれは、彼が金子鎮宇（しずお）という日本名を名乗る日本人化した朝鮮人であったことを見逃すべきでない。李は日本人を演じていた。このことを一八歳の少年に非難する資格は誰にもない。朝鮮人差別を歴史的に定着した日本人社会において、李はむしろ日本人を演ずるべく強制されていたのであって、これは李の一つの防衛手段であると言うべきだ。つまり彼は他人にとっては金子鎮宇であり、自分自身にとっては李珍宇だった。外部（他人）に向けて示された金子鎮宇は、李の主体的真実をいつわって作り出された日本人の仮面であり、自分とは異なったもの、つまり「他者」である。日本人になるとは、李にとって、他者となる試みにほかならない。こうして内部と外部に引き裂かれ、外に向けては他人の顔を示すべく余儀なくされた少年は、同時にその内部においても見も知らぬ他人の姿を見いだす結果に陥った。なぜならば、たとえば中学を終えた彼が就職に直面して、その国籍を理由に日立製作所と第二精工舎から拒まれたとき、いやそれ以前から、すなわち自分の主体的真実が金子鎮宇と無縁のものであることを知って「オレは朝鮮人だ」とつぶやいた幼い日から、彼は「朝鮮人」という日本語が決して自己の主体的真実を表現するものでないことを絶望的に自覚したにちがいないからである。

「朝鮮人」とは何者だろうか。言葉はそれ自体の歴史と価値を持つものであって、人は日本人・アメリカ人・フランス人といった人種的事実を認定するのと同じ意味で、日本語で「オレは朝鮮人だ」と述べる手段を欠いている。日本語の「朝鮮人」とはニンニクから貧困に至るまでのすべてを含んで、侮蔑の対象であり、悪の代名詞である。一年ほど前に、ある日本人女優が朝鮮人の血を引いているという噂をまかれたのに腹を立てて、某週刊誌を告訴するといきまいたことを記憶しておられる方もあるだろう。ところで李珍宇は日本語しかしゃべれぬ少年だった。だから日本語で「朝鮮人」と言う以外に、彼は主体的真実を表現するどのような手段も持ってはいなかった。しかし日本語の「朝鮮人」は彼の真正の主体とは縁もゆかりもないものである。つまり他人に対する場合と同様に、李はその主体的真実においても他者化されたことになる。

　以上が差別社会日本の実体であり、それは朝鮮人の他者化に典型的な姿をとってあらわれる。そのうえこれは日本人自身を否応なく善良な人間の側に組みこんでしまい、かくて日本人の他者化をももたらすことになる。たとえ個々人が、自分はいわれなき朝鮮蔑視を持たぬと抗弁したところで免罪符を得られるものではなく、自分が作り出したものでない朝鮮観、誰のものでもなく、それゆえに各人のものでもある朝鮮観は、日本人の一人々々をむしばむ根深いイメージとなる。よしんば百歩ゆずってこれを棚上げしたところで、われわれ日本人が李のように民族的理由から就職差別を受けることは絶対になく、そればかりか日本人の存在こそ朝鮮人差別を生むための不可欠の理由になるという事実をわれわれはどうしようもないのである。かくてわれわれは各自の主観的意志と無関係に朝鮮人差別に加担することになる。

明敏な少年は、この事情を敏感に、直観的に感じとっていたにちがいない。しかし在日朝鮮人の蒙る二重の他者化が、直ちに犯罪に結びつくものでないのは当然である。彼もまた「私の問題には二つの見方がある」と言う。「一つは環境はいかにして私に罪を犯させたか」、「もう一つは、私は境遇においていかにつとめたか」。つまり李の犯行には在日朝鮮人という条件がある。おそらく在日朝鮮人でなければ、彼は小松川事件をおこし得なかったであろう。が、事件は少年の選択と責任において行なわれたものでもある。なぜなら、盗みと殺人のかわりに、李は善良な朝鮮人になることも可能だったろうから(彼の書簡のあちこちに、そのような趣旨の言葉が見られぬわけではない)。しかしその場合、われわれは、「善良な朝鮮人」という日本語の意味するものは何かを問わなければならない。それは結局、朝鮮人であるにもかかわらず善良な人間、つまり例外的な存在になるということと、どれだけのちがいがあるだろう。そして少数の例外は多数の「悪しき朝鮮人」の存在を強固にするために、まさに不可欠の存在だろう。

彼は善良な朝鮮人にならなかった。また、組織のなかで政治的解決をはかろうとした形跡も見当たらない。おそらく余りに年も若すぎたろう。また他の朝鮮人を「アカ」だと言ってひたすらにこれを避けようとする李の家族の影響もあるだろう（朴壽南は、李の家庭が朝鮮人部落のなかでも疎外された家族であることを記している）。またたとえそのような解決を望んだところで、南北二つに分裂させられ、いわばそれぞれ他者化された祖国の姿に直面するという結果に陥ることも、当然予想してかからねばならない。が、何よりも、朴壽南のいわゆる「江戸川べりの部落で育ち、日本人学校で学んだ」李の形成過程が、差別社会の矛盾やその価値体系によって彼を深く印しづけたことを考えねばなるまい。こうして少年にとって、民族という言葉は最も縁遠い言葉の一つとなる。にもかかわらず、身に覚えもなく自分自身から引き離されて「他者」となった以上、彼が何らかの形で自己の主体と自由を確立する方法を模索したろうことは疑いの余地がない。そこから、自分を冒す日本人化した朝鮮人という条件を逆に内面化しながら、一気に復讐をなしとげようとする彼の意志、想像と悪への傾斜が生まれる。

3

想像の世界は、李が主体を獲得し得る唯一の場であった。想像世界において、彼は強者になることも、彼を傷めつける人びとに復讐することも可能であった。しかし彼の想像は単なる逃避の場ではあり得なかった。彼が救おうとしたのは、現実に主体を喪失して「他者」となった自分である。たとえ一時想像の世界に遊んだとしても、再び以前同様に他者化された現実の自分を見出すためならば、想像の自由などに何の価値があるだろう。李はむしろ、想像によって現実の価値を逆転させることを考えたのである。李の二つの犯行は、この事情を除いて理解することが不可能だろう。

秋山駿はそのエッセイ「想像する自由――内部の人間の犯罪」（『文学者』一九六三年一一月号）のなかで、この点に光をあてて次のように書いている。

「真の犯行こそ正しく想像のなかにあって、あらわれた現実の犯行は、この想像の犯行を寸分の相違もなく写しとっている、いわば模写の犯行である」

私はこの見方に賛成である。李珍宇自身もそのことを語っているのであって、それが書簡集のなかで犯罪の過程を説明する論理の中核をなしている。彼はまず自慰行為（想像による女の所有）を例にとり、これが性欲を調整するのではなくて、逆に性欲を刺激するものであること、そこにおいて行為は習慣化されるが、想像は際限なく広がってゆき、逆にその想像が現実的な欲望を目ざすことを説明しながら次のように書く。

「その時私はこのようなことを自慰行為中にだけ考えるのではなく、現実の生活中にも持ちこんでしまったのだ」

そしてこの説明が不意に彼の犯罪に直結するのである。

「私は想像の中で何回も犯行を遂行した。この道でこうすればたしかにうまくいくだろう、あるいはこういう時にこうすれば……」

この想像からこそ二つの犯罪が生まれたのであって、その意味で李の殺人は、秋山の言う「内部の人間の犯罪」である。ただし秋山はこの「内部の人間」の形成を、専ら李の年齢に、ヴァレリーの言う「知的クーデター」の年齢に帰していると思えるが、私の考えはそうでない。なるほど一八歳という年齢が無視できぬものであるにせよ、李の一八歳を作ったものが引き裂かれ他者化された在日朝鮮人の生存の条件にあり、またそこにおいて想像に自由を見出した（乃至は見出すべく追いつめられた）その彼のギリギリの反応にあったことは、私には疑いをはさむ余地がない。こうして目的の「わからない」、「自分とは無関係になされたかのよう」な、「夢ではないだろうか」と思われる犯行が果たされる。

第一の犯行（五八年四月田中せつ子さん殺害）は成功した。このときから第二の犯行までの間に、李が想像と悪の関係について明確な意識を持ったろうことは、十分に推測されるところである（ただし専ら李の「自白」に基づくらしい第一の犯行が、李の犯したものとしての話である）。想像の自由は犯罪を生み、李を現実の強者に変貌させた。犯罪は、まさに李自身の手で作り上げたものであり、李は初めて得た主体の勝利をひそかに謳歌したことであろう。そのころ書かれた彼の小説「悪い奴」のなかには、次の文字を読むことができる。

「一ヵ月経った。あれ程騒がれた殺人事件も日が経つにつれ、犯人がつかまらずうやむやになってしまった。俺はあの事に対して少しも後悔していない。俺のやった事は自分を守る為であり、又、間接的に山本や斉藤のような人をすくってやった事になる」（原文のまま）

この小説を、第一の犯行当時のありさまをそのまま描いたものと見なす理由はどこにもないし、いわんや検事の言うような犯行の証拠物件になどなるものではない。が、李が自白したように、また朴壽南あてに書いているように、この犯行が彼自身の手に成るものとするならば、犯行後に彼が「悪い奴」の主人公と同じく少しの後悔も持たなかったにしても、また彼が犯罪を自己防衛のためであったと思おうとも、少しも不思議はないだろう。

李がしばしば語っている「非情な本性」も、この事情と無縁ではあるまい。彼は獄中でも、「私の本性は、相変わらず人を殺すことを何とも思っていません」と断言している。ここに言う「本性」は、何か生得のものを指しているのでは決してない。李の語る幼年時代は、逆に多感な子供の姿を示している。むしろ想像が彼にとってギリギリの自由の場であったように、またただからこそ犯行後に李がいささかも後悔しなかったように、この本性も李が全力をあげて獲得したもの、獲得すべく強いられたもの、と考えるべきだろう。そしてここでもいっさいは想像のなかで進行する。現実の李が二重に他者化した自己の姿を認知すべく迫られたとすれば、また李に残された自由が想像のなかにしかなく、さらにその自由が現実に失われた主体を回復することにしか関心を持たなかったとすれば、悪しき朝鮮人とされた李がその悪を想像上のものに転化し、こうして彼の独自な本性を作り上げたとしても、いささかも奇異に思う必要はない。この人殺しをも「容易になし得る本性」だけは、想像のなかで何度もくり返された犯行を通じて、李が鍛え上げ、自らの力で作り出した主体であるからだ。

だが自慰と同じく、行為そのものは反復する。こうして第二の犯行（五八年八月太田芳江さん殺害）が果される。これまた李の想像からこぼれ落ちた、動機の「わからない」、「夢のよう」な犯罪である。しかし、第一回目とは異なって、犯罪は数日のあいだ露顕しなかった。そして、それが想像の犯行である以上、犯人が「そのまま二、三日すごしていくうちに自分がやったかどうかおかしくなってきた」と後に述べるのも十分に納得できる。こうして、あれほど新聞をさわがせた電話――犯罪の場所を指定し、「絞めたのはおれだ」という電話――がかけられる。人びとが指定の場所にかけつけ、犯罪は発覚した。李はその夜こう記している。「夕刊の新聞を大急ぎでひらくと案の定(じょう)、社会面のトップに出ている」。「雲も月も星も、全部が注視している、みよ、この偉大な力、すばらしい勝利、輝くひとみ、赤い顔」。

この犯行は一見、第一回目の犯行以上の成功を収めたようにみえる。李は人びとが騒ぎまわるのを見て大いに得意がっているように思われる。が、実はこれは想像の失脚と李の凋落の開始でもあるのだ。想像は、現実化して過去の動かしがたい事件となれば自由を喪失する。それをなお「すばらしい勝利」と言うためには、他人が犯罪を知り、その残虐さ異常さに動顚して李を糾弾することが必要だろう。他人の想像を刺激し、自分の主体的行為というよりも、むしろ他人の対象となる演技を続ける必要があるだろう。こうして李の他者化が再びはじまることとなる。むろん想像の悪の選択と言い、演技と言っても、普通この言葉から想定されるような余裕は李にはなかった。選択や決断はほとんど余儀ないものとして現われる。だが李の行動の意味はすでに根底において変質しはじめているのだ。第二の犯行後にもし逮捕されなかったとしたら、李が第三の犯行を演じたことは確実であろう。これが李の言う「本性」なのである。

しかし李は逮捕され自白した。たとえ夢ではなかったかと思おうとも、二人の死者をとり返すことはできない。こうして彼の新たな局面が展開しはじめる。

4

私は李の生涯の最後の数年に三つの段階を想定している。第一は徐々に想像の犯行が彼の世界を形作り、現実の彼を冒して行った時期であり、第二はそれが二つの犯行となった時期である。このとき彼は行為者というよりも、むしろ想像の演技者だったろう。そして第三は、想像の挫折（現実化、他者化）を真っこうから蒙った李が、死を見つめながら超人的な勇気で過去を全面的にとらえ直し、その全責任をみずから要求した時期、死刑囚として未来を奪われながら、なおかつゆるぎない実存者として自己を作り上げた時期である。獄中の四年間は李にとって、生涯の意味を決定する期間であった。そしてこの間に書かれた遺書とも言うべき『罪と死と愛と』は、彼の一生が、屈折した形であれ、そもそもの初めから民族を見いだすための過程であったことを明らかにしているのである。

なるほど李は、金達寿夫人である崔春慈にあてて獄中からこう書いている。

「私は、あの事件を起こした時、朝鮮人としての自分をあまり意識していませんでした。ところが、周囲で朝鮮人としての自分を見ますので、私はようやくそれを意識しはじめました。旗田先生から、先生の『朝鮮史』をいただいて繰り返して読んだのは、ここに来てからです。
私は、祖国のことを考えます。私の今の朝鮮人としての自覚は、北朝鮮の成長がわかったからとかそういうものから出たのではなく、自分から、犯罪人としての自分から強く出て来たのではないかと思います」

［金達寿「小松川事件の内と外」］

また朴壽南あての詩（金達寿の引用による）にも、犯罪当時は「境遇に満足」していたから、犯罪の原因は朝鮮人であることではなくて、自分の「心そのものにある」という意味のことを記している。だがそれは李の言い分であって、その表現のなかにすでに李が民族を発見する独特の過程が現われていると私は思う。

李珍宇のこの独自の軌跡を特徴づけるのは、彼の徹底した否定性である。すでに述べたように、二重の他者化を逃れるためのではなく、まずひたすら想像のなかに主体回復の端緒を求めた。そして想像とは、原理的に否定そのものであって、否定の対象たる現実なしにはあり得ないものである。その事情は、李の言葉の端々に浮かびあがる。民族だけではなくて、李のいっさいの態度が彼の否定性に貫かれている。たとえば彼の言う悪の本性がそうだ。悪はもともと善の否定であるが、それはまた善に罰せられるものでしかなく、また罰せられて初めて輝くものであろう。だから彼の「悪」とは、善の否定であることによって、逆に否定さるべき対象（否定されて初めて意味を持つ対象）となる。「私は恐怖を味わいたい！」「私の非情な本性に恐怖を味あわせてやりたい！」という奇怪な言葉や、「死をおそれつつ死ぬ」とか「死刑は人間性を与える」といった言葉は、いずれもこのように解することができる。また李の信仰もそうだろう。「私は神を信じなければその正反対の立場に立つという考え方があります。私は神を否定しようとしながら神を信じてしまった部類に入ります」。

祖国や民族も、この態度と密接にかかわっている。彼は決して朝鮮人であるから悪をなしたのではなくて、逆に他者化した朝鮮人でなくなるために想像に徹し、犯罪に至ったのであり、だからこそ犯罪当時に「朝鮮人としての自分をあまり意識していませんでした」と書き得たのである。ところでこのような否定性の作り出した死刑囚としての自分こそ、彼にとって朝鮮人であるという独特のあり方なのであって、獄中書簡はくり返じこのことを語っているのである。だから、罪を悔悟し過去を否定して生まれ変わった少年が民族意識に目ざめたというのは、皮相の見方であろう。なるほど彼は一方で、面会に来たある人物に、外へ出られたら「朝鮮の統一の運動にとびこむでしょう」と語っている。が、彼は自分が外へ出られぬことを知り抜いていたからこそそう述べたのであり、同じ手紙のなかで彼がくり返し「私は朝鮮人の死刑囚なのだ」と書くのもそのためである。このような民族のあり方は、まず民族の伝統や文化をポジティヴな価値として認めてかかるナショナリズムとはまるで異質のものだろう。私はかつてこれを「否定の民族主義」と名づけ、李が慕う朴壽南の肯定の民族主義と対比したことがある。この二人の抱く民族観が正反対のものであり、また肯定と否定、表と裏から、彼らが民族を通して愛情を注ぎあったことは、書簡集を一読すれば明らかであろう。李にとっては「自分が何のために生きなければならないかを知って、自分の価値を見出したからこそ、祖国の状態いかんにかかわらず祖国を愛する」のであって、この態度は終始変わらない。李の関心はつねに自己に、残された生に、そして目前の死に向けられている。客観的にとらえられた朝鮮民族の問題は彼の「頭を痛く」させるのだ。ところがこのようにまったく孤独な実存が、信仰とともに絶えず民族へと道を開いているのである。私はその理由を、彼の否定性そのものがすでに状況の表現であるということに求めたい。言いかえれば、悪を犯し主体を求めるというそのことが、在日朝鮮人としての李珍宇を再発見する過程なのである。一言で言えば、李の生涯は、否定性を貫いてついに民族の連帯を見いだすという彼独特の歩みと理解すべきであろう。

5

今さらこのような李珍宇像を語ることに、何ほどの意味があるのか、李は結局無効な人間であり、無償の行為の主役にすぎないのではないか――そういった反論は当然予想されるところであろう。「同胞のあいだでは、むしろ珍宇の事件を身うちの恥部だとして、今まで沈黙してきました」と朴壽南は書いているが、在日朝鮮人が小松川事件を忘却のうちに追いやることにつとめたとしても、また日本人が数年前の「異常な犯罪」をきれいに忘れ去ったとしても、私にはその理由がわかるような気がする。在日朝鮮人を生んだ日本の状況を具体的に変更する手続きの上で、李から何一つ得ることも期待できないからだ。彼はまったく無益な犯罪に熱中した男であり、無意味に命を落とした三人の犠牲者（二人の日本人女性と李自身）がその結果にすぎないように見える。しかし逆説めくが、李の意味は、一見無効に思える彼の行為と一体を成している。つまり現実の状況を余りに深くつきつめ、それを内面化した人間は、しばしば現実と遊離しているかに見える地点に到達することがある。李の場合がその例だ。彼のいっさいが、挙げて在日朝鮮人李珍宇の表現であり、ただそれだけである。私は彼の一生を、挫折した一生だと躊躇なく考えるが、その挫折こそ彼が自ら選んだもの、あの「境遇においていかにつとめたか」の回答だと言えまいか。しかもこの挫折には明確な意味がある。まず第一にわれわれの目に、李を生んだ状況をあばいていることだ。この「極悪非道」な殺人犯が醜悪な「本性」について語るとき、そこに浮かび上がるのは李の本性を作るべく強いたわれわれ日本人の存在である。つまり李は犯罪によって逆に日本人の犯罪をあばいているのではないか。この意味で、犠牲となった二人の日本人女性は、われわれの身代わりと言うべきだ。李の犯した殺人は、第一に全日本人に向けられた復讐行為であり、パンチョッパリを生んだこの社会の告発である。

だがそれだけならばまだことは簡単だ。李は二人の日本人を殺害し、犯罪によって日本を告発したに止まるだろう。そしてあらゆる犯罪が大なり小なり何ものかを告発するものであることは、犯罪の発生状況を調べれば自明である。暴力がそれに先立つ暴力によって生み出されるものであることも、ファノンを引くまでもなく明らかだ。ところが李の告発はもっと周到なものであって、つまり彼は敢て告発しないのである。それどころか、くり返し自分の責任を要求するのである。

「私が人殺しだということ。この責任がどうして私から離れるというの?」「人間は生きなければならないという責任を負っている。けれども私には責任が失われて、それを失わせてしまった行為の責任が問われる。そしてそこにおいて生と死を見なければならない」

こういった言葉は、書簡集から無数に引くことができる。これはすなわち在日朝鮮人の条件を作り出したのが日本人であるにしても、その責任を今更云々してもはじまらないのであって、自分はいっさいの責任を負うと言明することになる。つまり彼の環境を作り出した人びとを軽侮の目で見返して、逆に彼の独自な主体を保持することに通じる。そこから次の言葉が生まれるのである。

「アイヒマンは四百万人を殺した。そして私は二人しか殺さなかった。それにもかかわらず私の方が罪深いと言われるわけは、私は自分のしたことについて、いわば体験的に行動したことにあるからだ。（中略）従って前者はある人でなくても為され得ることだが、しかし後者は彼でなくてはならない」（原文のまま、傍点李）

李は憐憫や同情を求めてはいないのだ。李の最大の敵であるわれわれは、かくて当の李から否認され、そのうえ無視され、こうしてさんざんに踏みにじられてしまったことになる。李は犯罪によって日本人の犯罪をえぐり出し、しかも犯行の全責任を要求して日本人を無視したわけである。この侮辱に耐えるためにはどうしたらよいか、それがわれわれの課題となるはずである。

以上のことは当然日本人にとっての民族問題を提起する。民族などという問題はできることなら避けて通りたいものである。ところがそのためには、少くとも在日朝鮮人六〇万を抹殺する覚悟が必要になる。一人の犯罪者があり、彼は死刑を宣告された。ところがその男が昂然と言明する、「私は朝鮮人の死刑囚だ」。これだけで、われわれは否定の対象たる日本人にされてしまう。つまり李が否定的に朝鮮人になったということは、われわれが否定的に日本人にされたことを意味するのであり、それを欠いたいっさいの民族的関心が自己欺瞞にすぎぬことを示している。私はこのことを、アジア・アフリカの民族主義と関連させて、過去に何回か述べてきた。アジア・アフリカという概念が、植民地否定という一点でのみ統一的であり、ネルーのいわゆる「否定的あるいは反対的」なもの、サルトルのいわゆる「反人種差別の人種差別」として歴史を作る有効なバネであり得ること、帝国主義国家日本のAA問題とはしたがってまず第一に日朝問題であり、またそれゆえに体制変革の志向と離れたAA問題は存在しないことも、すでにくり返し書いてきた。だから、アジア・アフリカ作家会議の中心人物だった堀田善衛が、戦後日本の左右の政治的対立を語って、「その敵対意識の結果としては日本をまずまず無事なほうへ導くことになっていたんですね」と言い、「日本の知恵」や「ナショナルなユニティ」を語るのを見ると、私は呆然としないわけにはゆかない（『展望』一九六六年一二月号、森有正との対談）。そこに「日本の知恵」を認めることなど私にはとうてい不可能だ。むしろ戦後二〇年は、われわれにとって民族が、依然として現体制と結びついた、否定さるべき、しかも避けられぬ契機であることを示しているのではないか。小松川事件が重要な思想的事件であるというのは、そのところを明らかにした点にある。

ところでこのような問題を投げかけた李の最大のエネルギーは何であろう。

李の世界は、私にまず悪の詩人ジャン・ジュネを思わせる。「ぼくは常に殺人という考えにつきまとわれていた。殺人は取返しがつかぬまでに、ぼくを君らの世界から引き離すだろう」と書いたジュネは、また、「みずから想像の存在となるまでに想像のうちに落ちこむこと」とも記している。ジュネとは資本主義ヨーロッパの生んだ怪物だが、それと同様にわれわれの日本は在日朝鮮人李珍宇を生んだのであって、この二人が深い類似を示すのは偶然のことでない。李は日本のジュネである。しかしまたこの二人を隔てる大きな相違のあることも見落してはなるまい。「ジュネは歴史的なある社会に対する特殊な一個の対抗者たることをやめる」とサルトルは書いているが、李珍宇の場合、彼の想像と悪への傾斜は、上述のように、その根底において彼を差別した日本の社会に向けられた匕首である。これが第一の相違であって、だから李珍宇はわれわれ日本人に直接かかわっている。そして第二に、ジュネが作家であるのに対して李が殺人者であることを挙げねばなるまい。ところが李の殺人は、実はそれ自体が文学であるべき性質のものだった。私はとくに『聖ジュネ』に記されたサルトルの次の一節を思い浮かべる。

「おそらくジュネは、自分が誰も殺さないであろうことを百も承知である。しかし殺人者の栄光がまっとうな人びとを強いて犯罪を夢見させることに存する以上、みずからは犯罪を犯すことなくまっとうな人びとに犯罪を夢見させ得れば、ジュネは同様な栄光を享受しないはずがあるだろうか。犯罪者は人を殺す。つまり彼が詩そのものである。ところが詩人は犯罪を書く。つまり常軌を逸した対象物を作り上げ、それがすべての人びとに犯罪性を伝染させる」

私は李の小説「悪い奴」を、「常軌を逸した対象物」になぞらえているのではない。金達寿の引用で読み得たこの小説は、私を少しも感動させなかった。主人公を正当化する意志が透けて見えるからである。にもかかわらず、私はしばしば作家李珍宇の誕生を空想することがある。それは李の犯行とそのあとづけとが、想像の持つスキャンダルをそのまま示しているからだ。李は文学そのものであり、だからスキャンダルなのだ。このスキャンダルが李の（そしてわれわれの）おかれた現実の姿を、この他者化された二つの民族の姿をえぐり出したことは、すでに述べた通りである。が、それはただえぐり出しただけにすぎない。これが本来、想像の持つ力であり、また限界である。ここから直ちに変革の方向が出てくるはずはない。すなわち李は出発点であり、出発点のみを形作る。ただしこの出発点は重要だ。なぜならこれを無視したいっさいの行為は無効な試みに終るだろうから。

すでに述べたように、李の一生は挫折した一生である。それは、想像世界を現実にそのまま転化したところからおこる一つの悲劇であった。もしそうだとすれば、この少年の悲劇を逆転させて、現実を最も緊迫した想像に変貌させること、言いかえれば李の想像としての犯罪を、犯罪としての想像に転化させて、他者化したわれわれの姿を更にえぐり出すことはできないか。現在、想像は李の犯罪に遠く及ばない。想像は永久に犯罪性を喪失したのであろうか。私はそうは思わない。むしろわれわれの他者化が陰微に、だが確実にわれわれを冒しつづける限り、想像の復権こそが生きのびた文学者の課題となるにちがいない。

金嬉老を裁けるか

今日の話をするに当って、「中国の会」の担当の方から、第一に金嬉老問題と私、第二に公判対策委員会について、第三に公判過程での種々の紛糾点について、以上三点にわたって話してもらいたいという注文がありました。私も大体このような形に沿って、話を進めてゆくつもりですが、その前に、まず金嬉老裁判ないしは金嬉老問題というものの基本的な点にかんして、私の考えを述べさせていただきたい。そして次に私がどのような経過でこの裁判にかかわるようになったかを、具体的に御説明してゆくつもりでおります。

1

「金嬉老裁判」と呼ばれるものが、現在進行しております。しかしこういう裁判が行なわれているということ自体、おそらく一般にはまるで知られていないことでしょう。マスコミも、このことをほとんどとり上げておりません。マスコミといえば、金嬉老が寸又峡の「ふじみや」旅館にたてこもったとき、まず甘言を弄して金に近づいたのはマスコミ記者でした。またインタヴューと称して、彼にとり入り、彼の武装を解除したのもマスコミでした。さらに、ジャーナリストに変装した柔道何段という選り抜きの警官たちを、自分たちのあいだに忍びこませ、記者会見という名目で金嬉老を油断させておいて、突然その警官たちをおどりかからせ、金を逮捕させたのも、これまたマスコミでした――このことは、みなさんの記憶にまだ新しいことだと思います。それればかりではありません。マスコミ記者たちは刑事につづいて、ペンもカメラもメモ帳もほおり出して金にとびかかったのです。金嬉老に近づくときは彼にちやほやしておいて、逮捕後は掌を返すようにこれを突放し、裁判についても「金嬉老ゴネる」といった類いの報道でなければ、沈黙によってこれを圧殺しているのも、またマスコミです。不精不精にそれを伝えているのは、わずかに静岡版の新聞くらいでしょう――なぜならこの裁判は静岡地裁で進行しているのですから――。こうしてマスコミは安保闘争や羽田闘争のときにつづいて、再びその正体を鮮明にしたわけです。つまり「公正中立」なマスコミは、一貫して警察の代役をつとめているわけです。

マスコミはこの裁判を黙殺しています。しかし現実の金嬉老裁判は現在までに一九回の公判が開かれ、それもかなり特異な形で進行しているのです。弁護団と公判対策委員会なるものも存在していて、金嬉老と連絡をとりながらこの公判の進め方を検討しております――私もその公判対策委員会の世話人の一人です。そしてこの弁護団と対策委員会が裁判にかかわる基本姿勢は、次の一句に要約することが可能でしょう。すなわち、「金嬉老を裁けるか?」

金嬉老を裁けるか？　言うまでもなく、日本の裁判所に彼を裁く資格のある筈がない、というのがわれわれの理念です。われわれは、この「金嬉老を裁けるか？」という一つの問いを、どこまでも裁判所につきつけてゆきたい。また自分たちもそれを見失わずに進んでゆきたい。もし金嬉老裁判がわれわれにとって意味があるとすれば、この問いこそそれではないか、もし金嬉老の「弁護」ということがあり得るとしたら、この問いを一貫して具体的局面で提示してゆくことが唯一の「弁護」活動ではないか——そう私は考えています。

金嬉老を裁けるか——この問いは、しかしながら直ちに反論にぶつかります。なぜなら（権力の言葉を用いて言うならば）金嬉老とは「殺人者」であり、「ライフル魔」であり、関係のない人たちを「監禁」した人間だからです。そこには「犠牲者」が存在しています。そして、犠牲者の身内の気持になってみろ、というのは、日本人のしばしば口にする言葉です——もっともこういう言葉を口にする者は、おおむね犠牲者のことなどすっかり忘れ去っているのが常ですけれども。いずれにしても、「殺人者」であり、「ライフル魔」であり、「監禁」を行なった人間である金嬉老を裁くのは、当然のことではないのか。こういう反論が直ちにはね返ってくるように思われます。

この反論には一つの理由があります。それは、このように反論する人びとの恐怖感です。その恐怖感は、決して彼らが犠牲者の身内の気持になって悲しんでいるために生じるのではありません。むしろ彼らは、自分たちの日常生活、平穏無事な生活が、あるとき突然に亀裂を加えられる、自分たちの秩序ある市民生活がある日突如として破壊される、そのことを感じとったにちがいありません。だからこそ彼らは恐怖したのです。つまり彼らが考えているのは、断じて身内の者の気持になって悲しむなどということではない。そういうご立派なヒューマニズムなどではなくて――いや、ヒューマニズムとはこのようなものにすぎないという意味で、これこそヒューマニズムそのものと言ってもよいかもしれませんが――むしろ彼らは自分の生活が、あるとき突然に乱され破壊され得ることを知ったのであり、それ故にこそ彼らは恐怖にふるえたのです。言いかえれば、この感情は甚だ利己的なものにすぎません。

私にもまた、そういう利己的な感情がつきまとっています。できることなら自分の日常的生活をなるべく平穏無事につづけたいという気持が、私の心に根強く存在していることを、私は否定できません。恥ずかしいことだが、このことは告白しておく必要があります。だからこそ私は「金嬉老事件」にショックを受けたのであり、そのショックから自分の行動を探りつづけたいのです。

さて、さきにも申しましたように、権力とマスコミは金嬉老を「殺人者」と規定し、「ライフル魔」と呼び、「監禁」を行なった人間であると見なしました。このなかでまず第一に問題になるのは、彼の「殺人」行為です。殺人は果して「許す」ことができるのか。殺人は絶対的な悪であって、どんなことがあってもこれを認めることができないのではないか――こういう意見、つまりある点まで金嬉老が裁かれるのを容認しようとする意見は、弁護団のなかにも当初から存在し、また今なお完全に消えてはいないと思います。しかし私は殺人を絶対悪と見なして、この点にかんしては金嬉老の行為を断罪し得るという考え方をとりません。殺人が絶対悪であるというのは抽象的な命題であって、それは個々の殺人を何ら説明するものでないからです。殺人のなかには、国家が行なう死刑という殺人があり、戦争という殺人もあります。その戦争にしても、アメリカによるヴェトナムでの虐殺と、ヴェトナム解放軍によるゲリラの殺人とは、明らかに異なっています（その意味からすれば、現在糾弾されているソンミの虐殺とは、アメリカによるヴェトナム戦争を小規模に再現したものにすぎません）。さらには正当防衛による殺人があります。そしてこれらの殺人行為に人をはしらせる理由も動機も、またさまざまであります。このように個々の状況のなかで行なわれる殺人を一般化して、まず殺人は絶対悪であるという命題を打出し、そのことから金嬉老の行動を裁くなどということはできない筈だというのが、私の考えです。そのことを、私は自分の生命に対する強い執着、生命を失うことへの強烈な恐怖感を実感するにもかかわらず、やはり断言しないわけにゆかないのです。自分の生命に少しでも危険が及ぶときには、なりふりかまわず安全な方を選ぶのではないかという不安を持ちながら、やはり私はそう言わないわけにゆきません。

以上のことを前提として、それでは金嬉老のおかした殺人は擁護されるべきことなのでしょうか。軽々しくイエスと言うこともできません。だからこそ、公判対策委員会は、昨日行なわれた公判報告会の席上で――これはほぼ毎月一回の割合いで、公判の問題点を東京在住の人に伝えるために開かれている研究会ですが――とくに時間を設けて、金嬉老の殺人をどうとらえるかという討論を行なったのです。そのときに、対策委員会の世話人の一人である佐藤勝巳が、一つの明確な考えを打出しました。彼はほぼ次のように述べたのです。

——金嬉老の殺人を云々する前に、差別が殺人であることを考えなければいけないのではないか。差別とは、一言で言えば、生産関係から人間をしめ出し、つまりは職を奪い、生活の資を剝奪し、そのことによって人間の死を具体的に準備するものである。在日朝鮮人を例にとるならば、彼らのなかには自殺にまで追いこまれてゆく者の数が非常に多い。しかしそれについて新聞は語ろうとせず、逆にごく稀な殺人については大々的にこれを報道する。ところが差別は、被差別者を自殺にまで追いこむという意味で、見事に組織され、きわめて具体的な形で進行している殺人である。金嬉老の行為とは、この差別による人間破壊に対する抵抗の典型ではないか。

ところで、佐藤勝巳が、ほぼこのように発言した直後に、そこに出席していた一人の在日朝鮮人が、自分の体験に基づいて、自分もまた自らを殺す可能性を含みながらそれに耐えていることを、次のような言葉で語ったのです。

——自分の家庭は、金嬉老の場合と同じく崩壊家庭だった。自分は幼いときから家庭を離れて放浪の生活をしていた。そのために、家庭のなかにいれば学ぶことができたかもしれぬ母国の言葉、朝鮮語は、自分から失われてしまった。自分は日本語でしか表現できず、今からではもはや母国語をとり返すことが不可能だ。日本語しかしゃべれない自分は、朝鮮人でありながら少しずつ朝鮮人であることをやめていった。しかし、他人は自分をやはり朝鮮人と見なしていたのだ。こうして始まった少年時代は、非行と少年院での生活の連続だった。少し長じて、自分はこの問題の解決が社会の変革以外にないと確信し、そこから日本共産党入党、火焔びんの時代が始まった。そして、今度は火焔びんのためにぶちこまれた。しかし、釈放されても、自分に帰るべき朝鮮の家庭があるわけではない。自分はかくて、ますます朝鮮人ではなくなって行った。ところが共産党の政策の転換は、突然自分を「朝鮮人」に押し戻してしまった。しかも、こういうすべてのことは、常に自分の外側からやってきたのである。自分はたえず外部の動きによって決定を迫られてきたのであって、完全に自らの主体において選んだことは一度もない。一度でよいから自分で選びたいというのが私の長い願いなのだ。ところがそうするためには、朝鮮人であって朝鮮人でない自分を殺さなければ選べない。金嬉老の行動は、まさに彼自身が選んだものだった。つまり一つの自殺だった。しかし自分は自殺をしないで生きる道を見つけたい。なぜなら自殺は敗北であり、自分は勝ちたいのだから。

私はこのような趣旨の言葉をきいて、ほとんど声を発することができませんでした。かつて私はこれと似たようなことを、小松川事件の李珍宇を分析しながら書いたことがあります。したがって、この朝鮮人の言葉は、ピンピンと私の胸に突きささりました。しかしそれは私のように他人を「分析」する言葉ではありません。以前に一人の朝鮮人女性が、私に手紙をくれて、あなたの「分析」する朝鮮人像にどんなに憎悪をもやしたか、と書いてきたことがありましたが、私はそのことを思いながら、また追いつめられながら自己をも他人をも殺害することなく耐えている圧倒的多数の人びとのことを考えながら、声を発し得なかったのです。

金嬉老の法廷における「意見陳述」は、まさにこの在日朝鮮人の言葉そのものです。公判対策委員会が発行した『金嬉老の意見陳述』や手記を読めば、彼がたえず死場所を求めてさまよっていた事件直前の一年間の情景が必ず浮かび上ってくる筈です。彼はダイナマイトをかかえて、雪深い東北や、あるいは清水の岸壁をさまよい歩いています。そしてこのように自己に向けた暴力が、突然稲川組の顔役に炸裂してゆくのです。だから彼にとって殺人とは、彼が自らを殺す行為と表裏一体であったにちがいありません。「みんくす」から寸又峡に至る数日が、彼が一直線に死に突走る道程だったことを、私はこの「意見陳述」によって感じとることができるように思います。

したがって、金嬉老の殺人を云々する前に、われわれにとって問題になるのは彼を死に（つまり殺人に）追いこんだこのもう一つの殺人、つまりわれわれの側の殺人です。少くとも在日朝鮮人にかんする限り、日本人の名において非日本人である朝鮮人に抑圧が加えられているのですから、われわれは否応なしに抑圧者の側に組みこまれてしまうのです。ここでは個々人の善意などまったくアリバイにすらなり得ません。それは日本が差別社会であるからです。そこにはさまざまな差別の構造があり、われわれもまたある面で明らかに差別を蒙っているのですが、しかしわれわれはごく特別な場合を除けば、日本人であるという理由によって強制的に連行されたり、日本人であるために法の外におかれたり、日本人であるために低賃金や雇傭の不安定さにさらされたり、あるいは日本人である故に自己を具体的に殺すかどうかというところに追いつめられたりすることはないのであって、そのことがすでにわれわれの主観的意図とは別個に、客観的にわれわれの存在を規定しております。この点を少しでも問題にすれば、つまり陰微に進行する構造的殺人に組みこまれていることを考えるならば、われわれはそれを捨象して金嬉老による殺人を非難することは絶対にできない筈です。つまり

「みんくす」での殺人を云々する前に、われわれのこの差別社会における立場こそが問題にされるのではないでしょうか。

以上のことは、ライフル銃という武器の問題にしても、「人質」にしても、同様です。この「人質」についていては後述しますが、これらは何れも市民社会の作られた「世論」が、「暴力」と名づけるところのものかも知れません。しかしながら、金嬉老の殺人が、この社会の差別構造（＝陰微な殺人）を映し出しているように、彼の「暴力」は実は日本社会が一在日朝鮮人に加えた暴力を体現しているのです。なるほど検察官の起訴状によれば、「被告人は、岡村孝の依頼を受けて同人の被告人に対する債権取立てをしていた曾我幸夫の態度を不当として憤激の余り同人を殺害することを決意し」たことになっており、これだけでは日本社会の暴力も在日朝鮮人としての金嬉老も、いっさい問題になりません。ところがまず第一に、ここに指摘されている不渡り手形とその取立てに当って用いられる具体的方法にしても、これはまさしく一つの暴力としか言いようがないのです。これにかんしては、公判対策委員会発行の『金嬉老問題資料集Ⅱ――弁護人の意見陳述』に掲載されている広田尚久弁護士の記述を読んでいただくのが最も手取り早いのですが、同弁護士はこう述べています。

「しかし、不渡り手形であっても経済体制側の要請として、拘束力が働くことは同じでありまして、実体のない手形に対しても、経済外的力を用いてでも、あとから実体化しようとするのであります」

この「経済外的力」とは、言うまでもなく具体的な目に見える暴力です。すなわち手形取立てを資金源とする暴力団と、末端においてその暴力団の活動を許す体制とが問題になっているのであり、そこからこの体制を支える警察と暴力団との当然の癒着が生じるのです。そのうえ第二に、少くとも金嬉老にとっては、これは在日朝鮮人としての自己に加えられる暴力であったにちがいありません。なぜなら金嬉老という一個の歴史的存在が暴力団および警察と対決すべくライフル銃をとるに至った過程は、明らかに在日朝鮮人としての彼の半生のなかから生まれたものだからです。だからこそ彼はその「意見陳述」を自分の出生から始めているのです。またこのような半生をふまえて、初めて、在日朝鮮人金嬉老に対する「抑圧の具体的表現」(『弁護団の冒頭陳述』)としての岡村孝という人物や、また暴力団稲川組の存在が浮かび上ってくる筈であり、また金嬉老が在日朝鮮人として彼らにライフル銃を向けたことが、たとえ理解可能とはならないにしても、いくぶんかそれに近づき得るものになるのです。

しかしながら、抑圧の暴力、政治暴力が、自己を正当化する最大の拠り所は、おそらく「法」でありましょう。「法」こそは、暴力の最高に洗練された形態と言うべきです。これについて、野村修はその『暴力と反権力の論理』(せりか書房)のなかで書いています。

「こういう秩序のなかでは、整流されたすべての暴力が法に関係している。暴力が法をつくり、法を維持していて、その法＝暴力のコンプレックスが、国家という幻想として実体化されている。それを多少とも合理化しようとする試みが、立法・司法・行政の分離として制度化されてはいるが、この試みがきわめて中途はんぱであることは、どんな国家にもつきものの警察という制度を見れば、一目瞭然だろう」
〔同書九―一〇頁〕

ところで在日朝鮮人の場合、法は非常に具体的に、彼らを圧迫し、敢て言えばその生命を奪うものとして機能してきました。過去におけるその典型的な例は関東大震災です。このとき、数千人の朝鮮人が、日本人の手にした兇器によって殺害されていますが、それに対して法はほとんど裁きを加えていない。私の知る限り、実刑はほんの僅かで、大部分が執行猶予です。これだけの大量殺人に対して、それも手を下した者のなかのごく限られた部分に対して、申し訳程度の刑と執行猶予を与えたにすぎないということは、日本の法ならびにその法の適用者が、こういった目に見える殺人の共犯者であり、それを押しすすめてゆくものであったこと、いやむしろそれを奨励し、それに根拠を与える当のものであったことを示すと言っても過言ではありません。しかもこれは過去に起こった、ほんの一例にすぎないのです。そして戦後も、現在に至るまで、日本の法の基本的な性格には何の変りもありません。そのことは、『金嬉老問題資料集Ⅲ――弁護団の冒頭陳述』の第三章「金嬉老にとって日本の法、裁判とは何か」のなかに、簡潔に記されていますから、これを参照して下さい。ひと口に言えば、日本の法は、語の本来の意味において在日朝鮮人を「アウト・ロオ」に位置づけ、「在日朝鮮人に不当な義務を負わせながらその権利は一切これを剝奪し、自らの罪はただの一度も裁くことなくして彼らの『罪』を裁きつづけてきた」のであって（『弁護団の冒頭陳述』）、金嬉老の「暴力」は、このような「制度化された暴力」（竹内芳郎）によって窮極的には生み出されたものなのです。とすれば、どうして日本の裁判所に金嬉老を裁くことができるのか。「金嬉老を裁けるか？」という問いの意味は、以上のことを踏まえて明らかになるだろうと私は思います。

にもかかわらず、金嬉老はやはり裁かれています。過去一年半にわたってそうだったばかりか、今後も検察側は金嬉老の有罪を主張しつづけようとするでしょうし、裁判所は在日朝鮮人の「犯罪」を裁きつづけようとするでしょう。「金嬉老を裁けるか？」という問いは、したがって、まだまだ一つの理念以上のものになってはいないのであり、それを私は率直に認めないわけにゆきません。それは裁判というものが、制度のなかで、抑圧の体系である「法」そのものの枠内で行なわれていることを意味しています。これにかんして、かつて西順蔵は『朝鮮研究』六八年五月号で金嬉老にふれて次のように書きました。

「法廷闘争は場ちがいである。闘争は、殺人を単に殺人罪としてすくいあげる法廷においてでなく、単に殺人罪としてすくいあげるその法廷そのものに対する闘争である」

私は西順蔵の言うことがよく理解できます。それだけに、これを重い言葉としてわが身に課したいと思います。しかし、金嬉老が捕えられて獄中にある現在、私は決して法廷闘争が「場ちがい」であるとは思わない（序でながら言えば、西順蔵の言葉は、金嬉老がまだ寸又峡にこもっていたときに彼の許に赴いて「法廷闘争」を語った者への批判として書かれているので、この点については後に述べる機会があるでしょう）。法廷闘争は「場ちがい」でないどころか、現状では絶対に必要不可欠です。私は現在の力関係において、少くもこと金嬉老にかんする限り、どうしても「裁判ナンセンス」論をとることはできないと思います。とはいえそれは弁護団が、法を拠りどころにして金嬉老を「弁護」し得るという意味ではありません。むしろ私は「法廷」闘争を、法の枠をこえるべきものとして、西順蔵の言葉をかりれば「殺人を単に殺人罪としてすくいあげるその法廷そのものに対する闘争」として、位置づけています。それは、金嬉老を裁こうとする法そのものへの闘いであり、法を適用する者の論理を追及する行為である。したがって金嬉老裁判にかかわるということは、法廷内での闘いが同時に法批判の論理ともなってゆくような、法の論理を内部から突き崩してゆくような、そういった論理を展開しなければならないわけです。またこのような論理の発展のなかで、他の場所で組まれている法廷闘争との連繋が求められ、また金嬉老裁判で獲得されたものが直接の武器として、少くとも法廷闘争の場で生かされてゆくこともあり得るでしょう。公開の席上では今はこれ以上のことを申し上げられないのですが、少くとも「金嬉老を裁けるか？」という問いが、このような困難な課題に結びついていることは、容易にお分りいただけると思います。

2

さて、以上のように考えてきますと、法廷闘争と、さきほど申しました異民族支配の問題との関連も、いくぶん明らかになるのではないでしょうか。さきほど私は、朝鮮人差別の問題にかんする限り、日本人は全体として殺人者の側にあると申しました。それはむろんここにおられる方々が、個人的に兇器をふるって朝鮮人を殺害したという意味ではありません。日本人がその存在において、そのように客観的に位置づけられ、規定されているということなのです。したがって、これは体験的に実感することの困難な問題です。私自身、これを実感しているとか、理解しているなどとは、とうてい言えるものでありません。が、われわれは日本人に生まれたときから、朝鮮人とのあいだに厳然と存在している一本の国境によって、彼らと隔てられているのではないかと私は考えます。その国境は彼らの目には、はっきりと見えるけれども、われわれの目には入らない。それがわれわれの目に入らないということは、われわれがその国境を見ない方が都合のよい位置に、つまり差別者の側におかれているからだと思わないわけにはいきません――なぜなら、われわれにとってその国境を見るとは、自分を差別者として位置づけることであり、しかもわれわれはだれも好んで差別者であろうとするわけではないのですから。これは在日朝鮮人と日本人だけではなく、あらゆる差別にまつわる国境です。アメリカの黒人と白人の場合もそうであり、日本で言えば未開放部落の問題も同様です。最近、大内兵衛

（『世界』一九六九年三月号）をはじめとする一連の差別発言が問題になっていますが、それは差別を拒否するとうそぶく当の者にとっても（おそらくは差別を拒否すると考えている故にますます）この境界が目に入らなくなることを、端的に示しています。むろん、金嬉老公判対策委員会も例外ではありません。現にこの委員会の世話人のなかの何人かは、差別発言を追及された朝鮮研究所の所員なのですから。自らのおかした差別発言を、大内兵衛のように無神経なやり方（『世界』六九年五月号）とは異なって、どのような批判があろうとも、とにかくこれを自分が真っ向うからかぶるものとしてとり上げた『朝鮮研究』六九年七月号のいくつかの文章は、私にはとうてい他人事とは感じられませんでした。金嬉老裁判などに関係しながら、われわれの内にはちゃんと差別意識が根をはっており、裁判に関係することと自体が免罪符を得たいというやいやしい心を培養しかねない、そういうところからわれわれが出発しなければならないのだということを、この事件は私に思い知らせるものだったからです。

われわれは、目に見えない国境によって、在日朝鮮人と隔てられています。そしてこの国境の向こう側には、たえず第二、第三の金嬉老が再生産されており、あるときにはぎりぎりのところで彼らが自分の命を絶つという状況が生じてくるし、またある場合には金嬉老のように、自殺と紙一重のところで他人の死をもたらすきっかけになる、そういう状況が作られていると私は考えるのです。そこでわれわれが「金嬉老を裁けるか？」という問いをつき出してゆくことは、この国境との関連からして二つの意味あいを持ってくると私は考えます。

第一は、自分たちが差別者の側に組入れられており、差別者そのものであるという自覚を、この問いによってたえず確かめてゆくという問題です。言いかえれば、目に見えぬ国境を顕在化するということです。

このような態度には、すでに批判が出されています。その多くは、「チョッパリの会」の批判を除けばとり上げるに足りぬものであって、その典型は、岩見山人という人の書いた『思想運動』第四号の文章です――これは支離滅裂な「論理」と、インターナショナリズムとか階級的立場とかいったスローガン以外に自己の立場を持たぬままに他人の揚げ足とりに汲々とするまことに貧弱な精神とによって、光り輝いている文章ですので、是非御一読をおすすめします。さて一般に、批判には二つのポイントがあって、一つは差別―被差別の問題を（つまりは国境を）提起することによって、何ら現実の状態を改善しないだけでなく、従来差別意識を持たなかった者にまでこの意識を植えつける結果になる、という非難です。これはおそらく、「特殊部落」という一語に発して差別意識を糾弾した未解放部落や部落研の人びとの行動に対する批判にも通じるでしょう。批判者はこう言います――「特殊部落」という語を用いた人びとは、決してすすんで差別に同意する人たちではない、ところがこの用語をきっかけとして開始される糾弾は、この人たちを差別者のうちに位置づけるばかりか、こういった問題に無関心で、それ故また差別意識など持たなかった人びとにまで、差別者としての意識を与え、差別を強化することになる、と。この論理に従えば私の立場もまた当然批判の対象になるわけです。

むろん、私はこのような批判を典型的な自己欺瞞だと思います。われわれが国境を自覚しないのは、何も差別意識を持たないからではない。むしろ差別意識を持たないと思うことこそが典型的な差別意識ではないのか。言いかえれば、差別意識とは往々にして差別者の無意識なのではないか。そうだとすれば、これを自己の内と外とにおいて明らかにし、これを否定してゆくことが、どうして差別の強化になるのでしょうか。むしろこのことを非難する人びとこそが、無意識という形での差別意識を温存強化しているのではないか——そう私は思います。

もう一つの批判点は、これが民族を軸としてナショナリズムを復活するものだ、という点にありますす。なるほど私は以前、自分の立場を「否定のナショナリズム」という形で表現したことがありますが、否定的であろうとなかろうと、そこに民族が一つの契機として登場しているのは事実なのです。しかしそのような批判にもかかわらず、私は自分の主張を堅持したい。なぜならまず最初に、日本人が日本人として抑圧の一契機となっていることは、すでに述べたことから明らかな客観的事実なのですから。国家は否応なしにわれわれをそういう場所に追いこみ、われわれに抑圧者の意識（＝無意識）を植えつけています。とすれば、この事実を認めたうえで、あたかもこれをないものにして階級的立場やインターナショナリズムや連帯などを語ることがどうしてできましょう。

しかしながら、問題はこの事実を認識するという次元にとどまるのではありません。また、このことは、金嬉老公判対策委員会——とくにその報告会——においても、民族責任か反権力かという形で、たえず提起されつづけている問題でもあるのです。ところで私は民族責任と反権力とが二者択一の問題であるとはどうしても考えられない。というか、民族責任は決して日本人全体が抑圧の共犯にさせられているということを認識して終るものではない。それで終るとするならば、それは私の考える民族責任とはずいぶん異なっており、むしろ抑圧の共犯であるということをあなたでも私でもなく日本人全体の問題に拡散させてしまう、しかもそこで発せられた言葉が一種の免罪作用を持って現状を固定してしまう――こういう危険をはらむことになります。そこで国境の顕在化や民族責任論と分ちがたく結びついているもの、ないしはその一側面として、われわれの――少なくも私の――金嬉老裁判にかかわる上での第二の課題が生まれるのです。

この第二の課題とは、具体的な裁判の過程で、具体的に国家権力・司法権力との闘いを組んでゆくことです。それというのも、われわれを抑圧の共犯者たらしめているのがまさにこの日本の国家である以上、そのような自己の存在を容認できぬ者は、この国家への抵抗を強化する以外に道が残されていないからです。しかしそれが権力との目ざましい格闘になる、言いかえれば、われわれが一気に立派な反権力者としての自己を確立できるということに、私が確信を持っているわけではありません。反権力者であるということが決して容易なものでないことを、私は自分が国境の此方側に――つまりは日本社会という共同体のなかに――いることをいくぶん感じはじめてからというもの、たえず考えずにはいられないのです。これはプチ・ブルだろうと労働者であろうと、同じことです。いや、即自的な形での労働者は、その日々の営みによって、その「労働」によって、体制の最も明瞭な共犯者にすぎません。その意味から言えば、在日朝鮮人との「連帯」など、私にはまだまだ遠い課題です。「コンミューヌ」はまだ存在していないのです。おそらくそれは、われわれの手による共同体の変質解体がいくぶんか日程に上るときに、初めて具体的に問題になるのではないでしょうか。にもかかわらず、私は自分が否応なしに組みこまれているこの共同体に、自分なりに憎しみをもやしています。そこでひと口に要約するならば、法や秩序の内部にとりこまれながらどこまで自分が統合を拒否し、法や秩序に敵対し得るのか、権力によって国境の此方側に位置づけられながらどこまで自分が反権力者であり得るのか——この問いこそが法廷闘争の持つ意味であるということになりましょう。私はそれが、われわれにとっての金嬉老裁判であると考えます。法廷内でありながら法に対する闘いであるとは、まさにそのような意味を含んでいるわけです。

このような態度にも、すでに批判が加えられており、たとえば「チョッパリの会」のある論者は、共同体を解体してゆくためには、その共同体によって自分がアウト・ロオにはじきとばされることが必要だと主張しています。私はそのような主張に思想的な強い刺戟を受けますが、それがそのまま共同体の解体に通じるとは思いません——そればかりか、共同体の外に出るということ自体が、一つの幻想にすぎないと思われます——。共同体の解体は、その共同体の外部から加えられるインパクトを受けとめながら、その共同体を構成する人たちの手によって果されるのではないでしょうか。金嬉老の「暴力」は、日本人によって構成される市民社会から否応なしに閉め出された一朝鮮人によって、外部から加えられた衝撃です。金嬉老が獄中にある現在、問題は彼の投げかけた問いを、共同体に組みこまれているわれわれがどうとらえ、どう行動するかという一点にかかっています。それがわれわれの仕事です。つまり金嬉老裁判とは、まさしくわれわれ自身のものにほかならないのです。

3

以上のような基本的考えに立って、次に「中国の会」から問われたように、私個人にとって金嬉老とのかかわりあいは何であったかということにふれてゆきたいと思います。

金嬉老という朝鮮人が寸又峡にたてこもったことを私は大分おくれて知ったのですが、それを知ったとき、まず私を襲ったのは強い不安でした。けれども、その不安は、私の想像を絶する意外なものが、突如目の前にあらわれたことから起こる不安ではありませんでした。むしろそこには、もうすでに知っていたこと、自分でも書き記したことが、「寸又峡」という形をとって現在進行しているんだという、そういう気持が混じっていたわけです。この男を私は知っている、とそう私は傲慢にも考えました。それというのも、「みんくす」から寸又峡へと金嬉老がたどった道程は、すでに十年前に「小松川事件」の李珍宇によって鮮明に示されているものだと思われたからです。二人の日本人女性を殺害したと「自白」し、二人目の小松川女高生のときには、わざわざ警察や新聞社に電話して「犯人は俺だ」と言い、証拠物を送りつけて捜査陣を愚弄し、逮捕されてからも自分の「犯罪」の目的が「わからない」と断言した李珍宇の「行動」は、当時明らかに「残忍」なものであり、常軌を逸したものであると映りました。しかしその李の残した書簡をくり返し読むうちに、私にはこの少年が、自ら犯した「犯罪」と、その「犯罪」の透徹した再把握とを通して、自己をゆるぎない実存者に鍛え上げてゆくことに目をみはりました。この場合、実存者とは、自己の状況を明晰に、徹底的に、生きる者のことです。そして彼の状況とは、半日本人のそれに他なりません。言いかえれば、李珍宇の行動とその書簡とは、半日本人としての彼を作り出すこの日本社会を照らし出すものであることに、私は徐々に気づいていったのです。これについては、私の「日本のジュネ」というエッセイをお読みいただければ、およその考え方が分っていただけると思います。

さて、金嬉老の「事件」が報道されたとき、私はそこにまず蘇生する李珍宇を見ていました。李珍宇と金嬉老とは、むろんその感性も資質もきわめて異なっているように思われますが、それでも彼らに共通している何かがあると思われました。事実、「小松川事件」当時の新聞・雑誌をくってみると、「犯罪史上珍らしい」、「異常性格」、「凶悪犯罪」といった表現が頻繁に使われています。また金嬉老が「ライフル魔」とされたことは言うまでもありません。要するに、彼らの行為は、まっとうな人間の言葉を使えば「悪」そのものなのです。そればかりか、この「悪」にはある「演技性」が備わっているように見えました。断っておけば私はこの「演技性」という語に、自分が真底から感じているものでない何かを「演技する」といった意味をこめるつもりは決してありません。むしろあらゆる行動のなかに絶えずひそんでいるところの他人によって見られている部分（対他性）が、李珍宇にも金嬉老にも濃厚にあらわれている、と言いたいのです。現に彼らは二人とも、他人の前にすすんで身をあらわしていました。李は証拠物件を送り、「犯人は俺だ」と言うことによって、また金嬉老は「寸又峡」によって――いや寸又峡に赴く前に、金はすでに逸早く警察に電話を入れて、李と同様に「犯人は俺だ」と伝えていたことも、後に明らかにされましたし、また寸又峡の「ふじみや」にたてこもったときに、金の真っ先に行なったことが警察に居所を知らせるという行為であったことも今では分っています。だがそれを知らなかった「事件」当時でも、「寸又峡」が金にとって身を逃れるための行動ではなく、逆にこれを利用してみなの前にたちあらわれる行為だろうということは、容易に私には想像がつきました。

この「悪」における「演技性」、「悪」への居直りに、私はまず注意を惹かれたのです。それというのも、さきほど引いた一朝鮮人の言葉のなかにもはっきりあらわれているように、これは彼らの運命が常に外側から他人によって決せられていたことを示しているからです。在日朝鮮人は常に国境の反対側のわれわれから「悪」と見なされている故に、この対他的な「悪」を逆に自らすすんで選んでゆくという、非常に屈折した形で主体を確立することが起こるのではないか、それが「小松川」であり「寸又峡」ではないのか、そう私は考えました（この点で、岡村昭彦編の三省堂新書『弱虫・泣虫・甘ったれ』のなかで金嬉老が、「ぼくは見え坊だからなあ」と言っているのは示唆的です）。そのように考えてゆけば、この「悪」、この「兇悪犯罪」の含む「演技性」は、日本社会の構造とそのなかにおけるわれわれの位置を明らかに示していると言うことができます。そうだとすれば、この私と、寸又峡の一朝鮮人との関係は何なのか。金嬉老の行動によってまず私のうちに引出された不安とは、このように自分の存在そのものにかかわるものでした。

それだけではありません。右に述べた考えは私の場合「小松川事件」以来一貫したものですが、しかしそれを私が作り上げたのは李珍宇が処刑された後のことだったのです。私は、生きておそらく激しい苦痛にさいなまれていた李を知りません。私にとって李珍宇は、何よりも書物のなかに存在する顔でした。私は文学書を読むように、李珍宇と朴壽南の往復書簡『罪と死と愛と』を、くり返しひもといたにすぎません。そのうえ私は朝鮮で生まれたわけでもなく、幼いときに朝鮮人の友人がいたわけでもない。朝鮮人の生活もろくに知りません。朝鮮は、書物の世界のなかから、論理的にたちあらわれたものにすぎないのです（そのことは評論集『アンガージュマンの思想』にふれておきました）。とりわけジャン＝ポール・サルトルの影響（『聖ジュネ』を初めとする）は、彼がフランスの作家でありながら、奇妙なことに私が自分の「朝鮮」を考えていく上で決定的でした。たとえそれを人が非難されるべきものと考えるにしても、私がそのような形で朝鮮に、あるいは李珍宇に、観念の世界で遭遇して行ったことは一つの事実だったし、またそうでしかなかったのです。つまり私は観念の世界のなかで死者とつきあっており、そこから自分の生きている条件をふり返っていたわけです。ところが、不意に金嬉老があらわれて、「寸又峡」を私の前につきつけ、しかも死ぬときには、自分の足に八発の弾をうちこんで、充分に二人の「犠牲者」の感じた苦痛を味わいながら、最後の一発を自分に向けると言明したのです。私は自分の論理的世界のなかで見出したことが、とつぜん苦痛を感じる生きた肉体――死すべき肉体――の形をとってあらわれ、それがこのように現に進行しつつあるものとして否応なく私の目にとびこんでくることに、情なくも激しい動揺を覚えていたのです。

私は寸又峡の金嬉老を見つめる勇気がありませんでした。つまり彼の死を見つめる強靱さを持ちあわせていませんでした。金嬉老が寸又峡にとじこもった二日目の朝、私の「小松川事件」にかんする仕事を知っている友人から電話があり、テレビを通じて金嬉老に訴えてほしいと要請があったときには、私は顔から血の気の引いてゆくのを感じました。もとより、私はそのような要請を引受ける気がまるでなかったわけですが、それを断るのもやはり大きな勇気を必要とすることでした。それで私は家をとび出し、その日一日は「寸又峡」から目を避けるために街を逃げ歩いていたわけです。

このように進行中の事件から逃げようとしながら、しかし私はたえず寸又峡を考えていました。その私のなかで少しずつはっきりしてきたのは「人質」の存在です。私には、私自身の身代りとなって一朝鮮人と向きあっているのが、この「人質」たちだと思われました。小松川事件の場合、日本人すべての身代りとなって李の「暴力」を身に蒙った二人の女はもう死んでいましたが、この「人質」たちは金嬉老と同様に生きてあの山の上にいたわけです。「人質」については、『金嬉老公判対策委員会ニュース』の里見実（第一号）、三橋修（第一一、一二号）などの文章が、問題点を的確に追及しており、私はそれにほとんど異論がないのであって、対策委員会とは自己を「人質」の立場におくことによってそこに日本人の普遍的状況を見、行動を切り開こうとする集団であるとも言えるわけですが、その日私が思い描いたことも、自分がある日とつぜん「人質」にとられても何の文句も言える筋合いではないという、その一点のまわりをぐるぐるまわっていました。私は寸又峡の旅館にいる自分を想像しました。そこへとつぜん銃を手にした、背の高い、たくましい身体つきの男がにゅっと入ってきて、「お前はここにいろ」と言われたらどうするか。相手は二人を殺害した朝鮮人です。そして彼は朝鮮人として自分のなめた経験や怒りを語りはじめます。俺はそのときどうするか。私はひたすらこのことに想像をめぐらせていました。私はまるで勇気がないので、まず逃げ出すことを考えるのではないか。――その不安は私につきまとっていました。だがその一方で、逃げない自分でありたいという願いもまた明らかに私の本心であったのです。

「人質」と呼ばれた人たちのおかれた状況は、こういう当初の私の想像とはかけ離れたものだったようです。彼らが自由ですらあったことは当時もいくぶん見当はつきましたが、それはその後の調べでますます明らかになりました。しかし、彼らは逃亡しなかった――金嬉老が一人で風呂に入ったり、ライフルもダイナマイトも二階におき放しにして「訪問者」との話に熱中していたときも――。このような同宿人たちの位置は何だったのでしょうか。私はそれを表現する言葉を知りません。が、構造的に言うならば、ここには日本人がいつ何時でも朝鮮人によって「人質」にされ得るということが、明らかに示されています。里見実はこのことを次のように記しました。

「ふじみ屋旅館の一三人は、わたしたちの分身です。彼らがたたされた状況に、わたしたちもまたたされています。人質とは、じつはわれわれです。金嬉老は彼の暴力によって、国家権力から〈われわれ〉を奪いとりました。仮に金が国家権力によって惨殺されるならば、わたしたちもまた破滅を宣告されざるをえない、という意味で、わたしたちはいまだに、人質であることから救出されていないはずです」

その日、私は金嬉老を避けながら、彼に金縛りになっていたと言ってもいいでしょう。しかしその晩から翌朝にかけて、私は一つの「行動」をしていました。いやむしろ、一つの「仕草」をしたのであり、それが思いがけぬ結果につながったと言うべきでしょう。いわゆる「文化人のメッセージ」がそれです。これは私の恥の記録です。

このメッセージに加わったのは偶然の事情からでした。その夜たまたま私の居場所が知れて、あちこちから電話があり、いま中嶋嶺雄と伊藤成彦の呼びかけで「寸又峡」にかんしてみなが「話しあう」会を持とうとしているからそこへ出席するようにとの要請を受けたのです。私は自分の考えにまとまりがついていたわけではありませんが、しかしやはりそこへ行かずにはおれぬ気持になっていました。こうしてその夜おそく銀座の東急ホテルで、会合が開かれたわけです。集まった者は約一〇人。中嶋、伊藤のほかに、大沢真一郎、金達寿、西田勝、山根二郎、横山正彦らが顔を見せていました(ここにすでに三人の弁護士がいたということは、この「話しあい」がどんな姿勢で持たれたかを的確に語っています)。その場所で私は金嬉老が、翌日正午という刻限を切って、警察に二つの要求を提示していることを初めて知ったのです。彼の命があと数時間だという思いは、私だけでなく、出席したすべての人にとって重くのしかかる苦痛だったにちがいありません。

そのような緊迫した状態のなかで、「話しあい」は始まりました。そして暁方近く、われわれは金嬉老あての一つの「呼びかけ」を作成していました。その全文は、近く出版される『金嬉老の法廷陳述』（三一書房）あとがきに掲載されていますので、ここでは省略しますが、後に週刊誌や会田雄次などが嘲笑した「文化人のメッセージ」ができあがった事情は、右に述べたようなものでした。

私には、これら週刊誌や会田雄次などの批判がまったく下らぬものに思われます。しかしそのような批判とは異なった意味で、私はやはり自分でもこのメッセージが救いようのない欠陥をさらけ出していると考えないわけにはゆきません。それについても私はもうふれたので、できるだけ簡略化して申し上げますが、そもそも、このような状態のなかで、何かを言うことができると考えるそのことが、われわれの根本的な弱点を示していたのです。つまり、われわれは、深刻な顔をして金嬉老に語りかけようとしたけれども、そのこと自体が、実はわれわれにとって在日朝鮮人問題など大して重いものとしてとらえられていなかったことの証左なのです。本当は、私を含めてここに集った人びとは、救われることを、この苦痛や息苦しさから解放されることを、どこかで欲していたのかもしれません。

そのうえこのメッセージは、その内容からして問題を含んでいます。私自身は、メッセージを作ると決ったときに、三つの点を内容に盛りこむことを提案しました。その一つは、金嬉老の行動がわれわれに与えた大きなショックを彼に伝えるということ。次に、自殺すると宣言した彼の生命が、やがて失われるものであっても、自分は自分なりに彼の言葉を何らかの形で受けとめるべくつとめたい、ということ。そして最後に、もし彼が生き延び得たなら、自分はいずれ法廷闘争に参加したいということ。私は自分が寸又峡の「人質」であったとしたら彼にこう言いたいと思うことを、内容として提案したのです。ところがこの「呼びかけ」には、全体として、生きてほしいという訴えが強調されており、私はそれに異議を唱えながらも最後にはそれに同意していたのです。それは私のなかにも、明らかに、生きてほしいという悲鳴に近い願いがあったからに他なりません。実を言えば、彼の直面している死こそが、私にとっては最大の不安であったのです。ところが生きてほしいということは、口に出してはならぬ願いでした。というのも、たかがライフル銃とダイナマイトくらいでは、警察に逮捕されずに生きのびることは不可能であるからです。言いかえれば、生きてほしいと言うことは、警察に逮捕されよ、自首せよ、と言うのと大差なく、つまりは「解決」を欲し、秩序の側に加担することでもある。ところが金嬉老は「解決」などを初めから拒否して、力づくの闘いを挑んでいたのです。先ほど引いた西順蔵の「法廷闘争は場ちがいである」という言葉を、私はそのような批判として受けとります。そのことをさらに痛烈に表現しているのは、『ことばの宇宙』六八年五月号に発表された森崎和江の「二つのことば・二つのこころ」という文章でしょう。その一節――。

「あの時は日本中が多少ざわめいた。というより不用意な発言をすまいというような、ことばに対する自己抑制的な気分が日本に流れた。自国語に対する抑制的気分は、日常語が思想化へむかう数段階まえの状態である。私は日本はこの気分にたえるおくにがらでないとはらはらしていた。そうした気分を一手に引きうけて大衆を緊張から解き放つ層をたちまち生み出すのである。日本人のぜんぶがしんぼう強く待つことをしない。そうしてそうなることで、大衆がはらむかにみえた前思想状況をいっぺんに元へ戻してしまう」

われわれにできる唯一のことは、じっと「寸又峡」を見守る勇気を持つことでした。「文化人」のメッセージは、そのような緊張に堪えられぬところから発せられたものであるばかりか、あたかも金嬉老を理解しているかのように振舞い（本当は、差別者であるわれわれは被差別者のことをなに一つ「理解」などしていないのに）、その結果として金嬉老にすきを与え、彼の武装を解除するための、一つのファクターにさえなっていただろうと思います。私は金嬉老逮捕のとき、自分の言葉に対して、かつて経験したことのない深い疑惑を抱かずにはいられませんでした。しかもなお、私は言葉を棄ててはおりません。いや、棄てることができません。むしろ私は今、自分の言葉に対する疑惑を通して、言葉を鍛えることを考えようとしています。森崎の批判も所詮は言葉です。その先には、言葉として発せられることのない批判がある筈です。私の言葉はその無言の批判によって否定されるものでしょうけれども、しかもなお言葉をいくらかその批判を受けとめ得るものにすることはできないだろうか。そこに私は、自分の限界を見、また自分の仕事をつづける意味をわずかに見出しております。さし当り、本当に言えることを言う、そして言えることしか言わないという、まったく初歩的なことから私は学び直しているさい中です。また、一旦発してしまった以上、個人的にはあのメッセージの言葉を何とか引受けて法廷闘争をやりぬいてゆくことが、たえず自らに言いきかせている課題です。それというのも金嬉老が獄中にある現在、法廷闘争は彼のほとんど唯一の闘いの場となったのですから。

私が現在、金嬉老公判対策委員会に参加している一つの大きな理由は、この「文化人のアピール」

で吐いてしまった言葉をどう引受けるかという問題が、私にとって決して小さなことではないからです。私はそのアピールをもはや認めることができませんが、そこに自分が加わったという事実は消すことができません。私はこのような「呼びかけ」に参加し得ると考えた自分の差別者としての無意識、つまり差別意識を、負うてゆくほかないのです。しかしそれは私の個人的理由であって、対策委員会そのものは、この「文化人のアピール」を前史としながら、しかしこれとは別なところから出発したものです。というのも、「文化人」と呼ばれたこの集団は、金嬉老が逮捕されたときにすでに解体していたのですから。口火を切った中嶋嶺雄は、「法廷闘争をはじめあらゆる運動を通じて、あなたの行為を無駄にしないよう努力するつもりです」という文句を自ら執筆した当の本人だったのですが、自分のやりたかったことは死を前にした金嬉老にこういう考えを持っている者もあることを知らせたかったのであり、その仕事はすでに終ったのだと宣言して、逸早く退いて行きました。つまり彼は安らかに金嬉老を殺したかったのであり、彼を殺すためには心にもないことを筆にするのも辞さなかったのです。また、直接裁判にかかわるのではなくて、一般的な啓蒙運動をやりたいという趣旨で、伊藤成彦も西田勝も脱落しました。結局のところ、去年の二月二二日の夜、都内のホテルに集まらずにはいられなかった人たちのなかで、現在この裁判に具体的にかかわっているのは、特別な立場にある金達寿を除けば、大沢真一郎、山根二郎、の二名にすぎません（他の人たちの間接的な協力はないわけではありませんが）。

しかしながら、「文化人」グループの急速な解体現象と平行して、金嬉老の逮捕によって状況が一変したという認識のもとに、現在獄中にある彼が裁かれるのを容認してはならないと考える人たちが、このときすでに裁判闘争への構えを示していました。金嬉老公判対策委員会はこうして、一方では分解した「文化人」グループのなかのともかく言葉に責任を負いたいと考えていた少数の人びと、他方では逮捕以後にこの裁判を見過ごすことができないと考えた人びと、この両者が結束して作り上げたものであると私は考えています。発足に当って、もはや「文化人」グループなど存在せぬことを言明しなかったために、後になって対策委員会と「文化人」グループを同視する人びとの批判を招いたこともありましたが、しかしいまわれわれの短い歴史をふり返ったとき、私はもはや東急ホテルの集まりと対策委員会とのあいだに何の同質性も認めることができないのです。

現在この対策委員会は、大沢真一郎、梶村秀樹、佐藤勝巳、里見実、三橋修といった人びとを主たる世話人として、また多くの自発的協力に支えられて、機能しています。その仕事はかなり多岐にわたっていて、とうていここに詳しく申し上げることは不可能です。しかし率直なところ、この委員会が力づよくその仕事を果しているとはとても言えません。裁判闘争の要求するものは、むろん鋭く大胆にうち出されるわれわれの姿勢であると同時に、具体的な形であらわれる個々の局面への緻密な対応でもあるわけですが、対策委員会も弁護団もその要求を満たすにはほど遠いばかりか、むしろたえずその力量不足を暴露しています。政府側の加えてくる攻撃（たとえば金嬉老と密接に関係する出入国管理法案）に対するわれわれのとりくみもまた、きわめて脆弱であることを告白せねばなりません。そういうさまざまなことが、いま問題になっております。ひと口に言えば、裁判闘争の具体的に要求するものを見失うことなしに、大衆の支持をどうやって獲得するか、日本の全体的な状況のなかで、これをどう位置づけるか、他の闘う部分とどのような関係を組むか、われわれの仕事をどこへ届けるか、そういった基本的な問題がいま再び問い直されているわけです。

4

最後にごく簡単に、公判過程にあらわれた問題点を指摘し、それについての私の考えを述べておきましょう。これまで一九回にわたって行なわれた公判のなかで、大きな問題として挙げることのできるものが三つあります。その第一は「特別弁護人」の獲得、第二は被告の「特定」、そして第三は元検察官岩成重義の証人としての出延です。

第一の点については、この裁判が法曹だけではとうてい成立し得ぬものであるという認識のもとに、一九名の「特別弁護人」が申請され、私もそのなかに名を連ねたのですが、しかし裁判所はこれに理由も根拠もなしに全面的に異議を申し立て、ようやく金達寿、岡村昭彦、佐藤勝巳の三名が承認されたのみで現在に至っています。この三名を獲得するにも、実は数ヵ月を必要としたのですが、重要なのはこの折衝の過程で、われわれだれしもが「弁護人」となることを要求する権利があり、裁判所はそれを恣意的に拒否すべきでないことを、弁護団が刑事訴訟法のレベルにおいても明らかにしたことです。これに対して裁判所側は、その必要を認めないとくり返すのみで、何ら論理的に答えるものがなかったこともつけ加えておきます。

第二の点は、一旦は裁判所側に押切られた問題ですが、しかしこの裁判の本質を示すものだと言ってもいい。すなわち検察官の起訴状朗読に先立って、被告席に坐っている者が何者であるかを「特定」するところの「人定質問」がこれであります。ところで起訴状に記されている本籍も氏名も、実は出たらめでした。そしてこれが出たらめであるということは、実はそのまま朝鮮と日本の歴史にかかわり、そこから生み出された歴史的存在としての一在日朝鮮人にかかわっているのです。それというのも、「金嬉老」なる人物は本当は存在しないからです。

「金嬉老」は存在していません。少くも、その名前によって特定される人物は存在していません。より正確に言うならば、彼は七つの名前を持っているのです。まず実父の権命述から来る権嬉老（コンフィロー）、次にその日本読みであるゴンキロー、義父の金鐘錫から来る金嬉老（キムフィロー）、次にその日本読みのキンキロー、さらに権姓から作られた近藤安広、金姓から作られた金岡安広、そして最後に清水安広。彼はそのときどきで、七通りの名前で呼ばれ、そのどれが自分の本当の名であるのかも知らないわけですが、そのことがすでに日本に来ることを余儀なくされた朝鮮人の子であり、言葉を奪われ、その思考や感性のひだまでも日本人化すべく強いられた一在日朝鮮人のおかれた暴力的状況を示しているのです。

私もまた彼をキンキローと呼んでいます。初めはキムフィローと呼ぶべきであろうかと考えましたけれども、やはりキンキローと呼ぼうと決めたのです。その理由は、まず第一に彼自身がそう発音しているからですが、また日本にいて日本語しか知らず、朝鮮人であってしかもそうでない人物、日本と朝鮮のはざまに生きている一存在が、私にとっては自分の存在を問う上で最も重要な問題を提出しているからであって、そのような「外国人」の符合はこれを日本読みにすることが最もよいと判断したからです。いわば私はキンキローが本来存在すべきでない名前である故に、これを口にしているのですが、このことに充分な自信を持っているわけではなく、まして検事や裁判長が唯一絶対に存在する名前としてのキンキローによって彼を特定できたと判断して裁判を強行することは決して放置しておけるものではありません。この問題一つをとり上げても、「金嬉老」は公訴棄却を請求する充分な理由を持っています。

第三の点は、現在の公判の状況と密接にかかわっています。つまり一〇月二二日（六九年）の第一七回公判以来、起訴状と検事側冒頭陳述を執筆した岩成重義が、すでに二回にわたって証人として出廷しているのです。これは彼がその冒頭陳述を朗読して間もなく、なぜか検事の職を辞して九州で弁護士を始めたために可能になったことですが、おそらく起訴状と冒頭陳述を書いた当の本人が証人としてあらわれ、弁護団や「被告」の数日にわたる反対訊問にさらされるということは、裁判史上決して数多く見られることではありますまい。

この状況は、起訴状朗読・各弁護人の意見陳述・検察側冒頭陳述・弁護団の冒頭陳述といった順序で裁判が進行し、いよいよ証人調べに入る段階で起こりました。弁護団はその段階で、完全に異なった二つの冒頭陳述がある以上、そのどちらに従って裁判を（とくに証人訊問を）進めるかを決定せよ、そのために岩成を証人として喚問せよと裁判所側に迫ったのです。とりわけ弁護団の強調したのは、検察側冒頭陳述の次の箇所でした。

「被告人は逃走時自己が朝鮮人であることと本件殺人とを関連させ、又清水警察署暴力犯係刑事小泉勇から朝鮮人を罵倒されたとしてこのことを世間に訴えることを考えつき、そのために寸又峡において人質を取り籠城することを考えた」（傍点鈴木）

これを「考えつ」いたと検察側が主張するのは、金嬉老がたった一人で車のなかにいたときではないか。そうだとすれば、また冒頭陳述が客観的に立証すべき事項を述べるものだとすれば、検察官はどうやってこの金嬉老の内面に起こった「事実」を客観的に立証するのか。弁護団は主としてそのような主張によって検察官に迫りました。これに対して岩成重義に代った有田検察官は、岩成元検事の証言によってこれを立証すると答え、そこから二ヵ月にわたる折衝や、数人の他の証人の出廷を承認するといった妥協の後に、ついに岩成重義が法廷に姿をあらわすこととなったのです。

しかしながら問題は、「考えつ」いたか否かを争うことにあるのではない、というか、これは一つのきっかけにすぎません。むしろ事実を見る二つの態度、二つのイデオロギーが問われているのです。つまり事実とは何か、行為とは何であるかが問題なのです。なるほど、金嬉老はキャバレー「みんくす」において、それまで彼を脅迫してきた暴力団の幹部とその子分を殺害し、ついで寸又峡において四日間にわたる行動をしました。またそのことを彼は否定しているわけではありません。ところが、このような事実は、それ自体が全体的なものです。つまり、それは何らかの構造を持ち、意味を持っています。さらに言うなら、それは自由に選びとられた一つの必然なのです。しかし、検察官にとって、「事実」はある日突然に、天から降ったように忽然と湧いて起こる。それどころか、「事実」が生ずるのはまさに「法」があればこそである、とすら彼らは内心考えているのです。なぜなら、彼らは日頃から「法」が「罪」と指定しているもののみを鵜の目鷹の目で探しているのですから。その意味で、「法」はすべてに先行しており、一切の根拠であり、人間の作ったものでありながら人間以前に存在して、その思考に絶対の枠を課するものですらある。たとえ彼らがその私生活においてどんなに人間的に見えようとも、検察官としての事実に忠実に職務を遂行する限り、彼らの思考からは人間が欠如しています。つまり人間の行為としての事実は存在していないのです。その意味で彼らはノー・マンズ・ランドに立ち、人気のない死んだ「事実」を裁こうとしているにすぎません。かくて事実は分断され、メカニックな因果関係に整理されます。先に引いた「債権取立てをしていた曾我幸夫の態度を不当として憤激の余り同人を殺害することを決意し……」という条りは、そのようなメカニックな因果関係に位置づけられ、定義された、断片的「事実」の見本みたいなものです。したがって「法」に支配されている以上、最も公正な精神も絶対に事実や行為をとらえ得るものではなく、在日朝鮮人金嬉老は再び存在を剝奪されてしまいます。そしてむろんこのような事実の断片とメカニックな因果関係では、なに一つ解明することはできません。そこで彼らはこじつけを行ない、どうしても説明がつかなくなると、不意に行為には作者があることを思い浮かべ、こうして金嬉老が突然何かを「考えつい」たことにすることを考えつく——これが最も好意的に見て岩成重義の行なった仕事であります。

岩成証人への反対訊問は一〇月二二日（一九六九年）以来二回にわたって行なわれ、まだ続行しているわけですが、その最大の問題点は右に述べた点にあると思われます。すなわち一人の日本の検察官（当時）が、言いかえれば一人の法の適用者が、どのように「事実」を作り出し——つまりは事実を歪曲し——どのような論理で金嬉老を裁き得ると判断したのか、そのことをあばき出し、その論理を糾弾するのが岩成への訊問の主眼であると私は判断しています。そのように見るならば、一〇月二二日の弁護団による反対訊問を横取りして金嬉老が開始した一連の質問——蜒々と現在なおつづいている質問——の意味は、きわめて大きいと言うべきでしょう。

彼の質問は、初め七七項目にわたる筈でしたが、訊問をつづける過程でますます増加していきました。しかしそのポイントはただ一つです。すなわち取り調べのときに彼が岩成に何を供述したかを確かめるという、その一点に集中しているのです。そして事実金嬉老は岩成検察官による一三回の取調べのさいに、調書に捺印こそしなかったけれども、自分の生い立ちから追いつめられてゆく経過を詳細に供述したのであり、それは岩成検察官に、事実を構成する材料を提供したことを意味しています。ところが岩成はそれをほとんど切り捨て、ときには金嬉老の供述にしたがって別の人を取り調べたその調書さえ公けにせず、こうして「法」の指定する狭い枠内で、人間金嬉老不在の「事実」（「殺人」と「監禁」）をでっち上げてこれを起訴したのです。金嬉老の質問が少しずつ明らかにしているのは、このように法に意識を売り渡してその法の適用者と化した一検事のきわめて事務的な姿です。そして法に意識を売り渡すというそのことは、人間の作り上げたものでありながら、しかもなお人間に先立って存在する幻想としての国家に、自らすすんで己れを売り渡すことを意味すると言えましょう。そのうえこの国家とは、在日朝鮮人を作り上げた張本人であり、今なお法という非人格的な形で抑圧を強化している当のものです。そうだとすれば、岩成元検事は、事務的で非人格的であればあるほど、ますます的確に抑圧者として機能するのであり、また岩成元検事への反対訊問は、法廷内に進行しながら法そのものへの闘いであるべきこの裁判闘争、しかもそれが同時にわれわれの朝鮮を少しでも明らかにすることに通じなければならないこの裁判闘争の、最も本質的な部分を明るみに出していると言えるのではないでしょうか。

このような検事の論理、法の適用者の論理に対抗するのは、人間の論理、人間の事実しかありません。つまりマルクスが『ヘーゲル法哲学批判序説』に述べた「人間の最高存在」としての「人間」しかありません。しかしながら、そのように全面的に法に対立し、国家に対立する「人間」が、すでにわれわれのものとして確立されているとは私は考えないのです。われわれが在日朝鮮人に対して客観的に抑圧者であり、牢固とした差別意識(＝無意識)を持ちつづけているように、法にかんしてもわれわれは決してその枠内から身をもぎとって自らを法の規制外においているわけではありません。われわれの日常生活の不自由さ自体が、法に対するわれわれの意識の不自由さをも形作っているのです。そのことは公判の過程においてもすでに何度かあらわれて、われわれの側の手痛い失点を形作ってきました。たとえばある弁護人は、「みんくす」殺人の現場にいあわせた一人のホステスが、稲川組の顔役の射殺された曾我幸夫を擁護しようとする意図からか、甚だ辻褄のあわぬ証言を行なったのに対して、偽証をすれば一〇年以下の刑に処せられるという意味のことを口走って居丈高にこれを恫喝しました。このホステスは明らかに敵側の証人であり、権力によって準備された役割を演じていたわけですが、これに法を拠りどころにする恫喝を以て相対したときに、この弁護人は戦う前から完全に敗れていたと私は思います。彼の言葉は権力の言葉、法の言葉であって、まさに検事にこそふさわしいものであり、絶対に金嬉老弁護団の口にすべきものではなかったからです。これは極端すぎる一例ですが、しかしこのことからしても「金嬉老を裁けるか？」という一つの問いが、両刃の剣であることは諒解されるでしょう。権力の言葉、法の言葉が、実はわれわれの言葉をも冒している以上、この一つの問いかけは権力と法への挑戦であるとともに、われわれ自身への挑戦でもある筈なのです。

したがって、殺人（死刑）と監禁（拘留、禁錮、懲役）を合法化しつつ、法の名において金嬉老の「殺人」と「監禁」を裁こうとしている国家に対して、私は既存のものとしての「人間」の立場に拠り所を求めることはできません。その「人間」すらもが国家によって毒され、国家の成立基盤になっているのを考えるのでなければ、「人間」という語に何の意味もありはしないからです。裁判の経過のなかでますます明らかになってきているのは、われわれがまだこのようなところにしかいないという現実の問題です。その具体的な状況のなかで、どこまで内と外との権力に拮抗でき、現実を一歩進めることができるか、ひと言で言えばどこまでわれわれが新たな人間の創造に近づき得るか、そのことこそが問われているのだと私は考えます。『法哲学批判』のいゆる「人間の最高存在」としての人間は、その意味で、決して法廷闘争に直ぐに応用できる武器としてわれわれの手の届くところにころがっている理論ではないにしても、やはり到達すべき窮極の目標であることをやめてはいないのです。

いささか抽象的な結論になりましたが、以上で私の話を終りたいと思います。

金嬉老裁判における事実と思想——検察官加藤圭一の論告を批判する

1

金嬉老（キムヒロ）の裁判について語るためには、まず、静岡地方検察庁にいる一人の検察官のことにふれねばならない。小柄で、色白で、眼鏡をかけ、一見平凡なサラリーマンといったタイプ。いかにも小心そのもので、悪事にはおよそ不向きに思えるこの男が、薄汚ない手段を弄して、自らは手を下さずに他人の生命を奪うことを目論んだのである。この検察官の名は、加藤圭一という。彼は去る二月一六日、静岡地裁第三号法廷において、「人間の生命が何ものにも代え難い貴重なものであり、何ものにもまして尊重され、保障されなければならないものであることは、今さら多言を要しない」などと、陳腐な言葉を連ねながら、その舌の根も乾かぬうちに、事務的な口調に殺意を秘めて、在日朝鮮人金嬉老に死刑を求刑した。それは「一般予防的見地」からの求刑であった。すなわち金嬉老の生命なら、これを尊重する必要もなく、保障するにも及ばず、見せしめのために抹殺してもよい、抹殺すべきだ、というのであった。

いったい一人の検察官は、生涯にどのくらい死刑求刑を行なうものなのか、私にはまるで見当がつかない。ことによると検察官にとって、「死刑」という語は、何の痛みもなしに発し得るごく日常的な仕事上の言葉と化しているのかもしれない。またこの論告が、一個の加藤圭一という検察官の裁量のみで出来上ったものでないことも、容易に推察がつく。金嬉老を殺せ、という黒い意志は、加藤個人のものというよりも、おそらく日本国家の意志であったろう。上部から静岡地方検察庁に、また加藤個人にと、その意志が伝達されていたことも、充分想像可能である。だからといって、この論告要旨に署名した加藤圭一が免責されるわけではない。もともと国家の意志は、具体的局面において、常にこのような個人の主体を通して現われるものだ。私自身もある国立大学の教師をしていて、小さな部分においてではあるが、そのことを日頃から経験していないわけではない。したがって加藤検察官は、たとえ検察庁の意志であろうがなかろうが、この論告を執筆した以上、この裁判の成行きを注視してきた在日朝鮮人及び日本人に、長く憎悪される対象となったことを覚悟せねばならない。私はこのような論告を書かせた日本国家を許さない。また、これを執筆した加藤圭一を、一個の人間として糾弾する。

この論告が行なわれるや否や、私たちは直ちに反撃の準備にとりかかった（ここに「私たち」というのは、四年来この裁判にとりくんできた金嬉老弁護団及び公判対策委員会のことである）。私たちは、すでに準備中であった最終弁論の中で、全面的に論告批判を展開した。また、三月二一、二二日の公判廷で、弁護団は徹底した求釈明を行ない、その結果、加藤検察官が起訴状の意味も充分に理解しないままで論告を行なったことが明るみに引出された。さらに四月五日から四日間にわたり、金嬉老自身の最終陳述と並んで、対策委員会と弁護団の共同作成になる四〇〇字詰原稿用紙七五〇枚に及ぶ弁論要旨が朗読されたのであった。

私はいま、この最終弁論を念頭におきながら金嬉老裁判の問題点にふれ、併せて「金嬉老事件」と呼ばれたものの意味を、いくぶん探ってみたいと思う。とはいえ、金嬉老裁判について書くのは、決して気軽にできる仕事ではない。それというのも金嬉老はもともと法廷などといったものに一切の期待を失っていたからこそ、あの寸又峡における行動に走ったのであり、それを裁判で、すなわち法廷用の言語で、十全に展開することは、当初から至難の業に思われたからだ。また、私自身も参加している金嬉老公判対策委員会は、後述するごとく日本の裁判所に金嬉老を裁く資格はないという主張を根底にすえて、金嬉老支援の運動をしてきたけれども、金嬉老を裁くことを自明の目的としているかに見える法廷を通じてその主張を展開するのは、明らかに金嬉老を裁く行為に加担することになるからだ。これは、運動を始めるに当って、おそらくだれしもの感じていた矛盾だったと思われる。しかし私たちは、むしろこの矛盾を承知で、あるいはこの矛盾のゆえにこそ、敢て法廷を通じて金嬉老を「弁護」するという立場を選んだのである。第一に、権力は、われわれが運動に参加しようがしまいが、確実に金嬉老を裁こうとしているからであり、それゆえまた第二に法廷は、「みんくす」と「寸又峡」の行為者である金嬉老にとって、ぬきさしならぬ状況を形作っているからだ。この裁判を離れて、つまり「寸又峡」のみを抽出して、これをあれこれと論評することは易しい。しかしながら、それは現に金嬉老のおかれている困難な局面とは、およそ無縁の仕事に属するだろう。私たちは一見矛盾した課題であることを承知の上で、一方では金嬉老の行為をごまかすことなく（すなわち当然裁判批判の論理を含みこみながら）、しかも他方ではその論理をふまえて彼をどこまでも有効に「弁護」することを選んだ。そして最終弁論を終えたいま、私はこれが決して間違った方法ではなかったことに、確信を持っている。

では、この裁判において、明らかになったものは何か。むろん限られた紙数でその全貌を伝えることなどとうてい不可能であるが、幸いにして公判対策委員会からはすでにかなりの裁判資料が活字になって刊行されており、また最終弁論そのものもいずれ公表される機会があろうから、詳しくはそれを参照していただくことにして、ここでは加藤圭一による論告を批判することに焦点をあてつつ、ごく基本的なものと思われるいくつかの点のみに限定して、これを検討してみたい。

2

「金嬉老事件」が日本中の注視を浴びたのは、四年前の二月であった。その「事件」進行中の数日間の息苦しい状態と、逮捕と聞いたときの惨めな気持とは、今もときおり鮮明に私の記憶に蘇ってくる。しかし、この「事件」の本質はいったい何であったのか。

私たちの知っている「事件」は、最初に警察とマスコミによって、私たちの手許に届けられた。現在、毎日新聞西山記者の問題を契機に、もっともらしく「知る権利」などと唱えているマスコミは、当時（今もそうだが）、警察の最有力の手先として機能した。記者の腕章をつけた警察官を報道陣にまぎれこませ、記者会見の機会にその警察官を金嬉老に近づけ、かくて逮捕のきっかけを作ったのもマスコミであったし、当時の産経新聞社会部の大関智久という記者に至っては、メモ帳をほうり投げて、刑事のあとから金嬉老に襲いかかり、逮捕に積極的に貢献さえしている。私たちは、こうして、取材と称して近づいてくるジャーナリストが、ときどき警察官に変身することを目の前で見せつけられた。しかも「寸又峡」籠城の核心は、金嬉老が警察に対して行なった謝罪要求にあり、つまり警察は事件の一方の当事者にすぎなかった。この警察に加担したマスコミが、事の本質を正確に伝え得る筈がない。かくて寸又峡は単に猟奇的な「事件」の起った場所となり、金嬉老は「ライフル魔」に仕立て上げられた。事の真相は、したがって、ついにまともに報道されはしなかった。

それでもなお、この「事件」に人の心をうつものが含まれていたのは、そのような警察とマスコミによる歪曲にもかかわらず、その隙間からこぼれ落ちた真実のためである。では、その真実とは何なのか。言うまでもなく、それが金嬉老裁判を通して争われている命題である。

提示されているのは、たった一つの真実をめぐる二つの視点である。一方には、検察官が終始主張しつづけ、加藤圭一がそれを露骨に拡大してみせた立場がある。すなわち、金嬉老の行為は、彼が在日朝鮮人であることとは無関係であって、すべては彼固有の「悪性」のためだとする立場である（そのために検察官は、金嬉老の「兇暴性」「激発的性格」「自己中心的性格」「自己顕示欲」「反社会的性格」など、思いつくがままの言葉を書き連ねて、これを以て金嬉老の「悪性」とするのである)。もっとも、これは表向きの立場にすぎず、加藤検察官自身も、後に見るように、金嬉老の行為が在日朝鮮人金嬉老の表現であることを内心認めているのだ。そればかりか、彼は金嬉老が在日朝鮮人であるからこそ、これを極刑に処すべきであると考えているのだ。そのためにこそ逆に彼が金嬉老の在日朝鮮人性とでも言うべきものを声高に否定したことは、見えすいている。

おそらく、今後も在日朝鮮人の裁判にたずさわる検察官は、加藤圭一と同じ論理を行使して、極力、被告の行為が在日朝鮮人のものであることを認めまいとするにちがいない。それが在日朝鮮人を、よりよく(というのは、より重くという意味だが)裁くための要件である。言いかえれば、検察官にとって在日朝鮮人を最も効果的に弾圧する方法は、本来法的に平等な立場を享受していない在日朝鮮人を、あたかも平等であるかのように見なして、これにきびしく法を適用することである。そしてこのような視点に立つときに、すべての行為は法との関係においてのみ存在することが可能になるだろう。もともと検察官などという存在は、日ごろから法に牴触する事実を蚤取りまなこで探し求めているのだ。つまり彼にとっては法が事実に先行しているのだ。おそらく検察官には、法のない世界など、夢想することさえ不可能だろう(私はときおり、そのような世界を空想するが、そのさい最も滑稽なのは、ある朝目がさめてみたら法が一切消え去っていたという状態におかれたときの、呆気にとられて指一つ動かせなくなる検察官の周章狼狽ぶりである――これに反してたいていの人間は、現実の法がなくても結構うまくやってゆくだろうと思われる)。そしてこのように法がすべてに先行するときに、その法の光に照らして拾い上げられた「事実」とは、もともと断片的なものであり、死んでしまった現象にすぎない。せいぜい検察官にとってできることは、そこにメカニックな因果関係を、すなわち「原因」や「動機」を、恣意的に設定するくらいである。金嬉老の「悪性」は、こうして彼の行為の原因にされる。それが金嬉老の行為の意味を剝奪し、彼の存在を抹消するための、最高の手段なのである。

これに対して、他方には、金嬉老の行為を生きた全体的なものとしてとらえようとする弁護団と対策委員会の立場があり、そこでは、彼の行為と彼が在日朝鮮人であることとは絶対に切離し得ぬという視点が貫徹している。私たちは、このように在日朝鮮人金嬉老に視点をすえることによってこそ、彼の行為の全体に、つまりは「金嬉老事件」の本質に、いくぶんでも迫り得ると考えた。言いかえれば、法を事実に先行させるのではなく、事実そのものを、つまりみずみずしく全体的な人間の行為そのものを、直視する可能性がそこに生れると考えた。金嬉老弁護団がその隊列に法律家でない「特別弁護人」を加えているのも、また私のようにこと裁判にかんしてはズブの素人のみが集って、金嬉老公判対策委員会を作り、裁判の進行と密接にかかわりながら、冒頭陳述や最終弁論の作成にさえ積極的に加わる形で仕事をつづけてきたのも、以上の観点によっている。その最終弁論が、在日朝鮮人の存在の解明に始まり、金嬉老の個人史、彼と日本語の関係、そこに形成される彼の意識や、警察・刑務所・裁判が彼に与えた影響の検討などを経て、初めて「事件」の本質をとらえ得るとしたのも、そのためである。また弁護団側証人のかなりの部分が、朝鮮問題の専門家や実際の体験者（山辺健太郎、梶村秀樹、上甲米太郎、佐藤勝巳）及び、もともと金嬉老と面識すらなかった在日朝鮮人（尹隆道、鄭貴文、李丙洙、李恢成、高史明、金時鐘など）によって構成されたのも、右の理由によっている。その在日朝鮮人たちは、さまざまな表現で、だがほとんど異口同音に、金嬉老の行為が自分自身の内面と密接にかかわっていることを証言し、こうして金嬉老の行動が在日朝鮮人にとって、ある共通のものを示していること、つまり在日朝鮮人ならでは起り得ぬものであることを語った。自分が金嬉老の立場にあっても不思議でない、という趣旨のことを述べた者も、一人ならず存在した。たとえば、詩人金時鐘がその一例である。彼は言う。

「私が幸いに金嬉老の坐っている場所に坐っていないということは、僕にとっては奇跡に近い僥倖だと思っているものです」

このように、事件の本質を在日朝鮮人金嬉老の行為としてとらえようとした私たちの立場は、明らかに事実そのものに近づくことを可能にしたと思われる。私たちは事実を怖れる必要がなかった。逆に、金嬉老事件から在日朝鮮人性を極力除き去ろうとした検察官は、個々の事実の連関を完全に見失い、牽強付会を行なわねばならなくなった。そこに一つの逆転劇が生れた。すなわち法を拠りどころにしていた筈の検察官が、事実をねじ曲げた結果、法のレベルにおいても論理的に破綻していったのに対して、事実そのものを法に優先させた私たちが、逆に確定した事実を拠りどころにして、検察官の法律的な主張をもつき崩していくということが生じた。しかしそれについては、後に事実関係に多少ふれたところで具体的に見ることとする。

3

以上に述べたことは、金嬉老事件の本質をどうとらえるかという問題だが、このように在日朝鮮人金嬉老を直視することは、当然のことながら、日本の裁判所は彼を裁き得るのかという命題につながっている。この点についても弁護団側証人は、かなりの事例を明らかにした、関妃事件、あるいは関東大震災当時の朝鮮人虐殺といった、政治的な、また底知れない規模の蛮行だけではなく、もっと身近で小さな事件も次々と引用された。そしてこれらにおいて、裁判所が殺害や暴行の下手人を罰することなく、つまりはそれを容認し、こうして戦前はおろか戦後も朝鮮人への加害行為を推進してきたことが明らかにされたのである。これは周知の事実であり、ただ裁判所だけが知らぬふりをきめこんでいたにすぎない。そして右の事実がある以上、日本の法と裁判が、在日朝鮮人にとって、本来、法や裁判の存立に不可欠であるところの普遍性を喪失したのは明白だった。つまり在日朝鮮人を裁く資格を、日本の裁判所は持たないのであった。だから在日朝鮮人が日本の裁判に対して抱く根深い不信は、明確な根拠を持っている。おれのことには口出しさせぬが、お前のしたことは些細なことでも見逃さない――これが在日朝鮮人を裁き得るとする者の論理だが、こんな主張は余りに身勝手なものと言うべきだ。もともと日本の裁判所は、このようにして自ら在日朝鮮人抑圧の行為に加担し、それを推進し、彼らの敵意を招き寄せてきたのである。金嬉老の行為は、その敵意の表現だった。とすれば、日本の裁判所が、どうして自らうみ出したものを裁き得よう。日高六郎証人が次のように語ったのも当然のことである。

「（……）例えば関東大震災における虐殺事件とか、あるいは戦争中における強制連行の問題とか、そういう問題があるわけですね。その際に私は裁判官各位にも考えていただきたいと思うんですけれども、もし仮りに金嬉老の行動を（……）凶悪犯罪というふうにお考えになるのならば、例えば戦争中に数百数千の朝鮮人が日本の土地で本当に殺されているわけですね。暴行を受け、飢え死にをし、殺されているわけですね。彼らは戦後日本の検察当局によっても、一人としてその下手人である日本人は告発されていないわけです。逮捕されていないわけです。裁判を受けていないわけですね。それらの日本人は、それでは凶悪犯罪者でないのかどうか。その点をやはり考えていただきたいと思うんですね。

そのような日本人多数の下手人、犯罪者、それがなんら、告発しようと思えばあの当時、告発できたと思うんです（……）その時はまだ時効も切れておりませんよ。その時点で検察はなんの手も出さなかった。現実に、それはもう否定できない事実ですね。それらの凶悪犯罪者、もし金嬉老を凶悪犯罪者というなら、それらの凶悪犯罪者はいったいどうすればいいのか（……）」

裁判所は、もし金嬉老を裁こうとするならば、右の問題に解答を出し、裁き得るという根拠を明確にしなければならない。私たちが今後の「判決」において注目する一焦点も、そこにある。
ところで検察官加藤は、むろんこれへの解答を回避して論告を行なったのだが、しかし問題点を内心では承知していたものと思われる。その上で、それとなくこれに反論を加えつつ、意識的に問題を切棄てて居直ろうと試みたのであるが、むろんこのような試みが成功する筈はない。次に掲げる論告文の一節は、その事情を説明するものだろう。

「被告人が在日朝鮮人として幼くして父を失い、恵まれない貧しい家庭環境に育ったことには同情を惜しまないし、それが非行の原因となり、被告人の人格形成の一つの素因をなしたことは否定できないけれども、被告人は前述のとおり、最初、刑執行猶予の寛大な判決を受けたのに、間もなく同種の犯罪を犯して実刑判決を受け、結局六回にわたり、相当期間（通算すると実に一五年一〇ヶ月間位、刑務所で服役しており、成人後の人生の大半を刑務所で送っている）に及ぶ矯正の機会が与えられ、矯正の措置がとられているのに、これをすすんで受入れ更生することなく、出所後、間もなく、次々に悪質な犯罪を重ねてきたのは、被告人の在日朝鮮人としての生活環境がその要因でなく、被告人自身の長い生活過程において、培われた反社会的性格（悪性）に深く根ざすものと言わざるを得ない」

見られる通り、論告は支離滅裂であり、無能な検察官がただ金嬉老に極刑を加えようとするその意志のみをさらけ出している。それにしても、彼は何と薄汚い「同情」を、臆面もなくふりまいていることだろう。金嬉老はもとよりのこと、こんな「同情」などだれが望みなどするものか。その上、これは論理においても破綻していると言っていい。加藤圭一は「被告人自身の長い生活過程において、培われた反社会的性格（悪性）」という。ある意味ではそうだ。金嬉老は、その深い内面において、おそらく日本の社会に根強い敵意を抱いているだろうが、それを「培った」のは日本社会であり、一五年一〇ヶ月に及ぶ「矯正」の期間であり、それを指定した裁判であり、ひと口に言って在日朝鮮人金嬉老の「生活過程」であるのだから。言いかえれば、ここに「反社会的性格」と言われているものは、日本の国家と社会がうみ出し、招き寄せた、在日朝鮮人の敵意にすぎない。加藤検察官は陰険な殺意をこめて、それを「悪性」と断定しているけれども、どうして彼にそれを難詰する資格があるだろう。この一節に示されているのは、はしなくも、日本国家には金嬉老を非難することはおろか、とうてい彼を裁くことなどできる筈はないという事実である。

4

以上で、基本的な問題の所在は明らかになったと思う。すなわち、私たちが、在日朝鮮人金嬉老を直視することによって、事実そのものに、つまり彼の行為の全体に、近づこうと意図したのに対して、検察官は金嬉老が在日朝鮮人である故に、敢て彼の在日朝鮮人性とでもいうべきものを無視し、これをだれのものでもない無名の行為に、バラバラな死んだ現象に解体し、その上で、金嬉老の「悪性」を捏造して、これを無理矢理に彼の一切の行為の原因と規定し、こうして、彼の行為はすべて「凶悪」なものだとレッテルを貼りつけたのである。論告の思想が、どれほど貧弱で、陰険なものであるかは、右に見た通りである。しかしこれほどまでにして極刑を要求しようとすれば、必然的に検察官は、個々の事実をも改竄しないわけにいかない。そこで加藤検察官が、どんなに卑劣な手段を用いて事実の改変に狂奔したか、その手口の一端を以下に見ることとしたい。

方法は別に目新しいものではない。すなわち加藤は、知っていることを隠し、ないことをあると申し立てたのである。ただ彼はそれを至るところで、執拗にくり返しただけである。彼に特有の方法がもしあるとすれば、見えすいた手を使って、このようなデッチ上げが立証されたごとくに装ったことであろう。たとえば彼は一つの虚偽の事実を叙述したあとで、これは証人だれそれの供述による、とつけ加える。ところがその証人の供述のどこを探ってもそのような供述は見当らないか、たとえあってもまるで異った文脈で、異った意味で用いられていることが実にしばしば起るのである。この手口はまったくお粗末なものだが、しかしこれが通用すると高をくくっているところに現在の検察官の姿勢が示されているのであろう。

ところで金嬉老は、二つの起訴状によって起訴されている。第一は昭和四三年三月一七日付のもので、清水市のキャバレー「みんくす」において、金嬉老が曾我幸夫及び大森靖司の二人にライフル銃を発射し、曾我は即死し、大森は出血のため病院で死亡したという事件を扱っている。罪名は言うまでもなく「殺人」である。そしてこの行為の直後に、金嬉老は車を走らせて深夜寸又峡に赴き、ふじみ屋旅館にたてこもるのであって、その寸又峡において行なわれたことを対象にして、同年四月一二日付の追起訴状が書かれているのである。この追起訴状では、「住居侵入」「監禁」「暴力行為等処罰に関する法律違反」「爆発物取締罰則違反」「銃砲刀剣類所持等取締法違反」「火薬類取締法違反」「非現住建造物等放火」と七つの罪名が挙げられている。

したがって「みんくす」事件は、検察官の理解においても「金嬉老事件」の発端をなすものであるから、以下まずこの点から検討していこう。

5

「みんくす」の事件はどのようにして起ったのか。論告によると、金嬉老は岡村という人物に対する三〇数万円の借金を払いたくないために、取立てに当った曾我と大森を殺害したのだという。これが検察官の主張する「みんくす」事件だが、これは全くの捏造であり、その三〇数万円という数字などどこにも立証されてはいないのである。たしかに金嬉老は、岡村に以前二〇万円前後の借金を持っていたが、それが代物弁済で解消していることも証拠上明瞭である。では、なぜ金嬉老がこの両名にライフルを向けたのか。

ごく簡単に言えば、曾我幸夫らが一枚の手形（額面四五万三〇〇〇円）のまわりに群って、そこから絞れるだけのものを絞りとろうとしたためだ。この曾我という人物は、暴力団稲川組の幹部であり、「ギャング」の異名で怖れられていた人物だが、彼はまことに鮮かな手腕を発揮して、まず裏書人の静岡急送の青野春雄から二五万円を引出し、手形を所持していた岡村からも一五万円をせしめ、あまつさえ、もともと岡村にその手形をまわしたのが金嬉老であるところから、今度は矛先を金嬉老に向けて、これに執拗な攻撃をかけたのであった。金嬉老は、債務もなく裏書人でもないのに、深夜何度も数人の男に呼出され、車の中にとじこめられて脅迫され、三八万円の借用証まで書かされ、僅かに「期限なし」とすることでこれに抵抗している。そればかりか、金嬉老の母親や弟まで脅迫される。このとき金嬉老の身がきわめて危険な状態であったことは、「みんくす」での事件が起ったとき、咄嗟にわが子が殺されたと錯覚したという母親朴得淑の証言に明らかである。金嬉老は危険をさけて内妻の実家（十和田）に逃げのびるが、ここへも曾我の脅迫状が舞いこんでくる。進退谷まった金嬉老は少しずつ対決の覚悟をきめ、最後にキャバレー「みんくす」で会ったときに、「この朝公（あさ）が朝（ちょう）たれたことをこくな」という曾我の言葉に激怒して、曾我ならびに同行した大森にライフルの引金を引くのである。

言うまでもなく、暴力団構成員の大部分は底辺層の人たちであり、その意味では、金嬉老と稲川組幹部のこの対決は、日本という階級社会の暴力的な抑圧機構が、最底辺に位置づけられた犠牲者同士の暴力となって発現したとも言えよう。だがまた他方で暴力団が体制に飼われた存在でもあることを考えるとき、右に引用した「朝公が朝たれた……」の言葉と併せて、曾我がこのとき一人の在日朝鮮人に対する具体的な抑圧者として立現われたことも間違いがないところである。それは、金嬉老裁判の証人として出廷した暴力団係刑事（後述の小泉勇）が、徹頭徹尾暴力団を擁護し、明白な偽証を行なってまでその実態を隠そうとしたことによっても裏づけられるが、そのような暴力団擁護を臆面もなくやってのけたのが検察官加藤圭一であった。彼はその論告に言う。

「被害者曾我は、その過去において数々の前科を有し、いわゆる暴力団稲川組の幹部ではあったが、昭和四一年四月に妻フクノと正式に結婚し、同年一二月に長男が出生したのを契機として、同四二年七月に刑務所を出所してからは、組から足を洗おうとして金融業の免許を受けて仕事をやっていたことが認められる」

ここでは、暴力団構成員をア・プリオリに悪とする世の常識に阿りながら、その反面で事実を隠し、浅薄なマイホーム的更生論によりかかって、それとなく暴力団を擁護する姿勢がすけて見えている。ここに言う「金融業」の免許を曾我が受けたのは一九六七年秋であり、それはちょうど彼が金嬉老への脅迫を開始した時期であって、これを以てしても曾我の「金融業」の実態は容易に推測されるが、加藤圭一はこれをひた隠しにし、躍起になって脅迫の事実をないものにする。あまつさえ「曾我らが十和田市の（金嬉老の）内妻の実家まで取立てに押しかけた事実はなく」などと書き、積極的に脅迫状すら正当化しようとするのだ。しかしこれでは金嬉老が非常手段を選んだ理由が不可解である。そこで検察官は金嬉老の「債務」を自明の前提とし、その借金を返済しようとしなかったのだから「本件犯行の原因を作ったのは、被告人自身であるといっても決して過言ではない」として、一切の非を金嬉老になすりつけるのである。むろんこの明らさまなペテンは、最終弁論において徹底的にあばかれている。

検察官はこのように、「みんくす」事件の契機をすりかえると共に、現場の状況をもこっそりと作りかえてみせた。たとえば彼は、「朝公が朝たれた……」の発言をなかったものにした。また、撃たれたときに曾我幸夫が坐ったままだったとして、「凶悪」そのものの金嬉老が無抵抗な人間にライフルを撃ちこんだかのような印象を与えるべくつとめた。さらに、曾我に同行して金嬉老を脅迫するために一役買っていた大森靖司に対し、金嬉老がきわめて計画的にライフルを発射したとして、あたかも彼が両名に対してあらかじめ強い「殺意」を抱いていたかのように見せかけた。しかもこれらが立証されたとする手口は、まるで泥棒猫のようにけち臭く、また陰湿なものであって、たとえば虚偽の供述であることが明白な、曾我幸夫の馴染のホステスの証言（それが余りに明白なので、さすがの加藤も、その最も肝心な点は採用をはばかったほどの証言）を、要所要所に、ときには唯一の極め手としてばらまく、といったものである。これら個々の事実は、事件全体から見ればとるに足らぬ問題である場合が多いが、「執拗かつ大胆、冷酷にして残虐非道」な金嬉老の行動を作り上げるために、検察官加藤はあらゆる手段を総動員して彼の眼鏡にかなう「みんくす」現場を再構成してみせるのであり、その有様は実に異様な印象を与えずにはおかない。しかし今は紙数の関係で、そのいちいちはここに述べない。

6

以上にふれたことは、「みんくす」事件をめぐる経緯のほんの一端だが、この「みんくす」と、寸又峡での四日間の籠城とを結ぶ要として、決定的に重要なのは、当時の清水署暴力団係刑事小泉勇による朝鮮人侮辱発言である。この小泉発言こそ、実は「金嬉老事件」と呼ばれたものの全体を理解する上で不可欠の契機なのである。そこでまずごく簡単にその事実を述べておこう。

――一九六七年（すなわちいわゆる「金嬉老事件」の前年）七月ごろ、金嬉老は清水の盛り場で、たまたま路上での喧嘩の場面に通りあわせる。この喧嘩の一方が、ある朝鮮人だった。そのとき間にはいった一人の巡査が、「てめえら朝鮮人は日本にきてロクなことしないで！」とどなるのをきき、金嬉老は傍の者にたずねて、それが小泉という巡査であると知る。そこで金嬉老は、その夜近くの焼肉店から清水署に電話して小泉刑事を呼出し、こういう表現は「行き過ぎ」だと抗議すると、逆に「てめえら朝鮮人はそのくらいのこと言われて当り前だ」と言われ、かっとして、「俺はこの問題を必ず大きな社会問題にしてみせる」と告げる。それに対して相手からは、「やれやれ！　俺は楽しみにして待ってるぞ！」という返事が戻ってきて、電話の会話は打切られた――以上が、四年の裁判の中でくり返し語られた、小泉刑事による侮辱発言の内容である。

これに類した言動は、戦前戦後を問わず、日本の警察によって至るところで再生産されている筈である。それは警察の体質そのものと化した言葉である。そのことを、弁護団側の多くの証人（金良順、尹隆道、鄭貴文、金達寿、金時鐘など）は、自己の体験として語っている。しかも、小泉刑事の言葉は、在日朝鮮人の価値を、朝鮮人であるという理由だけで否定するものであり、いわば全在日朝鮮人を面罵するものである。金嬉老は、これをきいて、怒りと口惜しさに煮えたぎる心を抑えかね、清水署を襲撃することまで考えてその周囲を何度も徘徊している。その一方で、自分の価値が虫けらのように否定されたために、生きることへの絶望にもおそわれ、死場所を求めるように日本の中をあちこちと彷徨してもいる。

この小泉発言は、言うまでもなく、金嬉老が寸又峡にこもって清水署に謝罪要求を行なう直接の契機であるが、同時にこれは「みんくす」事件の背景でもあり、そこにこの小泉発言の決定的な重要性がある。金嬉老は、面会に行った弁護士に、小泉発言がなければ曾我との対決もなかったかもしれないと語っているけれども、私には彼の言う小泉と曾我の関係が分るような気がする。すなわち、小泉刑事によって、生きる気持も失うほどの深い絶望を知ったからこそ、自分を脅かす曾我幸夫に対する憎しみが、彼に捨て鉢の手段を選ばせたのであり、また他方、曾我と対決してついに二人の死者を出してしまったからこそ、それまで半年以上もたえず反芻してきた警察に対する闘いが、このとき初めて実現可能になったのである。二人の犠牲者を出した以上、自分も生き延びるわけにいかない、と考えた金嬉老は、しかし自決する前にどうしても果さなければならぬ課題として、清水署への謝罪要求を行なったのである。これが「みんくす」と「寸又峡」の関係であり、金嬉老の行為の全貌は、この小泉発言をふまえてこそいくぶんか見えてくるものなのである。

このことはたとえば、曾我幸夫を逃れて遠く十和田に身をひそめた金嬉老が、雪深い北国の農家で、そのころ（一九六七年暮から翌年一月にかけて）書き記した手帳の言葉によってもうかがうことができる。この手帳は、当時の彼の心境をうかがう上で不可欠の資料だが、そこにはとうてい回避できそうにない対決を考え、その対決が自分の死とつながっていることを自明の前提としつつ、一日一日と生きのびてゆく自己の生命を見つめる金嬉老の姿が鮮明に現われている。手帳の冒頭に印刷された一九六八年のカレンダーは、一月一日から「みんくす」事件の二月二〇日まで、毎日の数字が一つずつ丸くかこまれており、文字通り激発しそうになる怒りに堪えながら、彼が一日一日と辛くも生きつづけていたことを想像させるものである。今日も対決は行なわれなかった、今日も無事だった、と自分に言いきかせながら、金嬉老の毎日は過ごされたのではなかったろうか。さらに記述の内容は、曾我幸夫よりもむしろ小泉刑事にかんする部分が多く、それだけに半年近く前に受けた痛手の深さが推測できるのである。たとえば一月三日の項目である。

「俺が今、殺してやりたく思っている曾我（ギャング）の奴に署内の情報を色々と提供して、おごられているポリもいる」。

「清水署の小泉よ！　お前が昨年秋にいった『てめい等、朝鮮人が、日本え来てろくな事をしない』とか、大きく恥しめる言葉をはいて、俺がお前に電話をしたのを憶えているか。その返礼をする時が遂にやって来たようだ。俺は自分の命に代えてお前の取った態度に答えてやろう。13才位から、どれだけ清水署にいたみつけられて来た事か知れない。俺は、あのひでい刑事等のつらを想うと血がにえたぎって来る。今は家も妻も親も失い、敢えてそうなった俺には死があるのみだ」（原文のまま）

暴力団員曾我と警察官小泉とが、はっきり二重写しとなっていることは、この記述からもうかがわれよう。また「返礼をする時が遂にやって来た」という言葉からは、曾我との対決は必ず小泉との対決につながるものと予め想定していたことが理解されようし、さらに小泉刑事が幼年時代から金嬉老を虐げてきた日本の警察の象徴となっていることも、この引用から明白に読みとることができる。そして、そういったすべての結論として、彼が自分の死を見ていることも明らかであろう。なお、同じ一月三日の項目の別の箇所で、彼は「山え鉄砲について行き（注。内妻の家族と、ときどき猟に行ったことを指す）、白い雪を見ると、其の中に自分の死体をおきたい……」とも記している。

以上のように見てくれれば、「みんくす」事件のあと金嬉老が死を賭して警察と対決し、日本の警察、とくに清水署に謝罪を要求するのは、既定の事実だったと言ってよい。むろんそれが寸又峡という場所で行なわれるには、いくつかの偶然が必要だった（初め金嬉老は清水署に直行しようとし、ついで富士見峠にたてこもろうとして、道を間違えていつの間にか寸又峡に入りこんだのである）。しかし彼の目標はあくまで警察に一矢むくいることにあったのであり、それが寸又峡で起ったことの本質である。

ところが検察官はこれを認めようとしない。それを認めれば、否応なく、在日朝鮮人金嬉老の姿が視野に入ってきてしまうからだ。そこで起訴状を書いた岩成重義（現在弁護士）は、初めから小泉発言をなかったことにして、ろくに捜査も行なわなかったのだが、それでは金嬉老が寸又峡に赴いた理由も説明がつかなくなってしまう。こうして元検察官岩成は、冒頭陳述において、苦しまぎれに次のような一節を書いてごまかすことにしたのであろう。

「被告人は逃走時自己が朝鮮人であることと本件殺人とを関連させ、又清水署暴力犯係刑事小泉勇から朝鮮人を罵倒されたとしてこのことを世間に訴えることを考えつき、そのために寸又峡温泉街において人質をとり籠城することを考えた」（傍点鈴木）

寸又峡への道は、そそり立つ断崖の中腹を走る細い凸凹の山道である。しかも二月の深夜で、雪は凍りつき、ただでさえ車は何十メートルも下の谷底に滑り落ちそうになる難所である。そこをチェーンもまかずに全速力で飛ばしながら、金嬉老が悠々と作戦を練っているなどというのは、創作としても不出来であり、ばかげた話であろう。その上、こんなことは、いったいどうして立証できるのか。

弁護団は公判の過程で、何回もこの点を追及した。そして事実、六〇回余りの公判で、検察官はいかに苦労してもこれを証明できはしなかったのである。これは上述したごとく、検察官が全体的な事実をバラバラに解体した上で、そのつなぎ目に恣意的にすえる、根拠を欠いた接続詞の典型である。

しかも検察官が小泉発言をなかったものにして起訴状を書いたにもかかわらず、公判のさまざまな証言を通じて浮彫りにされたのは、まさしく小泉発言の存在であり、それが金嬉老の行為の全体性を保証するものであるという事実だった。そこで加藤検察官は、内心しぶしぶ小泉発言を認めつつ、しかも起訴状を維持するためにこっそりこれを修正し、論告において次のような作文を行なったのであった。

「被告人は、逃走中、曾我らに対する殺害の動機をかつて清水警察署の小泉刑事から受けたとする朝鮮人侮辱発言と関連させ、自己の立場を有利にするため、警察に曾我の悪事を公表させ、さらに小泉刑事の侮辱発言について、マスコミを通じて謝罪させ、同刑事や警察に対する私怨をはらそうと考えつき、そのため自己が警察と対決して籠城する場所を求めて走っているうち、通称寸又峡温泉街に至った」（傍点鈴木）

加藤検察官は、ここで初めて「自己の立場を有利にするため」という、いわゆる動機と、「私怨」なる語とを導入して、何とか脈絡をつけようと苦慮している。むろん論告段階でやぶからぼうに動機がとび出してくるなどということは、被告の防禦権の観点からも許すべからざるものだというのが弁護団の見解であり、またなぜこれが金嬉老の立場を有利にするのかも少しも明瞭でないが、それについては今はふれない。それにしても、これを記した検察官加藤の困惑ぶりが、手にとるように分るではないか。彼は起訴状の精神を維持すべく、「逃走中……とする……関連させ……考えつき」にしがみつく。しかし彼は内心、小泉発言の存在を認めざるを得ない破目に陥っているのだ。しかもそれを承認してしまえば、寸又峡の金嬉老の行動が、まさしく在日朝鮮人の発したギリギリの声であることを認めないわけにいかなくなり、検察側の立場が完全に失われることになるので、彼は自己の立場を有利にするために「私怨」という言葉を考えつき、懸命になって、金嬉老の行動と彼が在日朝鮮人であることとを切離そうとつとめているのである。しかし「私怨」という語を導入した以上、すでに彼は公けに小泉発言を認めてしまったに等しいし、それはさきに引用した手帳の存在とも結びつかざるを得ない筈である。そこで彼は大あわてで、今度は手帳に記載された言葉の意味を消しにかかるのである。

「なるほど被告人が手帳に記載している小泉刑事に関する部分には、同刑事に対する恨みと憎悪の念をかなり強く訴えている個所が見受けられるけれども、これは被告人の小泉刑事に対する私怨を訴えたまでであって、これを民族問題として被告人が世人に訴えようとしていたことを示すものとは到底考えられない。また、右手帳のどこにも被告人が朝鮮人として強い民族意識をもち、小泉刑事の侮辱発言を民族問題として真剣にとりあげようとした記載もなく、小泉刑事の侮辱発言後半年も経過していながらこれを民族問題として具体的に取上げて行動した事実もない」

何と苦しい弁明であり、また呆れた理屈であろう。仮に手帳に記載がなかったからといって、それが何の証拠になるのか。これでは、人は常に手帳に証拠を残しておかねばならぬことになる。まして金嬉老の手帳に引用されている小泉の言葉、それに対する彼の激しい怒りを見れば、これこそ当時の金嬉老が示した「民族意識」を生きる一つの仕方であることを、だれが疑い得よう。

これをしも、なお「私怨」と誣いるなら、そうするがいい。しかし、なぜ金嬉老がこのような「私怨」を抱くことになったのか、その理由ぐらいは考えてみたらどうか。金嬉老は、小泉勇に取調べを受けたわけでもなく、通りがかりにちらりと顔を見ただけで、それ以上の面識もなかった。小泉もまた、金嬉老を知らなかったと言っている。金嬉老がその小泉に対してこれほど激しい「私怨」を植えつけられたのは、小泉の言葉が、在日朝鮮人金嬉老を徹底的に打ちのめしたからではないか。もともと、加藤の言う「民族問題」は、高尚な議論といった形でではなく、まさしく「私」の怨みや、持ってゆき場のない憤りなどを通してこそ、表現される。「民族問題」だけではない。集団の憤りが、典型的な一個人を対象とすることは、久米島虐殺を指揮した鹿山正に向けられる沖縄の人びとの怒りの声に明らかだ。破廉恥な論告を書いた加藤圭一もまた、多くの在日朝鮮人に、また日本人のある部分に、強い「私怨」を植えつけたことを知っておくがよい。私もまた自分なりに加藤に「私怨」を抱いていることを隠そうとは思わない。

ところで弁護団は、三月二一日の公判で釈明を求め、この「私怨」に対して彼の言う「民族問題」とはいったい何なのかと問うた。すると加藤は、その「民族問題」は定義できない旨を答えた。ふざけた話である。彼は、「民族問題」ならともかく、「私怨」は許せぬという趣旨で、この二つを使い分けているのだから。それが定義できないものならば、「私怨」もまた取下げるべきだろう。このような論点窃取の虚偽は、彼の議論の特徴だが、揚句の果てに彼は、「私怨」も広い意味(?)での「民族問題」に属すると口走るに至った。こうなっては、もはや検察官の主張しつづけた事実は、完全に崩れ去ったと言ってもよいだろう。つまり寸又峡の金嬉老は、朝鮮人を侮辱した小泉刑事への「私怨」=激しい怒り、に発して、彼への謝罪要求という形で、在日朝鮮人として公然と日本の警察に非を認めることを迫ったのであり、それこそ彼の行動の最大の目的だったのである。

7

この行為は、前にも述べたように、警察とマスコミによって「金嬉老事件」に仕立て上げられた。そしてこの作られた「事件」の特徴は「人質」の存在にあった。人質事件があるたびに、金嬉老の名が必ず引合いに出されるのも、むろんそのためである。

金嬉老の行為から「人質」の問題を考えることは、重要な意味を含んでいる筈である。私自身も当初から自分を「人質」の位置において考えようとしたし、今なおそのことが間違っていないという確信を持っている。また人質をめぐって展開された里見実、三橋修、森崎和江らの意見に私は強い刺戟を受け、多くを教えられもした。しかしこれら「人質」をめぐる考察は、在日朝鮮人金嬉老を直視するところにのみ初めて成立つものである。この場合、それを欠いた「人質」論は、何の意味も持たぬデマゴギーに顚落し、単なる猟奇趣味と化し、問題の本質から目をそらせて、在日朝鮮人敵視政策に加担するものとなるだろう。警察・検察・マスコミが一斉に行なったのは、むろんそのことだった。

それだけではない。とくに裁判においては、思想的レベルで言われる「人質」と、法律のレベルにおける問題とを、厳密に区別することが必要である。たしかに、「人質」とは私たち自身であり、ふじみ屋旅館の一三人は私たちの分身である、という視点に立つならば、具体的にふじみ屋内部の人びとに（つまり、いつかは私たちの身に）脅迫が行なわれ、監禁がなされても、問題に何ら変りはないだろう。むしろそれが在日朝鮮人と日本人のおかれた構造をあらわにする場合もあるだろうことは、容易に理解できる。またそのような可能性を一切排除したところでなされる「人質」論議に、たいした意味もないだろう。だがまた他方、法律問題としては、たとえ外部の人びとが、内部（この場合はふじみ屋旅館）に「人質」がいると思おうとも、それが監禁罪を構成するかどうかは自ら別なことに属する筈である。

マスコミは、「凶悪」な「ライフル魔」と、「人質」とを対置させた。警察への謝罪要求があったために、これは私たちに、ほとんど自明のことのように受容れられた。「人質」とは、何らかの要求を貫徹するためのものだという認識が一般だからである。また「人質」である以上、彼らは逃出せないように監禁されている筈でもあった。そして検察官加藤圭一は、この常識を最高度に利用したのである。彼はまず金嬉老が、「宿泊客八名および旅館経営者の望月夫婦と子供三名の合計一三名を藤の間の一室に集めて人質とした」と述べ、無前提に「人質」と規定した上で、それ以後「人質」という言葉を頻発してあたかも「監禁」が自明であるかのように印象づけ、しかる後に証拠上何ら認めることのできないいくつかの点を並べたて（たとえば金嬉老が「一人逃げれば一人殺す」と言って脅迫したことが「認められる」などとして）、最後に「被害者らは（……）脱出を断念せざるを得なかったのである」と結論する。これが加藤検察官の言う「監禁」だが、これでは、「彼らは監禁されていたのだから監禁されていたのだ」と言うに等しいであろう。

検察官が望むような「監禁」の実行行為はどこにも存在していなかった。下手なテレビ映画もどきの「一人逃げれば一人殺す」という脅迫文言も、発せられなかったことが認められた。それを聞いたと称する望月夫婦の証言が全く曖昧であり、検察官の誘導によって二転三転し、また他の証拠から見ても虚偽であることが明白であるのに対し、それ以外の宿泊客たちはほとんど異口同音に、そんなことは金嬉老からも望月夫妻からも聞いていない、と断言したからである。宿泊人たちは、薄気味悪さは感じたかもしれないし、ダイナマイトを歓迎する気はなかったかもしれないが、検察官の言うように金嬉老本人から「深刻」な「恐怖心・不安感」を与えられはしなかった。金嬉老がふじみ屋旅館に入ってきた最初の晩から、ぐうぐう眠ってしまった者も一人ならずあったのである。彼らは、脱出しようとすればいつでも脱出できる状態にありながら、しかも脱出しなかったのであり、また客観的に彼らが脱出し得る状態にあったことは検察官も認めざるを得なかったのだ。以上が証言によって明らかになった事実なのである。

　さらに奇妙なのは、望月和幸に対する「監禁」であった。彼は毎夜、遠い奥泉の妻の実家に行き、朝の八時か八時半になると寸又峡に帰って自分からすすんで「監禁」された。これではサラリーマンの出社と大差はない。ところが他の宿泊客のうち勝手に外へ出たり、人を送るために車で長時間不在だった者は、旅館を離れていても監禁中とされる。これはいったいどうしたことなのか。三月二一日の法廷で、この点の釈明を求められた検察官加藤は、外部にいた時間は監禁と見なしていない旨答えたが、これは起訴状と完全に矛盾する立場なのである。それを追及されて、検察官は見るも無残な混乱状態に陥り、ついに呆れ果てた裁判官から、論告も終ったこの段階で起訴状訂正の命令が出されるという結果になったのである。検察官の主張する「監禁」がいかに滑稽なものであるかは、この一事を以てしても明らかであろう。

8

　寸又峡の事態については、まだまだ多くのことを述べなければならないが、すでに紙数は尽きてしまった。しかし、以上のことから、ふじみ屋旅館には、何らかの要求を実現する手段として監禁された人という意味での「人質」が、存在しなかったことは確実である。たしかに金嬉老は、宿泊人の存在をいくぶん利用していたかもしれないが、決して彼らを脅迫したり、脱出不能に陥れたりはしなかった。なぜだろう。第一に、おそらく彼が何よりも、警察との対決に心を奪われていたからであり、第二に、彼が自決を覚悟することによって、自分の肉体を「人質」に、つまりは交渉の武器にしていたからであり、さらに第三に、彼が虐げられてきた一在日朝鮮人の直観として、ふじみ屋にいた宿泊者たちが自分を裏切らないと信じたからではないか。そして事実、彼らは金嬉老を裏切らなかったし、もちろん背後から彼を撃ちもしなかった。そのような提案をした者がなかったわけではないが、それを周囲の人びとは制止している。そして、そのために、金嬉老の意図はある程度まで功を奏したのであり、警察は形式的にではあれ、一人の在日朝鮮人によって非を認めさせられた。このように、蔑視の対象であった者が突然対等の立場に立ち、その人間によって公けに謝罪させられたことは、権力にとって屈辱の記録である。しかも警察は、必ずしも自分に理がないことを内々知っているのである。なぜなら彼らは、自分たちが在日朝鮮人に何をしてきたか、何をしつつあるかを、よく承知しているからだ。したがって、傷ついた警察の名誉を救うためには事実をねじ曲げねばならず、金嬉老がその「凶悪」さの故に人を殺害し、関係のない人たちを監禁したことにせねばならず、彼の行動を正当化する小泉発言はなかったことにせねばならない。これが権力の意図であり、検察官加藤はこれを忠実になぞったにすぎない。それ以外に、このばかげた「事実」の捏造につぐ捏造を説明するのは困難である。

　彼らの試みは成功したろうか。成功しなかった。少くとも現在の段階においては、検察官の主張する事実はぶざまに破綻したと言っていい。それは必ずしも、私たちが金嬉老事件の全体を確実に把握したからだとは言えないだろう。おそらくそのような点にまで、私たちは永久に到達することはないだろうし、とくに裁判を通してそれを行なうことは不可能だろう。法廷を主たる戦場とする限り、私たちの行動は防衛的なものであり、さまざまな制約が余りに多くありすぎるからである。ふじみ屋旅館の宿泊人たちの内面にあったものは何か、また金嬉老に一定の善意を抱きながらも客観的には彼を管理するために大きな役割を果した警察官の存在（大橋朝太郎）は何だったか、こういったこともすべて未解決のまま残された。しかし、論告を批判し、その虚偽性をあばき出すという点においては、私たちはいささか自信を持っている。その点については、いずれ公表されるであろう最終弁論と論告を、併せ読んでいただければ幸いである。

　検察官の主張する事実は、こうしてぶざまな破綻を示したけれども、私は到底それを手ばなしで喜ぶ気持にはなれない。これほど杜撰なやり方で、しかも平然と人の死を要求する権利を主張している検察官の存在は、逆に法権力の持つ底知れぬ暴力性を、実感として与えるものであるからだ。そして金嬉老はどんな口惜しい思いで以て、あの出鱈目な論告求刑をきいたであろうか。彼がその最終陳述で、「兇悪」「残虐」「非道」「冷酷」「残忍」などといった形容が自分に向けられたものとはどうしても思えなかったと言い、また自分が人間性において加藤検察官をはるかに凌いでいると思う旨をゆっくりと語ったときに、私はその口惜しさのほんの一端を見る思いがした。

論告の破綻は、そのことと無縁ではない。つまり検察官加藤は、ただの一度も金嬉老を直視する勇気が持てなかったのであり、したがって事実を見る勇気を欠いていたのである。彼が金嬉老の「悪性」を指すものとして掻き集めた多くの形容詞は、金嬉老ならぬ別人を作り上げたにすぎず、したがって彼が構成してみせた事実もまた「みんくす」や「寸又峡」とは別のものである。しかし検察官の主張する事実の虚偽性が、明白になった現在、それを見る勇気が今度は裁判官に求められている。そのことをふまえて、最終弁論の結語は次のように言う。

「この最終弁論を終えるに当り、われわれは石見裁判長を初めとする当裁判所の三人の裁判官に語りかけたい。あなたがたは、すでに事実が何であるかを知った筈である。『みんくす』と『寸又峡』の本質が、弁護団の視点に立ってのみはじめてとらえられることも理解された。その視点が、在日朝鮮人金嬉老を直視するところに成り立ち、またその金嬉老の行為が、日本の法廷の裁き得ぬものであることも、明らかになった。

しかもあなたがたは、裁く者として、当公判廷にある。

もしあなたがたが、『みんくす』と『寸又峡』のありのままの事実に迫ろうとされるなら、もはや事務的に平然と法を適用してことをすませるわけにはいかない筈である。あなたがたの立場は必ずや、深刻な矛盾の中におかれる筈である。その矛盾に堪えて、あなたがたがどのような態度を打出されるか、それを弁護人は強い期待と共に待ちたい」

私もまたこの結語と共に、強い関心を抱きながら三人の裁判官の態度に注目したい。「判決」は静岡地裁において、六月一七日午前一〇時に出される筈である。その日、日本の裁判所が一つの態度表明を行なうわけであるが、それは同時に彼ら一人ひとりの態度表明でもある。彼ら三人が、国家を代表しながらも、苦渋をこめて事実に迫ろうとするか、それとも自己欺瞞に逃れて再び在日朝鮮人の敵意を招き寄せるか、問われているのはそのことである。

あとがき

「一九六八年」は激動の時代であった。だがまた非常に活発な言論活動が行われた時代でもあった。そのためか、少し前に『一九六八年を読む』という本を企画した出版社があったが、本書はその企画に想を得て、一九六八年を中心に、その前後に書いた拙文を編集したものである。例外的に七〇年代以降に書いた文章も含まれてはいるが、それらもすべて序章に言う意味での「六八年」に起こった事件をめぐって執筆された。これらの文章の初出は、大部分が当時刊行されていた総合雑誌や新聞の紙面で、それは各部の最初に記したから、ここでは繰り返さない。ただ、多少の補足説明を必要とするものについてのみ、ふれることにしたい。

*

序章にあたる冒頭の「私の一九六八年」は、もちろん本書のために新たに書き下ろしたものである。

第Ⅰ部「10・8 羽田闘争と山﨑博昭の死」の最初に掲げた「半世紀後の新しいまえがき」は、二〇一四年一二月に書かれた。このときは、「10・8山﨑博昭プロジェクト」から、六七年の羽田闘争にかんする私の文章をウェブサイトに載せたいという依頼があり、それに応えるためにこれらが発表されたときの状況を簡単に説明したものである。

また「事実とは何か」は、羽田闘争にかんする私の最初の発言である。これを読んだ故・竹内芳郎が、彼と私の連名で朝日新聞への公開状を書くことを提案してきたので、それを受けて筑摩書房刊行の総合誌『展望』の六八年一月号と四月号に発表したのが、「『羽田事件』の報道をめぐって」という題でまとめられた二つの文章である。発表にあたっては、まず竹内と私のあいだで分担執筆したものを持ち寄り、数回にわたる議論を経て最終稿を決定した。したがって、文体のやや異なる部分はあるが、文責はもちろん両者にある。

最初の「公開状」が発表されると、その反響はわれわれも予期しないほど大きかったが、朝日新聞は結局、最後までわれわれの質問に応えようとしなかった。それでわれわれは、『展望』編集部の斡旋で、当時の朝日新聞社会部長伊藤牧夫氏との話し合いを行うとともに、二つ目の「『朝日新聞への公開状』その後」を書いたのだが、その間に編集部へはいろいろな方面から、この二つ目の文章の発表を阻止するための圧力が加えられたらしい。そのために神経質になった編集部は、われわれの文章にもさまざまなクレームをつけ、文中に掲載した編集部メモも土壇場で何度も変更されて一向に定まらず、そのたびにわれわれも自分たちの文章に加筆訂正を施さねばならなかった。その事情は本書七

○頁にふれた通りであり、またこの第二の文章の発表と同時に『展望』に掲載された編集部声明「〈『朝日新聞への公開状』その後〉を掲載するにあたって」によっても、充分に推測されるであろう。以下に掲げるのがその声明である。

　この「『朝日新聞への公開状』その後」を掲載するにあたって、以下のことを確認しておくことは、当編集部の当然の義務であると考える。

　編集部は本誌一月号所載「朝日新聞への公開状」への朝日新聞側の回答を得て『展望』へ掲載するために交渉中の一時期、経過メモに発表した諸事実から朝日新聞K氏が居留守を使ったと推測していた。しかし、これはのちに編集部が根拠とした事実に誤認があることが判明し、居留守を事実として認定することが不可能であることを確認した。

　右の事実から全体の経過を検討するならば、二月一四日、朝日新聞社会部長伊藤牧夫氏が鈴木道彦氏に対して、K氏の居留守は事実無根であり、これを交渉経過から削除するよう求める趣旨の申し入れを行なったことは当然であると考えることができる。したがって、編集部は、伊藤氏から鈴木氏への電話による申し入れがあったという事実を根拠として、朝日新聞に対する批判を展開することは妥当でないと考える。

　編集部は、この見解を竹内・鈴木両氏へ伝え、当該部分を削除することを要請した。しかし両氏は、これを拒否し、編集部がこの部分の削除を固執するならば、全文の掲載を見合わせるとの意向を伝えてきた。

編集部は以上の経過を慎重に考慮し、全文を検討した結果、右の編集部の見解を確認しつつ、全体としては現在の新聞報道のあり方について重要な問題を提起するものである意義を確認し、当該部分をふくめて全文を掲載することとした。

ここに全文を掲載するにあたって、編集部の見解を表明するものである。

『展望』編集部は、この声明をつけることによって初めてわれわれの文章を掲載できると考えたのだから、今回その公開状をここに再録するにあたっても、同じようにこの声明を付記することは私の当然のつとめだろう。しかしこれをよく読めば、真相がどの辺にあるかを推測するのは、さして困難なことではないと私は思う。

なお、公開状のなかにも記した通り、この文章は決して朝日新聞や『展望』を攻撃批判するために書かれたものではない。私は今も朝日新聞の購読者であり、『展望』の発行者である筑摩書房からは自著（『フランス文学者の誕生』二〇一四年）を出版していただくほどの関係である。たまたま当時、朝日新聞は竹内と私が二人とも購読していた新聞であり、『展望』は二人がときおり執筆を依頼される総合誌であったので、このような形になったのである。ここに書いた批判は、朝日新聞や『展望』以上に、むしろ他のメディアにこそ一層よく当てはまるものだろう。

＊

第Ⅱ部の「パリ、1968年5月」は、「五月革命」当時にパリにいた私の許に日本から原稿依頼があったので、それに応えて書かれたものである。「否認の革命と革命の否認」は『現代の眼』一九六八年八月号に、また「パリ通信」は、『一橋新聞』一九六八年七月一日号に発表された。もっとも『一橋新聞』の発行日はかなり不正確だったから、実際には七月半ばに掲載されたように記憶している。

第Ⅲ部の「脱走兵の思想」に収めた二つの文章のうち、「アルジェとパリのきずな」は『現代の眼』一九六七年七月号に掲載された。一方、「ナショナリズムと脱走」は、ベトナム戦争当時に日本でも発生したアメリカ脱走兵の問題を踏まえて、小田実、鶴見俊輔と私の三人による共編という形で準備されていた『脱走兵の思想　国家と軍隊への反逆』（太平出版社、一九六九年）のために書かれた。同書には、ほかに海老坂武、山口文憲、浜田亮典、高橋武智、小中陽太郎なども寄稿しており、また匿名で書かれた脱走支援者の手記や記録、脱走兵の声明文、諸種の資料なども掲載されている。当時はこれが進行中の微妙な問題だっただけに、当然のことながら名前を出すことのできない者も少なくなかったのである。なお、この頃はインターナショナリズムが非常に重視されていたので、それがこの二つの文章にもあらわれている。

第Ⅳ部の「二つのファノン論」は、『展望』掲載の論文と、みすず書房から刊行された翻訳のあとがきで、とくに説明の必要はないだろう。

第Ⅴ部の「日本のなかの第三世界」に収めた三つの文章のうち、最初の「日本のジュネ」は、もともと私の勤めていた一橋大学のゼミナール参加者たちとともに、一九六六年秋に「李珍宇の復権」というシンポジウムを行った際に、その資料として作ったガリ版刷りの冊子『バタアル』に「悪の選択」と題して発表したものである。それを転載したいという『新日本文学』からの依頼があったので、全文を書き改めて同誌一九六七年二月号に発表したのが、この「日本のジュネ」である。なお、最初の形態である「悪の選択」は、後に拙著『越境の時』（集英社新書、二〇〇七年）のなかに全文が転載されている。

二つ目の「金嬉老を裁けるか」は、竹内好を中心とする「中国の会」に招かれて、一九六九年一一月二九日に行った講演の記録である。これは金嬉老裁判が始まったごく初期の私の考え方と言ってよいだろう。それに対して最後に掲載した「金嬉老裁判における事実と思想」は、静岡地裁で行われた第一審の判決直前に『展望』一九七二年六月号に書かれたもので、四年余りの裁判を踏まえて、事件の真相もかなり細部まで明らかになった時点のものである。つまりこれは第一審を通しての私の結論と言うこともできるだろう。

＊

ここに収録した自分の文章を改めて読みながら、私は半世紀の時のもたらした日本の変化を実感するとともに、むしろそれ以上に、依然として変化しないものがあることに強い感慨を覚えた。とりわけ変わらなかった最大のものは、国民の抗議や反対を無視して傲然と居直る権力者の体質である。一九六〇年代に、山﨑博昭や由比忠之進の死を無視してアメリカの北ベトナム攻撃に協力したのは佐藤栄作政権だが、二〇一八年現在の政権がそれよりましだとは到底考えられない。そのことは、いくつかのよく知られた事件を思い浮かべるだけでも明らかだろう。

一方、これに対抗する声は以前と違って、きわめて脆弱になった。どんなに声を上げても聴く耳を持たない人びと、反対派への陰に陽に行われる巧妙な弾圧、メディアへの圧力と、そのメディアの劣化、国民の無力感、そういったものが諦めや政治離れを生み、多くの無関心層を作り出した。表向きは自由な民主的国家を装いながら、ほとんど一党独裁に近い少数の為政者の言いなりになっている現在の社会を考えると、今後に想定される日本の未来に、私は暗澹たる気持に襲われる。「一九六八年」は、そのようなものへの抵抗が生きていた時代として、今一度見直されてもいいだろう。

本書に先立って、私は同じ閏月社から、『余白の声』と題した講演集を出版していただいた。実を言うと、そのとき私は内心で、これが最後の著書になるだろうと思っていた。先の短い私には、もはや一冊の本を書き下ろすだけの体力も残されていないというのが実感だったからだ。そこへさらに、六八年の拙文をまとめるという形で本書を刊行することができたのは、望外の幸せである。今回も同じ閏月社の徳宮峻氏には、何から何までお世話になった。ここに心から御礼を申し上げる。

鈴木道彦

二〇一八年八月二五日

【著者紹介】

鈴木道彦（すずき・みちひこ）

1929年東京生まれ。1953年東京大学文学部卒業。フランス文学専攻。著書『サルトルの文学』（紀伊國屋書店、1963、精選復刻版、1994)、『アンガージュマンの思想』（晶文社、1969)、『政治暴力と想像力』（現代評論社、1970)、『プルースト論考』（筑摩書房、1985)、『異郷の季節』（みすず書房、1986、新装版、2007)、『越境の時』（集英社、2007)、『マルセル・プルーストの誕生——新編プルースト論考』（藤原書店、2013)、『フランス文学者の誕生　マラルメへの旅』（筑摩書房、2014)、『余白の声　文学・サルトル・在日——鈴木道彦講演集』（閏月社、2018）ほか。訳書にファノン『地に呪われたる者』（共訳、みすず書房、1968)、ニザン『陰謀』（晶文社、1971)、サルトル『嘔吐』（人文書院、2010)、『家の馬鹿息子』1、2、3、4（共訳、人文書院、1982、1989、2006、2015)、プルースト『失われた時を求めて』全13巻（集英社、1996 ～ 2001）ほか。

著者…………鈴木道彦

印刷／製本…モリモト印刷株式会社

私の1968年

2018年10月1日　初版第1刷印刷
2018年10月8日　初版第1刷発行

装本…李舟行

発行者…………德宮峻
発行所…………有限会社閏月社　113-0033　東京都文京区本郷3-28-9
TEL 03(3816)2273　FAX 03(3816)2274

ISBN978-4-904194-06-5